远去君归集

徐远君 / 著

中国商业出版社

图书在版编目（CIP）数据

远去君归集 / 徐远君著 . -- 北京 : 中国商业出版社 , 2021.8

ISBN 978-7-5208-1734-9

Ⅰ . ①远… Ⅱ . ①徐… Ⅲ . ①随笔—作品集—中国—当代 Ⅳ . ① I267.1

中国版本图书馆 CIP 数据核字（2021）第 160590 号

责任编辑： 滕　耘

中国商业出版社出版发行

010-63180647 www.c-cbook.com

（100053 北京广安门内报国寺 1 号）

新华书店经销

唐山嘉德印刷有限公司印刷

*

710 毫米 ×1000 毫米　16 开　16 印张　240 千字

2021 年 8 月第 1 版　2021 年 8 月第 1 次印刷

定价：88.00 元

* * * *

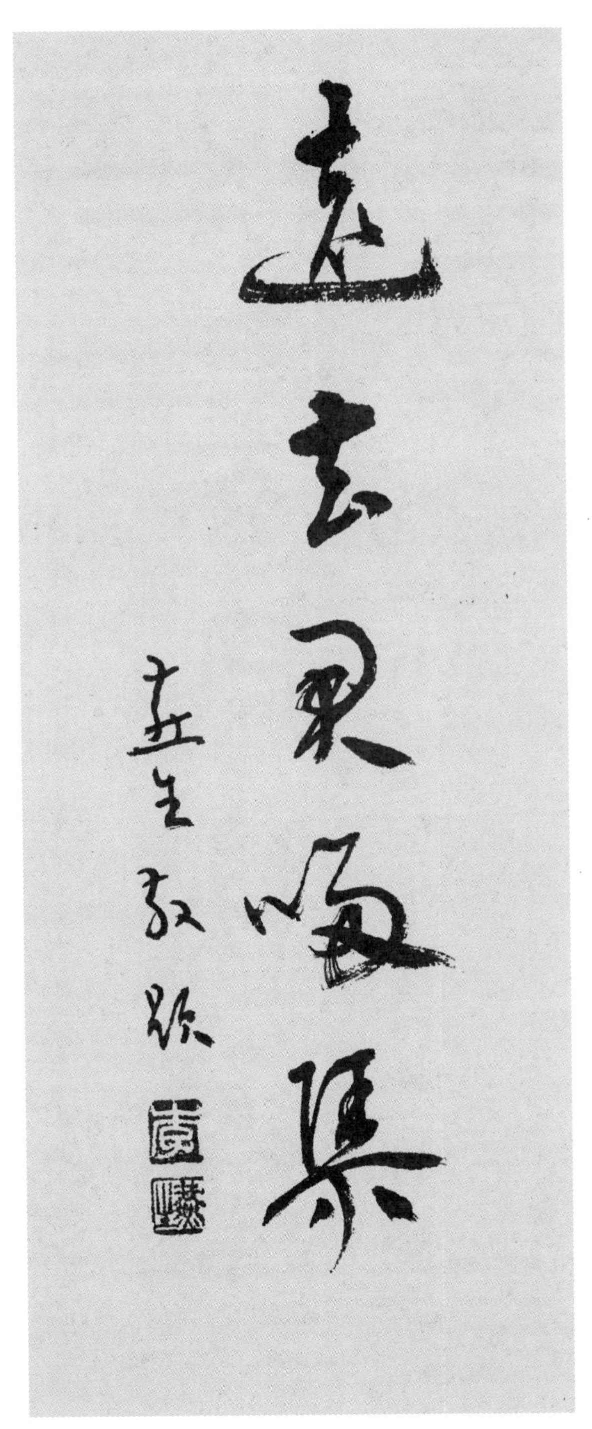

李燕生先生用章草书体题写书名

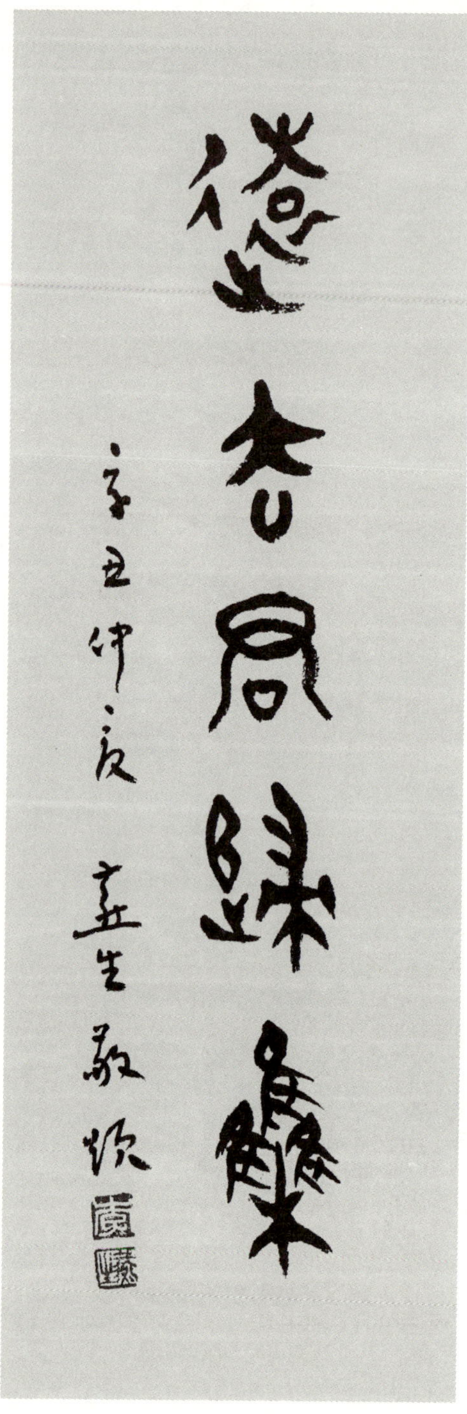

李燕生先生用钟鼎文书体题写书名

序

◎钟月

远君嘱我为他的书稿作序，先是将纸质文稿专程送来我家，继而将电子版发到我的邮箱，且言辞恳切，谦恭有加，其真挚诚信令人可感。此前，亦有三两作者找过我为其作序，待交谈时似觉言辞草草，且露轻慢之色，我稍作思虑后便托词婉拒了。对于这类作者，其人其文，不甚了了，形同陌路，易生隔膜，况这般情态，岂有心思替人作序？但这回情形大异于前，当然不能同日而语。远君，当属我友，相知相悦，过从甚密，论礼数，却之不恭，论情分，自当效力了。

在我看来，远君的这部书稿，应是他人生履痕的记录，行旅生涯的答卷。这一路走来，作者亲历“你方唱罢我登场”的人生舞台，那些难忘的世间故事，那些挥之不去的张张面孔，煽惑着他于静夜里萌生太多人生感叹。每念及此，时时难以入寐，生恐心之偶得瞬间遗落，思想片羽顿失飘飞，故而伏案涂鸦，信笔由缰，集腋成裘。喜得聊作心路历程的诸多篇什，遂结集为《远去君归集》这部书稿。书稿由“梨园旧事话沧桑”“竹兰之谊话友情”“阳羡拾珠话紫砂”三个篇章组成。每个篇章结构严谨，脉络清晰，自成一体，各自形成风格迥异的别样风景，编织成作者灵动而丰厚的多彩世界。

人生如戏，戏如人生。书稿开篇“梨园旧事话沧桑”，就给读者开启了一个别有洞天的梨园时空。在这里，无论你是外行看热闹也好，内行看门道也罢，都能从中领略到生旦净末丑的风采，品尝到手眼身法步的神韵。在这个别开生面的篇章里，作者用质朴自然的笔调，以对亲生父母般的崇敬心理写前辈师傅，以情同手足般的深情写同科学子，从而真实地描绘出一个色彩缤纷的梨园人物长廊。书中的这些人，就这样一个个本真地站在读者面前，或聪慧，或笨拙，或正直，或狡黠，或木讷，或搞笑，不装不做，无遮无碍，自然逼真，一览无余。在作者笔下，他的同科兄弟们真实得呼之欲出，仿佛能触摸到他们的身体，闻到他们的气息，令人可亲可爱。这其中就有被人戏称为“北有赵本山，南有钱铁山”的丑行笑星钱铁山；幽默搞笑，爱戏如痴的老“玩”童夏冬雄；矢志不渝，勤奋励志的“金狗”蒋海明；等等。

在这些各有故事的梨园行一干人中，自然不乏佼佼者。在这个篇章里，作者饱含深情，浓墨重彩地描绘了一批站在荆河戏艺术之巅的代表人物，如《身怀绝技，梨园怪杰》一文中的王化金师傅。王师傅擅演猴子戏，人称“美猴王”，他在《闹天宫》《三打白骨精》中饰演的孙悟空，活灵活现，出神入化，令观众叫绝，数十年久演不衰，名震湘鄂，影响久远。又如《湘楚名角，荆河老生》一文中的生行名宿金星明。他在舞台上塑造过不少栩栩如生的人物形象，受到观众的喜爱，特别是他饰演的《红灯记》中李玉和一角，其神形兼备的成功表演，令其声名鹊起，独占鳌头，致使九澧一带专业剧团若干个“李玉和”望其项背，自叹弗如。有人据此拿中国京剧院的《红灯记》中李玉和的饰演者钱浩梁作比，其扮相、身材、做功、声腔等方面直追前辈，毫不逊色。此言虽为坊间戏说，但凡看过金星明演出剧目的人，似应点头称是，叹服其评论言不为过。再如《湘楚名旦，梨园英姿》一文中的主人公张淑容，这位1957年入科的大青衣，在其后的艺术生涯中，塑造了无数个脍炙人口的舞台形象，受到人们的普遍赞誉和追捧。自1962年主演的《谢瑶环》红遍省城声名远播后，她又相继饰演过《贵妃醉酒》中的杨贵妃、《宇宙锋》中的赵艳蓉、《桂枝写状》中的桂枝，以及现代戏《沙家浜》中的阿庆嫂、《杜鹃山》中的柯湘、《奇袭白虎团》中的阿妈妮等。对于张淑容获得的艺术成就，坊间亦有懂行的戏迷称，她的表演已达到炉火纯青的地步，其深厚的艺术功力，当可与时下红遍大江南北、出类拔萃的程派青衣张火丁媲美，只是囿于社会环境和时代的局限，其精湛的表演艺术湮灭在流逝的岁月中罢了。这种民间说法，虽不能完全以此为凭，但管中窥豹，也足见张淑容作为荆河戏的标志性人物，其毋庸置疑的重要地位和影响力了。

远君于20世纪80年代从家乡津市来到省城长沙发展。20世纪80年代，是一个从浩劫中苏醒，从迷茫中回归的年代；是一个烟火与豪情迸发，开放与包容并行的年代。这样的大好时机，无疑会给所有怀抱诗与远方的进取者提供展示的舞台，远君当属此列。他资质聪慧，勤勉奋发，锐意进取，悟性极佳，通过自己的多方努力，难能可贵地跻身出版界，结识了不少书画界的朋友，从此与翰墨相融，与斯文为伍，频频唱和，时时酬答，耳濡目染，学养精进。多年来，在和朋友们的广泛交往中，那些难忘而有趣的经历故事萦绕脑际，挥之不去，于是深情盈满笔端，写下了诸多意蕴隽永的文字，这就是呈现在读者面前的“竹兰之谊话友情”的篇章。

在这个篇章里，作者特地为他的一位挚友抒写了《相识相知于太湖之滨》《潇湘之旅话友情》《李燕生为我治印刻章》三篇文章，以记叙他们无锡太湖之滨和湖南之行的难忘幸会，以及上海治印的美好记忆。作者何以如此地不吝笔墨？原来，文中的主人公李燕生，是作者十分看重的朋友。李燕生，当代著名书画家，北京大学金石书画研究室主任、名誉教授，北京联合大学书法篆刻研究所名誉所长、首席专家。远君对这位朋友的作品是十分地喜爱和熟悉 ，特别是对朋友的禅意诗画，近乎痴迷。他观画后感叹道：“燕生的画，乃禅意古诗融于一体，营造出一片超然物外、清悠淡远、无心无我之禅境。我特别喜欢其中的几幅，如《无心禅境》《莲界禅心》《妙如天籁》《陶然忘机》《水镜佛国》《浔阳月夜》等。画中古人或伫立长吟，或抚琴吟诵，白鹤轻舞，芦荡深深……其空灵悠远的意境，把人带入无心忘我的境界，心静如水，禅意浓浓……”他在和朋友燕生游张家界宝峰湖后，写下了寄情山水的咏叹：“……好一个湖光山色，奇美异常。万仞峦翠，水清流碧，空中飞鹰盘旋，岩上猿猴攀爬，林间泉水叮咚，山间古木参天。我们从湖岸边登上游船，慢慢驶向湖的中心区域。因雨后天晴，天空一片湛蓝 ，白云朵朵，空气也格外清新。四面青山，一泓碧水，风光旖旎。坐在船上环顾四周，千山耸翠；俯视水中，倒影慢移，人在画中。湖光山色中，万籁俱寂，只听见游船行进中的哗哗水声，静极了，美极了！……”在这个篇章里，作者还满怀深情地涉笔其他诸多朋友。他用真实细腻的笔触，将交往过程中情景交融的细节娓娓道来，活脱脱地展现出一批颇具禀赋、性格迥异的性情中人， 比如《君子之交，情谊永恒》里个性独特、放浪形骸、多才多艺的王世清，《与万庆、二娴的故事》里生性彪悍、办事能耐的刘万庆，以及《情系中国商业出版社》和《万水千山总关情》里与作者结下不解之缘的各位同人，等等。

莫道桑榆晚，为霞尚满天。远君是个有情趣爱好的人，他的晚年生活充实而快乐。多年来特别是赋闲以来，他喜爱上了清雅高古的紫砂壶收藏艺术，沉醉其中，颇具心得。他曾对我大谈紫砂壶的收藏经历，以及茶禅文化的雅韵，眉飞色舞，口若悬河，把个壶里乾坤说得明澈通透，令不甚了了的我茅塞顿开，顿觉兴味无穷。为着这份痴爱，他写了不少和同道朋友唱和酬答、玩赏交谊的文章，辑成名为“阳羡拾珠话紫砂”的篇章。在这个篇章里，单是看文章篇目名便觉有其神韵，比如《难忘姑苏之旅，重游宜兴丁山》《做客吕尧臣大师家》《造访“范家壶庄”》《玉成窑，被遗忘的文人紫砂壶》《探幽寻古再访丁山》，等等。特别是在《探幽寻古再访丁山》这篇文章里，远君深有所感地写道，“此次宜兴丁山之旅，结识了多位紫砂界的名人与大师，实地踏访了丁蜀古南街，更加深入地了解了紫砂文化的源流，也加深了我对紫砂文化的认知，同时，也激发了我对紫砂艺术品收藏的浓厚兴趣。手捧自己心仪的紫砂壶，摩挲间享受养壶品壶带来的乐趣，一份悠闲自在令人陶醉其间，心情格外舒坦与安然。晚上回到房间，仍意犹未尽，难以入眠，望夜空繁星点点，闻窗外桂花飘香，一股浓浓紫砂幽情在脑海中萦绕，一首小诗也随心而出，跃然纸上：金沙古寺何处寻，残垣落叶泪沾襟。霜降竹海空落落，雨湿老街巷深深。千年龙窑造神品，东坡烹茶醉山林。手中红颜话知己，壶里春秋有此君”。

爱之切，情之深，远君“壶缘”雅趣，由此可见一斑 。

面对当下声色犬马、光怪陆离的浮躁环境，身处七情六欲、满眼诱惑的实利社会，能够静下心的人已经不多了，能够静下心来做一些寂寞单调的事的人就更少了。“杜鹃夜半欲啼血，不信东风唤不回。” 面对此情此景， 偏就有些人不为所动， 且逆向而行，艰难备尝，以直达目标。一份信念，一份坚守，一份勤奋，这就是成功的秘诀。 应该说，所有的成功，从来都是赋予那些有准备的人—— 摆在读者面前的这本书证明 ，远君成功了，真好!

不忘初心，矢志不渝，远至古稀君至成。

作完此序，恰逢中国共产党百年华诞，谨书同贺。

2021年7月1日

（作者系中国当代文学研究会会员、中国散文学会会员、湖南作家协会会员）

目录

上篇　梨园旧事话沧桑

中篇　竹兰之谊话友情

下篇　阳羡拾珠话紫砂

上篇

梨园旧事话沧桑

谨以此篇献给津市荆河剧团 64 科小演员训练班的师傅们

身怀绝技，梨园怪杰

——记我的师傅王化金

王化金老艺人是我们64科班教授基本功和毯功的师傅，他个头不高，精瘦干练，走起路来昂首挺胸、精神抖擞。略带湖北口音的他说话底气十足、铿锵有力，从不拖泥带水。据考证，他于1943年进澧县杨家坊华胜科班，专攻武丑，武功基础扎实，毯功一流。他擅长演猴子戏，《闹天宫》《三打白骨精》中的孙悟空，活脱脱猴王扮相，演技绝佳，筋斗翻得好，一根金箍棒在他手中舞弄得出神入化，被誉为戏剧舞台上的美猴王，在九澧一带颇有名气。

中华人民共和国成立后，津市荆河剧团延续了旧有的科班制度，64科之前，已有57科和60科两个科班。64科班的老师有王天柱师傅（生行老师，也是科班负责人）、张觉龙师傅（净行老师）、王振文师傅（艺名八岁红，小生行老师）、黄福秀师傅（旦行老师），由王化金师傅担任总教头。

王天柱师傅是唱老生的名角，天生一副边嗓，演唱时高亢的沙沙声腔韵味独特，唱功一流。他平常往返于窑坡渡科班与剧团之间，身着深咖啡色香云纱便装，上衣口袋里揣一只老式挂链怀表，戴一副墨镜，脚蹬永久牌自行车呼呼作响，来去如风。他上、下自行车时动作潇洒，特有范儿，像极了电影《小兵张嘎》中的游击队侦察员罗金保。张觉龙师傅是唱花脸的老艺人，嗓音浑厚，圆脸高额，两只大眼睛炯炯有神，活脱脱架子花脸扮相。他平时话语不多，笑容可掬，待人和善可亲，其行为举止与他唱黑头花脸似乎不太相称。王振文师傅是小生行里的佼佼者，八岁即成名走红，身材虽矮小，但在舞台上脚蹬高靴，舞枪弄剑，英姿勃发，是九澧一带戏剧舞台上有名的小生。黄福秀师傅是名演旦角的老艺人，慈眉善目，说话轻声细语，练功时见不得我们疼痛时的哭喊，常常网开一面，一副菩萨心肠。我们64科一共26位男女生，年龄最大的14岁，最小的才10岁。经过几位师傅的精心调教，在较短时间内，各项基本功均取得了明显进步。

王化金师傅是从旧科班过来的人，教学严厉，要求严苛，我们都十分惧怕他。每天晨练，阔腿撇腰是最苦也是最残忍的训练，大家年纪都小，疼痛难忍时免不了哎哟哭叫。王师傅从不心软，一切按他要求照常进行，如遇谁在阔腿撇腰时突发憋气窒息，师傅即取出随身携带的小瓶，倒出少许粉末状药物，按压在憋气者的鼻孔内，让人瞬间通气舒缓，因而，师傅这个小瓶子装的药，也被我们称为“神药”。

半年过后，我们科班从窑坡渡搬迁至津市汪家桥紧靠澧水河边的周家大屋，也就是原纺织品公司批发部周振霞父母亲居住的祖屋。据说他们家以前是工商业兼地主，生意做得很大。当时周振霞的父母亲健在，仍住在老屋里，两老话语不多，为人和善可亲。周家祖屋很大，全木结构，三进两层。楼下大厅作为练功用房，两边另有几间隔房为师傅们的住房，我们男女生统统打地铺，分左右两边住在木地板楼上。每天清晨，站在大门外面朝澧水吊嗓练声，空气格外清新。

我们练功时，王师傅身着一套白色便服，腰系宽大的白色松紧带，脚蹬青色布鞋，左手持一把梅桩紫砂壶，右手拿一根藤条鞭，威风凛凛，特有过去的师爷范儿。他坐在太师椅上，时不时在紫砂壶嘴上品一两口香茶，眼睛的视线却总盯着我们，谁要是偷懒或走神开小差，那就得小心师傅的藤鞭子伺候了。师傅虽然威严，但也没有看他用藤鞭子真的打过谁，最多也就是吓唬吓唬那些练功不用功而偷懒的人。只要是下了练功课休息，王师傅也总是和大家有说有笑，与上课练功时的严厉判若两人。记得有一天练功间隙，王师傅突然来了兴致，给我们亮了一次他的独门绝活，让人大开眼界。师傅从房间里拿出一个长方形木盒，打开木盒嵌盖，里面是用锦缎包着的两颗长牙齿。我从没见过这种牙齿，颜色姜黄，一头带尖，一头微圆，小拇指粗细，弯弯的约有三寸长。师傅拿着两颗弯长牙，在手中不停地变换着姿势玩于手掌之间，然后在旋转云步中突然将两颗牙放入口中。长牙在师傅的口中相互交错，咔咔作响，不断地变换着位置。两颗牙一会儿在嘴角两端，牙尖同时朝上；一会儿又一上一下；一会儿又牙尖同时朝下。两颗长牙在师傅的嘴巴里上下左右翻飞，口舌运用自如，简直是出神入化，不可思议。师傅口中獠牙功的精彩表演看得我们目瞪口呆！后来师傅透露，这个嘴上绝活是在旧时科班里学艺时，他师父传授给他的，在过去演妖怪戏时使用过。两颗野猪牙也是他师父留下来的遗物，弥足珍贵！

10月中旬的一天，我们科班迎来了一位新的武功老师，他就是原常德市京剧团的张孝亭。张老师是北方人，一口标准的京韵京腔，说话轻声细语，不紧不慢。他身材高挑精瘦，个子比王化金师傅高出一头。究竟是什么原因剧团要从常德聘请张老师来科班授课？王化金师傅怎么看，怎么想？或许是还有其他什么特殊原因？我们不得而知。总而言之，张孝亭老师的到来，打乱了原本王化金师傅授课的正常节奏，平添了一些紧张气氛。俗话说“一山不容二虎”，王、张二人都是教授基本功和毯子功的师傅，各有所长，却互不买账，因而，王师傅心中的不满情绪也时有表露。

这天上午，正常上课的王、张二位师傅不知什么原因又互相较起劲来。只见王师傅走到场地中央，把系在腰间的松紧带重新紧了又紧，憋足了劲大声对我们说：“注意了，你们看师傅的。”话毕，一排旋子沿场地四周旋将开来，整整旋了一个大圆圈才收腿站稳，大家鼓起掌来齐声叫好！此时，坐在椅子上的张老师慢慢站将起来，两只手将座椅两边放着的小方凳提了起来，说时迟那时快，只见他手上抓着小凳子顺势一个虎跳前扑空翻，两只小凳子仍提在手上。众人眼睛都直了，等缓过神来才不住地拍手叫好！我心里想：“两位师傅这是要比武呀，有好戏看了……”

争强好胜、不服输，是以往梨园行里艺人们的特有共性，从小练就的基本功（分唱功和武功）关键时刻是要拿出来显摆显摆的，尤其是碰到其他剧团的艺人在场时，双方比试的情绪就越加强烈，你方唱罢我登场，看谁能压过谁。这虽是旧时梨园行遗留下来的陈规陋习，但也体现了一种决不轻言服输的气势。时至今日，以前许多老艺人相互斗狠较劲的事例，仍在曾经从事过戏剧舞台演艺生涯的人中口口相传、津津乐道。

书归正传，话入正题。王化金师傅见此情景，又快步走到场地中间，提丹田，深吸气，噔噔噔噔……一串小翻筋斗几乎在原地翻腾，节奏轻快，犹如蜻蜓点水，让人眼花缭乱。众师兄弟师姐妹和着师傅的筋斗节奏，齐声数着数：“六个，七个，八个，九个，十个！”王师傅十个筋斗翻下来，脸不红，气不喘，引来满堂喝彩。张老师也不甘示弱。他紧了紧腰带，一个起步，两虎跳加上两前扑筋斗空翻落地，轻盈飘逸。众人又是一阵欢呼鼓掌，同时，又齐声叫喊：“王师傅，再来一个！王师傅，再来一个！”见此热闹场面，王师傅不慌不忙，端起紫砂壶品了一口香茶，然后从场地边起跳，剪子带三小翻接后空翻提筋斗落地，稳稳当当。王师傅用得意的眼神瞟了一眼张老师，然后走到太师椅旁坐下，拿起了紫砂壶悠闲地品起茶来。这会儿大家又开始吆喝叫喊：“张老师，来一个！张老师，再来一个！”只见张老师面带微笑，走到场地边轻声说：“场地小了点，不够长。”接着又朝对面的同学说：“大家靠后站一站，让开一点。”说着，张老师三虎跳三前扑呼呼作响，如行云流水般在一条线上翻腾，第三个虎跳前扑落地后顺势后空翻提筋斗落地。众人欢呼雀跃，掌声、叫好声响成一片。这时，端坐在太师椅上的王师傅也频频点头，他拿起藤鞭在太师椅边上敲了几下说：“你们都看过瘾了吧，别喊啦，张老师也要歇一歇了。”此时，张老师缓步走到王师傅跟前，笑着说：“王师傅功夫了得，佩服佩服。”王师傅拱手道：“张老师过奖，你的前扑筋斗翻得好，让大家开眼界啦！”

这场发生在64科班里王、张二位师傅的毯功大比拼，难度之大、质量之高，堪称经典。客观地评价，两位师傅的武功各有千秋，难分伯仲。张孝亭老师学的是京剧表演，其基本功属于北派武功，以向前翻筋斗为主；王师傅学的是地方戏，属于南派武功，筋斗以向后翻腾为主。两人基本功都非常扎实，弹跳力好，爆发力强，真可称得上梨园武功高手。总之，两位师傅间的这场业务大比拼，水准一流，精彩纷呈，让我们享受到了一场难得一见的戏剧武功盛宴，至今回想起来，仍让人津津乐道，回味无穷，难以忘怀！两个月后，张孝亭老师提前结束科班的教学，离开我们返回常德，一段短暂的师生情缘就此画上句号。

1965年春节过后，我们64科班已满一年。按梨园行传统行规，科班学艺一年出科，需要排演一出“出科戏”，以示学艺期满，可以合入老剧团参加巡回演出了。若以生、旦、净、末、丑行当划分，出科戏应该是传统古装戏为好，这样可以展示每个学员所学行当的才艺。如57科的出科戏是《大战盘河桥》与《斩三妖》，60科的出科戏是《夜战马超》。但当时提倡排演现代剧目，为广大工农兵群众服务，因此，我们的出科戏也就不是排演古装戏了。从当时全国各地剧团上演的现代戏剧目来看，北京京剧团排演了《芦荡火种》，即后来经过改编重新定名的样板戏《沙家浜》；

中国京剧团排演了《革命自有后来人》，也即后来样板戏《红灯记》的前身；云南省京剧团排演了大型现代戏《黛诺》；贵州省京剧团排演了现代戏《苗寨惊雷》等。经剧团领导研究，最终确定移植排练云南省京剧团《黛诺》一剧，作为64科的出科戏，并决定由王化金师傅负责排练导演，由叶代华师傅负责将京剧曲谱改编为荆河戏。叶师傅是剧团著名琴师，擅长荆河戏谱曲，由他担纲改编任务，也是实至名归。此时，云南省京剧团《黛诺》一剧正在长沙上演，接受任务后的王、叶两位师傅即赴长沙观摩学习。几天后，二人返回，《黛诺》一剧的排练也就紧锣密鼓地开始了。

剧中人物角色由谁来扮演呢？领导与师傅们颇费考量，大家也都跃跃欲试，希望能够被选中担任其中的一角，这样在出科戏中也好有所表现。在众人期盼中，结果出来了，由旦行的陈丽娟扮演“黛诺”，生行的王惠珍扮演“文帅”爷爷（属女扮男装），小生行的赵希扮演工作队“李医生”，末行的蒋海明扮演“勒丁”，净行的蔡步云扮演山官“早昆”，丑行的吴泽树扮演恶少“勒乱”，小生行的周学敏扮演“小不点”，由我扮演男二号“腊汤”，其他小角色也一一分派妥当。这段时间，大家都面带喜色，兴奋异常，分到角色的人既高兴又紧张，没有安排角色的人懊恼失落，五味杂陈。在科班煎熬了一年，汗水、泪水、痛苦与艰辛只有自己最清楚，苦尽甘来，大家终于等到了排练出科戏的日子，也盼来了即将出科的这一天。

师傅们也特别忙碌，准备服装道具，联系剧团美工人员制作布景。叶代华师傅关在房间里专心谱写曲谱，王化金师傅则琢磨着排练《黛诺》的导演准备与统筹安排。紧张的排练工作就要展开，每天清晨，大家就开始念台词、背台词、学唱段、练唱腔，一时间，周家大屋好不热闹。

王化金师傅导演排练《黛诺》一剧的整个过程，思路清晰，成竹在胸，轻车熟路，颇为成功。但让我至今迷惑不解的是：他是怎么做到的？

在正常情况下，排演一部新戏，导演必须要预先制订完整的导演规划，以及分场次排练计划。如果是移植其他剧团已经演出的剧目，也需要多场次观摩学习，并做好观摩场景记录，尤其是剧中角色的表演，场次与场次的衔接编排，场景的变化，剧中人物的刻画，武打场面的编排，等等。但是，王化金师傅从小便进入旧时科班，没有上过学、读过书，大字不识几个，而他去长沙观看云南省京剧团演出的《黛诺》，也就仅仅看了两场戏，20世纪60年代照相机极少，更没有手机可以拍照，他没有做笔记，也不会做笔记，那么他完全就是靠脑袋记，靠心记。要知道，仅观看了两场戏，就能把整场演出牢记于心，把各场次中的角色调动、人物对白、演员表演，还有布景、服装、道具……一股脑儿全都记下来，一般人是绝对做不到的，也是不可能做到的！

例如，《黛诺》一剧中有一些景颇族老乡在一起边唱边舞的群众场景，队形变化复杂，编舞动作要求高，排演这些场面难度很大。又比如由我扮演的“腊汤”在第三场戏有一段手持锄头的戏剧舞蹈，表现的内容是工作队来到景颇族山寨，为改变山寨刀耕火种的原始种地方式，工作队教山民们用锄头开垦荒地。这段锄舞运用戏曲动作，编排新颖，难度也高，不是光凭看两场戏就能完整记下来的。然而，这一切一切的不可能，王化金师傅实实在在地做到了，而且游刃有余，各场次排练进展顺利，彩排、正式演出也相当成功。

这看似正常的《黛诺》排练过程，其间一连串的问号让我百思不得其解。但唯一可以解释的就是：王化金师傅具有超出常人的特殊记忆力和领悟力，他就是戏剧舞台上的艺术天才、一位出类拔萃的梨园怪杰。在他心里装着的永远是舞台，唱戏，唱戏，还是唱戏。他的心已经和戏剧舞台连在一起，一辈子从未离开……

20世纪70年代末，剧团排演了八个样板戏中的《智取威虎山》，由王化金师傅扮演“座山雕”一角。王师傅饰演的“座山雕”，无论是造型扮相，还是演技武功，都是相当出色的。我也观摩过许多剧团演出的《智取威虎山》，其“座山雕”一角的塑造与表演，还没有谁能与他比肩，就连样板戏中“座山雕”一角的表演，也与他各有所长。师傅的“座山雕”表演，其装扮活脱脱土匪样，念白、唱腔、武打及动作、人物刻画都十分到位，堪称经典。

后来，剧团因多种原因宣布解散，艺人们各奔东西，我也于1987年全家迁往省城，从此也就再也没有见到过师傅。

1996年，小师弟安健来长沙，告知王化金师傅已于年前仙逝。闻此噩耗，我十分震惊，悲伤不已。我为戏剧舞台上失去了一位身怀绝技、武功超群的“美猴王”而深深惋惜。再也看不到他的绝技武功，再也看不到他的精彩表演，听不到他绘声绘色的朗朗猴声。此刻我泪湿衣襟，两眼模糊……如梦似幻中，我仿佛看见师傅又粉墨登场，换上了他喜爱的美猴王戏装，手持金箍棒，一个筋斗重上九天云霄，去重温他的弼马温府邸，去拜访他曾经熟悉的各路神仙，去品尝太上老君练就的仙丹，去天宫参加王母娘娘的蟠桃盛宴……

愿师傅在天堂里不再寂寞，带着你那把时刻不离手的梅桩紫砂壶，在玉宇琼楼间尽情享受香茶美酒；愿师傅在天堂里活得轻松潇洒，腾云驾雾观仙景，做一回让众神仙羡慕称颂的美猴王，不再大闹天宫。阿弥陀佛：“悟空，悟空……”

湘楚名角，荆河老生

——记我的大师兄金星明

“清明时节雨纷纷，路上行人欲断魂。借问酒家何处有？牧童遥指杏花村。”在这个令人伤感的时节，我特别怀念已经逝去的亲人，怀念原津市荆河剧团已经仙逝的师傅们，怀念57科英年早逝的几位大师兄：彭朋、满文武和金星明大哥。回想起2010年的清明节，金星明大师兄对我说：“远君呀，明年我70岁、你60岁，我们俩一起在津市过生日好吗？”我爽快地答应了他。如若大师兄仍健在，今年清明节该为他庆贺八十大寿了。此时此刻，我顿生无限感慨，思念之情溢于言表，往日与金星明大师兄朝夕相处的一幕幕场景又浮现在我的眼前，让我的思绪重新回到几十年前荆河剧团那些令人难忘的岁月……

1957年初春，津市荆河剧团首开科班，这是自慈利县松绣班于1949年之前迁入津市后，经过1956年更名正式成立津市荆河剧团以来，为培养荆河戏新人而举办的第一届科班。金星明是首届科班生，专攻老生行。

梨园科班制度，追根溯源，最早应该起源于徽班进京之前的清康雍乾时期。1790年，即清乾隆五十五年，为给清高宗皇帝八十大寿增添喜庆，安徽四大徽班——三庆、四喜、和春、春台进京祝寿献艺，同时，也开启了京城梨园科班创立的先河。据史料记载，荆河戏早在清初就已经在湘鄂两省交界的荆江流域活动。文字记载中最早的荆河戏科班，则是清道光、同治年间的“老同乐”班，而最后一个荆河戏科班即1947年澧县荣家河的“大新”班。因而，中华人民共和国成立后开科的57年“古大同”科班，是荆河戏承上启下的一届重要科班，对于培养新一代戏曲接班人尤为重要。57科班培养的许多演员，成了几个荆河剧团的主要台柱子，如旦行的张淑容、李惠云、李德苗、于乾珍，小生行的彭朋、满文武、陈芳英、杨先珍，生行的金星明、王文柏、张柏松，丑行的彭桂生等。

金星明是早我两届的大师兄，他身材高挑，五官端正，浓眉丹凤眼，人长得挺帅，其长相轮廓颇似周恩来总理。据大师兄自己讲，在科班里练功，他是经常偷懒的一个。原因是他出身于大户人家，从小娇生惯养，练功怕吃苦，因而武功平平。鉴于此，师傅们在练武功上对他也不抱什么希望，而是按他的特长，专注于唱功、表演上的训练。功夫不负有心人，金星明凭着他特有的机灵，在科班生角行中脱颖而出，逐渐成为老生行里的佼佼者。在《斩黄袍》一剧中，由他扮演的“高怀德”一角，无论在扮相、唱腔还是表演上均获得师傅们和广大观众的好评。随着在荆河戏舞台上饰演的角色越来越多，金星明也就逐渐成为津市荆河剧团的重要台柱子，在湘鄂边界澧水流域一带颇有名气。

在57科大师兄中，我最欣赏与尊敬的就是金星明和彭朋两人。彭朋专攻武生，在科班里武功出类拔萃，在湘鄂两省众多剧团中武功数一数二。他人单瘦，长脸，一双眼睛炯炯有神。他身轻如燕，弹跳力极好，筋斗翻腾运用自如，从高空落地几无声响，简直是到了出神入化之境地。他饰演的古装戏《拦马》《三岔口》等武戏，其一招一式动作娴熟，武功超群，演技一流，堪称经典。彭朋在革命样板戏《红灯记》中饰演“磨刀人”，其扮相虽略显单瘦，但精气神十足。在最后一场武打戏中，他手中的磨刀凳舞弄得呼呼作响，在与鸠山及日本兵格斗时，其武打动作干净利落，行云流水般潇洒自如。彭朋乐于助人，平时练功总是面带笑容，说话轻声细语，从不大声呵斥练功不到位的师弟们。彭朋大师兄平时对我关爱有加，尤其是在练毯功时，更是时时关照、处处指点，使我的毯功有了长足进步，且受益良多。

1971年下半年，剧团决定排演八个样板戏中的《奇袭白虎团》。在艺委会讨论决定谁出演该剧主角“严伟才”时，会上争论激烈，剧团艺委会七人中，彭朋、金星明、张淑容和吴云禄力推由我出演严伟才一角，这也是两位大师兄、张淑容大师姐以及吴云禄师傅对我的信任与关爱。在接受担任“严伟才”一角后，我暗暗下定决心，认真钻研角色，勤学苦练“严伟才”所必备的各项基本功，力争演好对我来说这一极具挑战性的角色，以不辜负师兄师姐和师傅们对我寄予的厚望。经过两个月的紧张排练，《奇袭白虎团》一剧在众人企盼中如期上演，观众好评如潮，演出获得了极大成功，也算是给关心关注我的朋友们交出了一份满意的答卷。

我与金星明大师兄关系一直很好，两人话语投机，气味相投，感情融洽。在艺术舞台上，金大哥是我学习和效仿的榜样。无论是人物刻画、表演技巧还是念白唱腔，大师兄的艺术天赋和艺术水准都是名列前茅的。虽然他从没有手把手教过我，但潜移默化的表率作用是显而易见的。我和金星明大师兄在演出舞台上有不少默契的合作，在几出大戏中两人同演一个角色，金星明演A角，我演B角。如《磐石湾》中的主角“陆长海”、《不平静的海滨》中的主角侦查科长江振华，等等。金星明先演两场，然后我演几场，两人交替出演，谁累了就休息，相互体谅，相互照应，相互学习，取长补短，较好地完成了领导安排的演出任务。

20世纪六七十年代，剧团日常工作受到严重干扰，正常的演出活动也陷于停顿状态，剧团演职人员形成两派，内斗激烈。金星明头脑清醒，从不参与外面的争斗，冷眼旁观看世界。在剧团内部也不掺和两派之争，是典型的中间游手好闲之人。但他有爱心、有正义感，遇有不平之事，也能挺身而出，主持公道。当时我们64科男生年纪小，也就十五六岁。有一天，我师兄蒋海明被剧团一伙人追至红旗剧院宿舍，蒋慌不择路跑到我的房间，气喘吁吁地说外面有人追他。见此情景，我连忙将蒋海明拉进房间，两人关门熄灯躲在床上。此时，追赶蒋的人气势汹汹地跑到我的房间门口，一脚踹开房门，掀开蚊帐，一把将蒋拖下床来就打，另一人则用皮带狠狠地向我劈面抽来。此时，宿舍里其他人听到叫喊声，纷纷跑出来围观。危急时刻，金星明和隔壁育才学校的秦自超老师挺身而出。秦老师挡住行凶者，大声说："不能打人！"金星明也大声吼道："要文斗，不要武斗！"围观的人也七嘴八舌，议论纷纷，或指责或劝阻，欲再行凶的一伙人见状也只得作罢。那天，要不是秦自超老师和金星明两人的仗义之举，我和蒋就不是只挨一皮鞭和一记拳头了。

金星明人很机灵，头脑反应很快，手脚麻利。有一年临近春节，剧团人员在一起团拜会餐，厨房掌勺师傅苏伯做的菜色香味美，令人垂涎欲滴。几桌酒席摆在红旗剧院剧场后台化妆室，众人围在酒席旁等着菜肴上齐，大家或站或坐，欢声笑语，好不热闹。厨房端菜到化妆室需上几级台阶，金星明是个热心人，他跑到厨房里双手各端一盘刚出锅的回锅肉，面带笑容喜滋滋地准备端肉上桌。上台阶时，却不小心脚一打滑，人"噗"的一声，迎面滑倒在台阶上。众人大惊失色，连声说："拐场打（津市方言，坏了的意思），回锅肉吃不成了！"此时，但见金星明人仆倒在台阶地面上，端着回锅肉盘子的双手则高高举着，盘中的回锅肉硬是滴油未洒。大家赶紧接过他手中的回锅肉盘子，金星明满脸涨红，爬起来拍了拍身上的灰尘，扬扬得意地对众人说："怎么样？这就是硬功夫，人摔倒了，手中的盘子纹丝不动。"大家纷纷夸赞他的"英雄壮举"，宁可人摔倒，也不让回锅肉泼汤的感人一幕。不然的话，盘子摔碎，大家与香喷喷的美味回锅肉也就口福无缘了。

在舞台角色表演上，对于在演出中遇到的突发情况，他特有的灵性及随机应变的能力，也表现得淋漓尽致。20世纪70年代，在剧团上演的一出农村题材的现代小戏《乡村货郎》中，金星明扮演走村串乡的货郎。有一场戏是货郎肩挑担子蹚水过小溪，他一边唱一边在溪流中踩着石头过小溪，由于有肩挑担子晃晃悠悠的戏剧动作，一不小心，搭在脖子上的毛巾掉在了地上，金星明见状也不慌乱，一个跨步动作上得岸边，将货郎担放在地上，然后又返身几个踩着石头的跳跃动作，捡起掉落溪水中的毛巾，使劲地拧干，之后再回到货郎担边，把拧干的毛巾重新搭在脖子上。从毛巾掉落之后的一系列动作，都是他灵机一动临时设计的，十分吻合剧情发展的需要，观众也断不会认为掉毛巾是意外事故，以为是导演的有意编排。金星明在舞台上处变不惊、随机应变的能力，展现了一位老演员丰富的舞台经验，其头脑灵活、反应之快，可见一斑。

金星明爱开玩笑，说话诙谐，幽默风趣。与他同为57科的彭桂生大师兄，其父亲牙口不好，只能吃一些软嫩且易嚼的食物。一日闲谈中，彭桂生说："唉，我父亲牙不好，吃别的菜都嚼不动，只能吃炖烂的牛筋踏（津市方言）。"金星明听后在一旁哼了哼说："嗬，牛筋踏再烂，未必有豆腐嫩散（津市方言）？你父亲牙不好，可以吃炖豆腐呀。"彭桂生听了一时语塞，半天没有作声。剧团乐队的于昆伦家住生产街，离红旗剧院较远，但他不厌其烦，每天步行上班时必手提一个铁壳空热水瓶，晚上演出结束后，再提着装满开水的热水瓶走回家。一天上班时，我们几个人正在院子里晒太阳聊天，看见于昆伦又提着他的宝贝热水瓶从外面走了进来，金星明望着于昆伦手提的热水瓶风趣地说："昆伦，你热水瓶的提把要检查一下，小心铆钉会脱。"于昆伦没有反应过来，连声说："不会，不会，蛮结实的。"众人则明白了金星明话里有话，望着于昆伦笑个不停。

我有时也和金星明大师兄开玩笑。当时，在剧团食堂吃饭凭饭菜票买饭菜，吃什么菜、吃几两饭自己掌握。金大哥有个习惯，买的饭菜票时刻揣在裤兜里，还时不时拿出来数一下，看还剩多少。一天，他又把饭菜票拿出来数，我对他说："金大哥，又在数饭菜票哇？"金大哥头未抬只"嗯"了一声，继续数他的饭菜票。我说："别数了，肯定越数越少，不会增加的。"金大哥笑了笑说："前两天才买的二十元钱饭菜票，今天就只剩下几元钱了，真不够吃哟。""那肯定呀，一日三餐都要用它，哪里会越数越多呢？"在旁的几个人也都笑了起来。

金星明自57年入科进剧团，到20世纪80年代津市荆河剧团解散，这几十年演员生涯中，无论是古装戏还是现代戏，他在舞台上饰演了无数个重要角色。如古装戏《双驸马》中的吴琪，《小刀会》中的主角刘丽川；现代戏《太平村》中的杨遐之，《江姐》中的沈养斋，《沙家浜》中的刁德一，等等。而其中最脍炙人口、最为人津津乐道、表演最出色的当数革命样板戏《红灯记》中的李玉和。

《红灯记》和《沙家浜》是荆河剧团最早排演的两出样板戏。金星明在《沙家浜》中饰演刁德一，他的表演与唱腔，绝不输于九澧一带其他剧团的"刁德一"一角，令人印象深刻。而他在《红灯记》中饰演的李玉和，无论是扮相、身段，还是演技、道白与唱腔，其舞台上的一招一式，都可圈可点。在湘鄂两省我所看过的所有剧团演出的《红灯记》中"李玉和"的扮演者，金星明无疑是表演最成功的一个，与国家京剧团样板戏中的"李玉和"扮演者钱浩梁相比较，只是嗓音、唱腔逊色，其他方面各有千秋，难分伯仲。剧团每次演出《红灯记》，金星明都特别上心，他早早地来到化妆室化装，一丝不苟，十分认真。"李玉和"所穿的服装鞋帽，所用的各项道具等，他都要仔细检查，恐有遗漏。看得出来，他对饰演

"李玉和"心里是相当看重的。按照剧团一般演出常规，每出戏的主角应安排两人饰演，即A、B角制，如遇特殊情况，也好有个人顶上。而津市荆河剧团演出的《红灯记》"李玉和"一角，却只有金星明一人饰演，剧团内其他演员外形上都不适合扮演"李玉和"，因而，也就没有人能够顶替他。剧团无论是在当地还是其他县市演出《红灯记》，有时会应观众要求连续演出多场，但金星明从不喊累，用心演好每一场戏，在舞台上享受着扮演"李玉和"的那份仪式感，在道白与唱腔中享受着扮演"李玉和"的心动与激情：手提红灯出场亮相；临行喝妈一碗酒慷慨赴"宴"；义正词严痛斥贼人鸠山；戴脚镣锁铁链迈步出监……此时此刻，金星明已然与"李玉和"融为一体，他的心只属于"李玉和"。可惜的是，受地域和时代所限，金星明只是湘西北一个小小地方剧团的演员，如若生在大城市，他饰演的"李玉和"必能名动省城或京城而红遍大江南北。

2017年仲夏，小师弟安健来电话告知，金星明因病不治，驾鹤西去。当时，我正在江苏宜兴出差，听此噩耗，深感震惊，悲痛之余，我写下了一副挽联："湘楚名角，《红灯记》饰李玉和，誉满三湘四水；荆河老生，《古大同》中勤用功，艺洒百城千乡。"我嘱咐小师弟安健，一定要代我给金大哥送花篮吊唁，并把这副挽联写好后悬挂于灵堂之上。安健还告诉我，此前他从长沙回津市时，曾专程去医院探望金老师，见到他已骨瘦如柴，说话几无气力。但金星明病重中仍诙谐幽默，他对安健说："我今年77岁，只比周恩来总理少活一岁，我已经很满足了。"

麓山埋戏骨，澧水总关情。金星明大师兄虽然离我们远去，但他在戏剧舞台上饰演的众多人物角色还时时在我的脑海中展现，一个个鲜活的艺术形象是那样的生动，令人回味无穷，刻骨铭心。

愿金星明大师兄在九天之上，玉宇琼楼之间继续他的演艺之旅，再演一回"李玉和"，再唱一段荆河戏："临行喝妈一碗酒，浑身是胆雄赳赳……”“一路上，多保重，山高水险，沿小巷，过短桥，僻静安全……”

湘楚名旦，梨园英姿

——记我的大师姐著名青衣演员张淑容

2012年清明时节，适逢张淑容大师姐七十岁生日，原荆河剧团艺友们和原常德艺校毕业的众多学生辈朋友们欢聚在津市兰苑宾馆，共同为张淑容大师姐举行欢快盛大的生日寿宴，庆贺她的七十寿诞。在此之前，我在长沙寓中为张淑容撰写了一副对联，并约请了省城著名书法家将此副对联书写下来，精心装裱后带回到了津市。寿宴举行中，我上台向张淑容大师姐致辞贺寿，并由禹云德师弟和安健小师弟两人高高举起，展示了这副对联。我深情地向大师姐朗读对联内容：湘楚名旦，泪洒贵妃醉酒；梨园英姿，梦回舞台春秋。大师姐激动地快步走上前来，接过此副饱含深情的对联，声音有些哽咽，连声说："谢谢远君，谢谢远君师弟。"此时此刻，张淑容大师姐心情十分激动，眼角已现泪花。

张淑容是荆河剧团57科首届科班生，专攻青衣花旦。她身材匀称，人长得漂亮，尤其是化装后的扮相娇美靓丽，典型的青衣美人。1962年，由她主演的《谢瑶环》一炮而红，奠定了她作为荆河剧团旦行台柱子的地位。她在舞台上先后主演过古装戏《贵妃醉酒》中的杨贵妃，《宇宙锋》中赵高之女赵艳蓉，《断桥》中的白淑贞，《桂枝写状》中的桂枝等；现代戏《沙家浜》中的阿庆嫂，《杜鹃山》中的柯湘，《奇袭白虎团》中的崔大娘；等等。张淑容在戏剧舞台上扮演的众多大戏主角，红遍湘楚大地，舞台形象光彩夺目、熠熠生辉。她从湘鄂两省所有荆河剧团饰演旦角的女演员中脱颖而出，成为其中的佼佼者，在荆江流域、九澧一带颇有名气。

寿宴结束后，张师姐原常德艺校的学生们专门陪她在歌舞厅内继续他们的庆祝活动。过了一会儿，我也来到歌舞厅，但见歌舞厅内气氛热烈，张淑容在这些学生弟子的簇拥下，笑容灿烂。他们在一起笑语欢声，或唱或跳，场面温馨。此时，一首优美的华尔兹舞曲响起，我微笑着走到坐在沙发上的大师姐身旁，彬彬有礼地邀请她与我共舞。张师姐高兴地站了起来，我握着她的手走到舞厅中央，伴随着欢快的舞曲，踏着快三拍的节奏翩翩起舞。艺校的学生们见张淑容老师与我起舞，全都安静下来，聚精会神地欣赏着我们俩飞快旋转的舞步。大师姐于欢快的旋转舞步中，开心的笑声清脆悦耳。舞曲结束，我把大师姐送到沙发上坐下，她的学生们围拢来关切地问道："张老师，您转了好多圈，头不晕吧？""张老师，您的华尔兹跳得真好。""张老师，看您都跳出汗了。"学生们七嘴八舌，说个不停。张淑容此时红光满面，意犹未尽，兴奋地回答他们说："我头一点儿也不晕，好久没跳华尔兹舞了，真高兴！"她又转过头对我说："远君师弟，谢谢你陪伴我跳舞。"

人们常说：人活七十古来稀。已经70岁的张淑容大师姐，仍神清气爽，精神矍铄。当她在优美的华尔兹舞曲伴奏下快步旋转的时候，有谁能相信这是70岁老人在起舞？的确，大师姐身上处处展露出青衣花旦漂亮绰约的英姿，风采依然。

时间拉回到2002年，我从长沙来到常德办事，入住常德八百里大酒店。此次来常德，我还有一个心愿，就是邀请原津市荆河剧团在常德工作生活的老同事一起聚聚。第二天中午，我打电话给在常德艺术学校临时教课的小师弟李安健，让他来我住的酒店，说有要事相商。在与安健师弟说明来意之后，他逐一联系了在常德市艺术研究所工作的杨善智老师和陈建文小师弟、常德市文化馆工作的鄢里奇老师、常德市艺校工作的罗岳斌师兄，以及在常德市汉剧团工作的罗德喻小师弟。安健拨通了张淑容大师姐家中的电话，告诉她说："徐远君老师到常德来了，住在八百里大酒店，他很想和您见个面，邀请在常德的老同事一起聚聚，请您五点多钟到酒店来。"张师姐在电话中大声说："徐远君来啦？他住在酒店哪个房间？我现在马上就来。"听得出来，张师姐得知我来了，心里非常高兴。不一会儿，张淑容来到了酒店我住的房间，见到阔别多年的大师姐，我们俩高兴地热情拥抱互致问候。大师姐当时虽然已是六十岁的人了，但仍面色红润，气质俱佳，风采依然。

此时，我和张淑容大师姐已经有十多年没见面了，津市荆河剧团撤团之前，她就调到了常德艺术学校，担任艺校校长，先后培养了几批荆河剧和汉剧科班的小演员。而早在1965年，当时的常德地区文化局在常德举办了首届小演员培训班，地址设在原常德师专校内，分汉剧和荆河戏两个班。汉剧班由常德市汉剧团和汉寿县汉剧团选派部分年轻小演员参加，荆河戏班则由津市荆河剧团、澧县荆河剧团和临澧县荆河剧团选送部分年轻小演员参加培训，我和赵希、王惠珍等人也有幸参加了这一届培训班。而这届培训班的主要授课老师就有张淑容，可以说，她既是我的大师姐，也是我最早的戏曲老师。但后来由于种种原因，我们尚未结业就被迫中断培训打道回府，让人颇感遗憾。常德艺术学校正式建立后，张淑容在常德艺校教学多年。她身体力行，把自己几十年来在戏曲舞台上饰演旦角的切身体会和表演技巧毫无保留地传授给了年轻的小演员们，既当老师又当校长，为培育新一代地方戏接班人，倾注了自己的全部心血，为常德地区各演出剧团培养输送了一大批年轻演员，可谓桃李满洞庭。

老友难得相会，我和大师姐、安健小师弟三人在一起愉快地回忆了过去在荆河剧团的一些趣闻逸事，兴致极高，心情也格外舒朗。在谈到剧团于1971年排演《奇袭白虎团》时，张师姐说："演《奇袭白虎团》主角严伟才时，远君师弟还不到二十岁，身材好，扮相也好，真是英俊潇洒。"我回答说："这都是师姐师兄和师傅们对我的鼓励和帮助，也是大家对我的信任和抬爱。"师姐接过我的话说："能够把严伟才这个角色演好，很不容易的，这完全是你自己刻苦努力的结果。"安健小师弟也在一旁补充道："我们71科刚出科不久，得知徐老师不到二十岁就演《奇袭白虎团》的严伟才，确实不简单。"不知不觉间，两个钟头悄然已过。下午五点钟左右，我邀请的诸位客人杨善智、鄢里奇、罗岳斌、陈建文和罗德喻陆续来到酒店，我们高兴地在一起举杯畅饮，共叙友情，气氛热烈，笑语不断。

和剧团的老朋友们在一起聊天，话题总离不开荆河剧团，离不开荆河剧团的人和事，更离不开荆河戏这个戏曲舞台。虽然我很早就离开了荆河剧团，离开了家乡津市，但我人生的青葱岁月、最宝贵的青春年华是在津市荆河剧团度过的，这种刻骨铭心的记忆，永远也难以忘怀！

时间再拉回到40多年前的1972年春节。津市红旗剧院人头攒动，售票窗口外排起了长长的队伍，人们争先恐后地排队购买晚上的戏票，将要在当晚演出的正是八个革命样板戏之一的《奇袭白虎团》。经过了两个多月的紧张排练，由我担任主角严伟才的《奇袭白虎团》于1972年春节隆重首演。首演门票不一会儿就被观众抢购一空，不得已，许多排队的观众只能购买第二天或再后几天的戏票了。

演出当晚，我早早来到化妆室化装。和我一样，提前到化妆室化装的还有大师姐张淑容，她在《奇袭白虎团》中饰演阿妈妮"崔大娘"。"崔大娘"这个角色虽然在剧中只有两场戏，但却非常重要，演好这一人物形象也不容易。这也是我和大师姐首次在舞台上合作。当时，张淑容大师姐三十岁，我尚未满二十岁，扮演如此重要的角色，对于我来说，心情有点紧张也是自然的，但我更多的是兴奋与激动。大师姐鼓励我说："今晚的演出，你肯定会演好的，不要太紧张，就像前天的彩排一样，心情放松一点，要相信自己。"我默默地点了点头，心里面早已铆足了劲，对演好严伟才这个角色已经胸有成竹。

在《奇袭白虎团》第一场"战斗友谊"中，严伟才与志愿军战友们再次来到安平里，见到了分别一年多的崔大娘与朝鲜族乡亲。严伟才见到崔大娘时激动地叫了一声"阿妈妮"，然后蹉步上前，与崔大娘紧紧拥抱。每当演到此时，饰演崔大娘的大师姐把我紧紧抱在怀里，我们俩的脸也紧紧地贴在一起，此时此刻，已经分不清剧中人物和现实中的我和大师姐，我们两人都已完全进入角色，我也能清楚地感受到大师姐心脏的跳动和胸前的起伏。此时此刻，我深切地领悟到了张淑容在戏剧舞台上对所饰演角色的情感倾注与激情。她对自己所饰演人物角色的情感投入又是何等的专心致志，一如她在几出古装大戏《谢瑶环》《宇宙锋》《贵妃醉酒》和现代戏《沙家浜》《杜鹃山》中的出色表演。她对剧中所饰演的人物角色的全身心投入，深深地感动了观众，感动了她为之献身的戏剧舞台。此时此刻，大师姐的真情演绎也深深感动了我。崔大娘与严伟才拥抱时，有一段动情的唱腔："一年不见亲人面，往事历历在眼前。在我家养重伤朝夕相伴，情如骨肉，相依相关……"崔大娘唱毕，严伟才深情地叫了一声："阿妈妮……"接着，也有一段慢三眼唱腔："养重伤，你为我昼夜不眠，一口水，一口饭，细心照看，这阶级的情谊重如泰山……"剧中人物的这两段唱腔，我和大师姐都演唱得十分投入，行腔流畅舒缓自如，台上演员和台下观众亦产生共鸣，收到了很好的效果。这场戏从道白到唱腔，从表演神态到舞台动作，我和大师姐已然与剧中人物严伟才和阿妈妮融为一体，至今令我回味无穷。

首场演出在全场观众经久不息的掌声中徐徐落幕，演出获得了极大成功。回想起两个多月紧张艰难的排练过程，我百感交集，心绪久久难以平静。正是有像张淑容大师姐这样，众多师傅们与师兄师姐们的关心与厚爱，才使我有了演好这一角色的勇气和决心。为演好严伟才这个极富挑战性的角色，我刻苦钻研，用心揣摩，强化训练，在较短时间内完成了演好严伟才所必备的各项基本功。《奇袭白虎团》是我担任主角的第一部大戏，也是我戏曲舞台上的精彩亮相。

除该剧之外，我和张淑容大师姐在戏剧舞台上还有几次很好的合作。例如，在荆河剧团于20世纪70年代初排演的雕塑剧《收租院》中，我和大师姐担任该剧解说词的朗诵。因《收租院》中扮演剧中角色的演员只有表演没有台词，其剧情发展全靠话外音、解说词串联起来。我们两人站立在舞台一侧搭建的朗诵台上，表情凝重，随着剧情的发展和剧中人物角色的表演，我们的解说词朗诵时而深沉低回，时而高亢激越，实现了朗诵与表演配合默契，台上与台下情感互动。雕塑剧是那个特殊年代在戏剧舞台上的特殊产物，这一特殊表演形式也是一种全新的舞台体验，它要求朗诵者心无旁骛，全神贯注地紧随舞台上人物的表演而娓娓道来。朗诵声音的抑扬顿挫，朗诵者对剧情的表述，以及对剧中人物的情感的描述直接影响着台上演员的表演和台下观众的情绪，因而，朗诵者的感情表达对整场演出的成功与否至关重要。我和张淑容除熟读背诵整场解说词外，在演出中满怀深情的朗诵与台上的演员产生互动，收到了很好的演出效果。

除此之外，在荆河剧团于1971年赴省城调演的现代戏《红哨兵》一剧中，我和大师姐也有过合作。她演主角陶桂英，我演配角采购员。该剧虽然是单场剧，但大师姐在剧中的精彩表演，轰动了省城，好评如潮。在津市荆河剧团排演的革命样板戏《沙家浜》中，张淑容饰演阿庆嫂，无论是扮相还是演技，是我所看到过的众多剧团饰演阿庆嫂中最成功的一位。她扮演的阿庆嫂，舞台形象近乎完美，就连北京京剧团演员洪雪飞在样板戏《沙家浜》中扮演的阿庆嫂，其舞台艺术形象与张淑容相比也稍有逊色。此外，她在革命样板戏《杜鹃山》中饰演的柯湘，扮相俊美，舞台形象英姿勃发，表演细腻，演技一流，深受观众喜爱。

近年，随着张淑容大师姐年事渐高，一般少有外出，已在常德家中颐养天年。我虽然与大师姐很少见面，但她在荆河戏舞台上饰演的每一个鲜活的人物形象，都已镌刻在我脑海中，美丽的青衣扮相惊艳舞台，水袖善舞，身段娇美，唱腔委婉，表演精彩。她靓丽的梨园英姿，倾倒了无数戏迷看客，令多少人陶醉其间。作为标志性的戏剧人物，她是荆河戏园地上一颗璀璨的明星，将成为我们一代人心底挥之不去的永恒记忆与怀念……

为荆河戏摇旗呐喊

——记地方戏曲的辛勤耕耘者王泸

王泸酷爱地方荆河戏，但凡认识他的人都知道。按常理，他出身书香门第，从小聪慧过人，本可以一路念高中上大学，像他父母亲一样去学校当老师教书育人，或入仕途舞文弄墨升官发财。但不知何故，在随父母举家从巴山蜀水的重庆来到了湘北一隅的小城津市后，王泸没有继续读书深造，而是鬼使神差地跑到原津市荆河剧团报考了60科小演员训练班学戏。

王泸是我的师兄，年长我七八岁。他个子不高，长相平平，眼睛圆溜，下巴较短。脸型既不是国字脸也不是瓜子脸，看上去有点怪怪的，也说不上是何种脸型。在科班分行当时，师傅把王泸分在了丑角行，俗称“小花脸”。在我的印象中，王泸师兄好像没有演过什么大的角色，因属丑角行的原因，也就更谈不上演主角了，多是演一些轿夫、马夫或虾兵蟹将之类的小配角。记得荆河剧团在原刘公桥津市剧院演出白蛇传中的《水漫金山》时，剧中人物法海和尚与白蛇斗法，白蛇施法术水漫金山，滔滔洪水滚滚而来，王泸则饰演江水中的一只老乌龟。他扮演的这只乌龟只有一句台词，一边划水一边向法海和尚报告：“师傅师傅，外面好大的洪水，马上就要淹上来了。”后来，我们64科的小师弟故意逗把（津市方言，开涮的意思），给他这句台词加上了后半句：“师傅师傅，外面好大的洪水，里面还有乌龟！”师兄听了也不生气，手指不停地点着我们哈哈大笑。

王泸师兄性格比较随和感性，不太善言辞，与人讲话容易激动。高兴时和动怒时，常常喜形于色怒形于色，其动作也十分夸张。如若与你多日不见，远远地看见了你，便会隔老远伸出右手，巴掌伸得高高的憋足了劲僵直在空中，嘴巴里也大声地“啊啊啊”个不停。在别人面前表达什么意思的时候常常亢奋不已，手之舞之足之蹈之，说到至极之处，便只有夸张的动作而听不到声音了。

王泸师兄为人很有意思，说话诙谐有趣，动作滑稽可笑，在剧团工作和生活当中也闹出过许多笑话，有些经典呛水（行内语，即搞笑）段子至今仍让圈内人津津乐道。荆河戏主要活跃于湖南的澧水流域与湖北交界的荆江一带，剧团每年的大部分时间是外出巡回打场演出。演职人员需自带铺盖行李及个人用具，在每晚演出结束后，才各自在舞台四周或化妆间开行铺睡觉。一般情况下是两人合铺，一人出盖被，另一人出垫被。有一年剧团巡回演出到了湖北公安县藕池镇，王泸和同为60科的周用德两人合铺，睡到半夜三更的时候，王泸突然感觉小腿肚儿痒得要命，便在半醒半梦中使劲地抠啊抠（抓挠的意思），却怎么也不见止痒。忽然之间，一阵“哎哟，哎哟！”的尖叫声把旁边睡觉的人都吵醒了。大家不知道被子里拱出来了什么怪物，一个个慌乱中坐起来，揉着惺忪的眼睛四下张望。王泸也被喊叫声惊醒，望着掀开被子的周用德惊魂未定。只见周抱着划满血痕印的小腿仍在气喘吁吁哼哼唧唧。哦嗬，这下大家全明白了，尖叫声是周用德喊出来的。原来王泸睡梦中使劲抠的不是自己的小腿肚儿，而是和王泸合铺睡觉的周用德的小腿肚儿。王泸狐疑地说：“我的腿痒得要死，怎么抠到你的腿上去了，难怪我不止痒的。”周用德气恼地大声说：“搞些么的鬼，你的腿痒，抠我的腿干什么？你看，都快抓出血来了！”这出滑稽戏把大家都逗乐了，瞌睡也全赶跑了，一个个或站或坐在地铺上捧腹大笑，王泸自己也笑得前仰后合，只有可怜的周用德仍哭丧着脸，气鼓气胀地歪坐在地铺上喘粗气。

剧团在农村集镇巡回打场演出，有些地方不通公路，便要自己担着行李或拖着装满服装道具箱的板车转场。记得有一次剧团从湖北黄山头镇转场到邻近的农村集镇演出，领导分配王泸和我带着71科的马妮、鲁艺、赵升平三人拖一辆板车。王泸师兄在前面拉车，我们四人在车两边和后面推车。板车沿着河堤一路行进，大家有说有笑，好不快活。走完平坦的河堤后，板车即将下堤坡了，王泸提醒大家："注意呀，要下坡了，小心小心！"众人赶紧打起精神，护着板车慢慢往坡下走。眼看快到坡底下了，由于板车下坡的惯性，板车下来的速度越来越快，王泸用后背使劲顶着板车减缓着车速，我们四个人则用力往后拉着板车使其不往下冲，但却无济于事。王泸在板车前面顶不住了，嘴巴里大声叫着："怪打怪打……"（津市方言，"坏了坏了"的意思）话音未落，急速下滑的板车往旁边一歪，翻倒在堤坡下，王泸也被摔倒在地上不能动弹，所幸没有被板车压住。小师妹马妮、鲁艺两人吓得在后面大声哭喊，马妮哭叫着："王老师，王老师，我的王老师啊！"鲁艺也哭叫着："王老师你怎么不动了，王老师你说话呀！"小师妹们没有见过此种场面，她俩以为王泸出了什么意外，早已惊吓得魂飞魄散，六神无主、语无伦次地一通乱喊。也许是小师妹的哭喊声惊醒了王泸，只见他嘴动了动，慢慢地睁开眼睛，望了望众人，神情庄重地说："同志们都还好吧？"见王泸没事能说话了，马妮和鲁艺才转悲为喜。我赶忙把师兄扶起来。他拍了拍屁股上的泥土，仍庄重严肃地说："同志们没事就好，我们继续前进吧！"一场虚惊就此结束，也成就了王泸师兄的又一段佳话。

王泸善于观察，爱动脑筋，勤奋好学，是个做事比较认真的人，最值得称道的优点就是爱做笔记。荆河剧团演出的众多戏本，他都要认真地进行收集整理，尽量做到烂熟于心，并一一做了记录。一有空隙时间，便虚心向师傅们讨教，问这问那，直到把自己不懂或不理解的问题弄懂为止。尤其是对荆河戏剧种的历史沿流、戏曲曲谱、人物道白、唱词唱腔，以及生旦净末丑各行当角色的表演技巧，等等。他心里清楚，既然入了梨园这个行当，就要身在其中，弄通弄懂，正所谓干一行爱一行。

王泸热衷于搞创作，还经常配合当时的政治运动，写一些宣传党的方针政策的小节目剧本，如快板书、渔鼓词、戏曲表演之类。记得在20世纪70年代初，临澧县太浮山有一位老药农被评为常德地区的优秀典型，上级组织部门要求给予重点宣传报道，学习老药农不畏艰辛，一心为民治病的感人事迹和高尚品德。津市市委宣传部决定由荆河剧团派出采访组赴临澧县太浮山采访老药农，并把他的事迹编成剧本上演。剧团领导指派杨善智、王文柏、王泸和我四人前去采访。接受任务后，我们四人乘车到了临澧县太浮山公社，然后步行上山去拜访老药农。由于人生地不熟，又没有当地向导带路，稀里糊涂上山后便摸不清东西南北。太浮山山路崎岖很难行走，不知怎么搞的，走着走着我们四人居然迷了路。此时正值八九月间，天气炎热且山上灌木丛里密不透风，我们一个个已累得气喘吁吁汗流浃背。为缓解大家爬山寻路的劳累，王泸提议来几句打油诗，要求一人接一句。还没等大家同意，他便开口说了第一句：访药登太浮。杨善智接了第二句：山高路途殊。王文柏上气不接下气地说了第三句：世上本无路。我顺口接了第四句：皆由人踩出。王泸高兴地大声喊着："身临其境，这首打油诗要把它写进我们采访药农的剧本里。"众人听了哈哈大笑，所有的疲累一瞬间尽抛脑后。

从1980年开始，国家政策允许各地方剧团恢复上演古装戏，这个好消息使王泸又重新燃起创作荆河戏古装剧本的欲望。他从年少起就喜欢荆河戏，尤其是对古装荆河戏情有独钟。创作冲动促使他笔耕不辍，十几年间先后创作出了新编历史剧《血凝图》（与人合作）、《玉箭缘》、《怒打贾国丈》等十多部古装戏剧本，以及现代戏《短剑令》和历史短剧《铁拐李造桥》等多部小品小戏。王泸于1997年创作改编的大型荆河现代戏《报春花》，获常德地区专业剧团会演一等奖，荆河戏《猪场风波》获全省电视大赛一等奖。他创作的傩戏《楚风雅韵》《兰香四韵》等小品曲艺剧目获国家有关部门颁发的奖项，几十余件作品均获省地市级有关部门颁发的奖项。1987年津市荆河剧团撤团后，王泸调到津市文化馆专事戏曲文艺创作，兴趣爱好使他的创作热情一发不可收。这期间他创作出版了小说集《超级大阴谋》《人与兽》《疯人村》《孟姜女》，散文集《兰津芳韵》，出版了地方文化研究专著《嘉山傩韵》《王泸话津市》等多部民间作品，并先后荣获多个奖项。功夫不负有心人，创作激情的迸发，使王泸收获满满。这些已经出版的个人专著，是他戏曲文学创作生涯中可圈可点的精心之作。他虽然文化程度不高，没有上过高中和大学，但他勤奋好学，凭借坚韧的毅力，创作了上述戏曲、文学作品，也是他从艺60年留下的丰硕成果。

王泸是个有心人。他喜爱荆河戏，从进入荆河剧团开始，便留心收集整理荆河戏的剧本、台词、唱腔、曲谱等各种资料，几十年间陆陆续续记录下了上百万字。2011年初春，王泸打电话给我，说他写了一本有关荆河戏的书稿，让我看看并请我提出修改意见。两天后我收到了他寄来的《荆河雅韵》一书的书稿，随书稿有王泸写给我的一封长信，信中诉说了他写这部书稿的艰辛。他说，这部凝结了自己几十年心血的书稿因资金难题一直不能出版成书，恳请我资助他出版。信中言辞恳切，字里行间情意深深，我被他这种坚韧不拔的精神所感动，同时也出于我自己对荆河戏的热爱，决定资助王泸玉成此事。我用了两三个月时间，仔细地阅读了这部书稿，并修订增加了部分内容，结合有关人员的意见，将原书名修改为《荆河戏艺术探源》。之后，我又约请时任省委宣传部副部长、省新闻出版局党组书记、局长刘鸣泰题写书名。此外，我还专程到省委大院及省文化厅、省新闻出版局，分别约请时任省委副秘书长钟万民、省委宣传部副部长蒋祖烜、省文化厅厅长周用金、省新闻出版局局长刘鸣泰和省出版传媒集团公司副总经理邹庆国等人为该书题字，意在增加该书出版的层次与分量。钟万民的题字是“自幼爱看津市荆河戏”，蒋祖烜的题字是“沅芷澧兰荆河戏”，周用金的题字是“荆河传世有来者，不愁梨园无繁花”，刘鸣泰、邹庆国两人联袂题字“湘楚戏魂”。这本书后由湖南人民出版社正式出版，了却了师兄期盼书稿成书的心愿。王泸在这本书的“后记”中深情地写道：“徐远君先生与我同为荆河戏剧团师兄弟，他虽已离开津市定居省城多年，出于对古老荆河戏的热爱，他时时关注荆河戏的传承与发展，时时关心老艺人们的生活。……他用高超而睿智的思维，精心策划，收集了荆河戏许多老艺人的点滴资料，以及数百年来，湘鄂边界荆河戏的科班情况等，更加完善了这部书的内容，使之更有历史价值、史料价值。……我与徐远君先生作为荆河戏的艺人，凭着一腔艺胆、一种使命、一种责任，在瑰丽的荆河戏流传了四百多年之后逐渐衰落的今天，为荆河戏留下了一点东西，这便是我与徐远君先生苦苦探求，以及断断续续近半个世纪撰写这本书稿的主要目的……”由此可见，王泸对于这部凝结了他多年辛勤汗水的书稿最终能够成书出版，其激动之情溢于言表。所幸，我也为此书尽了绵薄之力，为自己喜爱的荆河戏留下了一部传世之作。

2012年底，常德市文化艺术研究所在澧县荆河剧团举行《荆河戏艺术探源》一书出版首发式。虽然当时天寒地冻，但澧县荆河剧团活动现场气氛热烈，宾朋满座。湘鄂两省原荆河剧团的老艺人们齐聚一堂，他们当中有著名老艺人张淑容、于乾珍、杨先珍、孟祥华、李德苗、张又君、张阳春、张柏松、金星明、王文柏、彭桂生、张如浩、万德仁等，也有常德艺研所戏曲研究人员杨善智、鄢里奇、万家煌等人。此外，澧县文化局和津市文化馆的负责人也悉数到场祝贺。座谈会上，王泸忙着给与会人员签名赠书，跑上跑下，忙得不亦乐乎。他在会上发言时情绪激动，讲到动情处，数度哽咽，情难自禁。陈建文所长让我在座谈会上讲几句，盛情难却不便推辞。我向大家讲述了《荆河戏艺术探源》一书有关编辑出版的一些细节，之后，把为该书题字诸位同志的原作品分别赠送给常德艺术研究所、澧县荆河剧团和津市文化馆收藏。座谈会上，大家纷纷寄语，期盼古老荆河戏在新一代荆河人身上得以传承，共同祝愿这一国家非物质文化遗产在荆楚湖湘大地上重放异彩，万古流芳！

爱跳舞的跨界舞者

——记舞迷师兄向继长

2010年清明时节，和往年一样，我又回到了家乡津市，祭祖扫墓，拜望亲朋好友。此次回乡，我特意邀请原津市荆河剧团的艺友们在兰苑宾馆聚会，大家在一起喝酒聊天，其乐融融。酒宴毕，华灯初上，一行人兴高采烈来到宾馆内我预订的最大歌舞厅，品茶聊天，享受难得的聚会时光。大家在一起回味当年剧团的趣闻逸事，谈天说地，天南海北，兴致颇高。随着音乐奏响，天生有着艺术细胞的师姐师妹们拿起麦克风，有的唱民歌，有的唱京剧，你方唱罢我登场，气氛热烈，场面温馨。这时，只见一人抑制不住跳舞的冲动，在师姐师妹们动听的歌声中，冲进舞厅中央，翩翩起舞跳将开来。原来，上场起舞的人是我的师兄向继长。伴随着音乐的节奏，他时而优柔曼舞；时而舞步激越，跳跃旋转；时而又围绕在歌唱者身边屏息漫步，深情款款。他跳舞的神情是那样的专注，深深的情感已融入自己的舞蹈动作，如痴如醉！一曲又一曲，他的舞蹈也始终没有停歇。向继长其时已有六十多岁，跳起舞来不管不顾，虽满头大汗，仍意犹未尽，舞个不停。

向继长是原津市荆河剧团60科科班生，个头不算高，人单瘦，尖尖的脸型，在科班里被分配在丑行演丑角。在科班中他个头小，人精灵鬼怪，话多点子多，遇事爱凑热闹。向继长是高我一届的师兄，剧团里的人都称呼他“向幺儿”。据他母亲说，怀孕八个多月即早产，生下了未足月的“向幺儿”。刚出生时，“向幺儿”的脑门中间尚未长结实，手摸上去还软软塌塌的，向妈妈还真担心他活不了的，但命大的“向幺儿”，不但活过来了，而且身体特棒！

我俩关系不错，在演艺舞台上也有过多次成功的合作。在剧团期间，为配合当时的政治运动，剧团组织排演了一些短小精悍的小节目上演，如小歌剧、快板剧、群口词、对口词、歌舞表演唱之类。我与向继长师兄表演的对口词《英雄的3211钻井队》，应该是一次绝佳的成功合作。无论是动作的编排，对口词语道白的精气神，还是表演的激情和两人默契的配合，都可称得上完美，算得上对口词表演的经典，获得了广大观众的一致好评。

1969年，向继长响应党的号召，参军报国，应征入伍，成为一名光荣的解放军战士。他在部队新兵连摸爬滚打，训练刻苦，受到上级表扬。组织上发现他有文艺特长，又有在地方专业剧团工作的经历，便抽调他到部队文工团，正式成为解放军部队的一名文艺战士。就是从部队文工团开始，向继长迷上了舞蹈，凭借他在剧团科班中练就的基本功，加之他刻苦训练，持之以恒，其舞蹈表演水准日渐提高，在文工团排演的舞蹈节目中，不论是群舞还是独舞，在表演时都能舒展自如，尽情享受舞蹈的快乐，圆满完成了为部队战士演出的各项任务。

在人民军队这所大学校里的军旅生涯，使向继长得到了锻炼，开阔了视野，增长了知识，可谓收获满满。几年后，向继长退伍返乡。回到了阔别多年的津市，想到马上就要见到自己的母亲，他归心似箭，轮船到达津市码头，他迫不及待地背起被包，把装满给母亲礼物的军用包斜挎在腰间，提着装有日常用具的网兜，兴高采烈地向家中奔去。

向继长的家在津市红旗剧院对面鲇鱼档巷子里，木式结构的老平房已经年久失修，屋子四面透风，显得破漏不堪。向继长兴冲冲地来到自家家门口，深吸了一口气，平复一下激动的心情，然后轻轻地推开房门。“嘎吱”的开门声惊动了在屋里头正在生藕煤炉子的母亲，“哪一个啊？”（津市方言，“谁呀？”的意思）向继长一眼瞧见了屋内的母亲，抑制不住心里的激动：“妈！”母亲心里一怔，扭过头来又连声问道：“你是哪一个啊？”此时，向继长已是热血奔涌，激动地憋着一口津市普通话大声回应：“妈，您不认识我啦？我是您的儿子，继长啊！”老人家这才回过神来，知道是自己的儿子回来了，她高兴地一拍大腿站了起来，大声喊道：“哎哟，是我的幺儿回来了！”随即又疑惑地说：“你刚才喊滴么的话，黑了我一跳。”（津市方言，“讲的什么话”和“吓着了”的意思）。津市方言管妈叫“嗯麻”，向继长在部队待了几年，操了一口夹舌头的地方普通话喊“妈”，老人家当然听不懂喊的什么，因而被向继长的一声“妈”吓着了。向继长这个有趣的段子，后来被我们编成了小品《当兵归来》，在剧团人员聚会时多次表演，其搞笑场面引得众人开怀大笑！成了荆河剧团笑话经典集中的保留节目。

向继长退伍回到家乡后，被安排到津市螺钉厂，当了一名普通机械车间工人。业余时间，他的主要爱好就是跳舞，只要有机会，削尖脑袋也要想方设法参与其中。他经常参加厂内外的文艺演出，表演舞蹈节目，兴致勃勃。20世纪80年代初，津市总工会组织文艺宣传队，我和向继长被抽调到宣传队，之间有过精彩的合作与表演。我们排练了反映津市航道段工人战洪水、在激流中保护航标灯的舞蹈《不灭的航标灯》。舞蹈编排中我俩设计了许多跳跃翻腾的高难动作，向继长主动接受挑战，担负起最危难的舞蹈动作。同台表演的于坤俊、于坤明兄弟俩倾力打造，四人配合默契，演出获得了很大成功。我们排演的滑稽舞蹈《钓鱼》获选参加常德地区文艺会演，由于舞蹈动作设计巧妙，编排新颖，人物表演惟妙惟肖，演出获得观众与评委的一致好评，并荣获了舞蹈表演奖。

1985年我奉调省城工作，从此再没有机会与向继长在舞台上一起表演舞蹈。但这些年来，向继长仍时常活跃于家乡津城的舞台。舞蹈是他生活中的作料，他离不开它；舞蹈是他梦寐以求的向往，他少不了它。虽然年岁已高，跳起舞来腿脚也不太灵便，但心底里对舞蹈的那份挚爱，将一直伴随着他，直到永远！

执着的舞者——向继长。

丑行笑星的如戏人生

——北有赵本山，南有钱铁山

钱铁山是我同门师兄，小眼睛，塌鼻梁，厚嘴唇，天生一副三花脸相，刚入科便理所当然地分配在丑行，专攻小花脸。铁山师兄自入科班始，便展露出丑行的特有灵性，与师兄弟们说话诙谐滑稽，插科打诨，只要他在场，便气氛活跃，他的幽默话语常常引来笑声一片。64科班设在津市窑坡渡砖厂砖窑下面，靠近澧水河边不远的一处民房。正值寒冬时节，有一天早晨练完功，我感觉头晕鼻塞嗓子疼，可能是受寒了的缘故。铁山师兄出于好意，便拿出自己漱口的搪瓷缸子，叫来小师弟李小丹说："你到外面端碗甜酒，给徐远君喝了去寒。"李小丹接过茶缸便出去买甜酒，快两个钟头过去了，李小丹才气喘吁吁地回来，手里端着装满甜酒的茶缸给钱铁山交差。铁山师兄看了看已成冰甜酒的搪瓷缸说："你跑到哪里端甜酒去了？"小师弟是老实人，忙说："窑坡渡没有卖甜酒的，我到襄阳街端的。"窑坡渡距离襄阳街有七八里地，天寒地冻且人烟稀少。钱说："你这碗甜酒就端得远，绕到牛鼻滩去了吧。"众师兄弟听了哈哈大笑！

我们64科沿袭了部分旧的科班培训方式，早起晨练吊嗓，阔腿撇腰，师傅训练严苛，稍有偷懒，动辄藤鞭伺候。练功虽然很累很辛苦，但伙食还是不错，隔三岔五打一次牙祭。每次吃红烧肉，师傅都要每个人拿出自己的碗或搪瓷缸送到厨房盛肉。钱铁山漱口的搪瓷缸特别大，每次吃红烧肉，他就拿大搪瓷缸送到厨房，还特别讨好厨师苏柏青师傅，说："苏叔叔，这是我的搪瓷缸，你给我多盛点，谢谢你啊。"开饭时，钱铁山端着满满的一搪瓷缸红烧肉，喜笑颜开，以得胜者的姿态夹起一块块肥肉送入大口，吃得满嘴巴都流着红油。

出科后我们随剧团一起行路打场，有时还自己担着行李或服装、灯光、道具上山下乡为农民演出。师傅分派我和钱铁山两人用一木棒中间吊两盏煤气灯抬着走，我在前，钱铁山在后。走着走着，我感觉肩头越来越重，回过头来一看，原来钱铁山把两盏煤气灯绳子慢慢往前推，重心也就偏向我这一方了。我大声说："你搞么的鬼，悄悄里把煤气灯往前面推？"钱说："怪的我呀，不是我推的，是它自己往前面梭（津市方言，往前滑的意思）的。"为此事我们俩还经常打嘴仗。记得有一次钱铁山又如法炮制，我盛怒之下，反身指责还吵了起来，"不抬了！""不抬就不抬！"两人同时甩掉木棒，只听"咔嚓"一声，煤气灯跌落地上，玻璃灯罩摔成了碎渣渣。

我们64科合团后，几个男生是剧团里的小字辈，调皮捣蛋是出了名的，时不时还搞点恶作剧呛水。老艺人陈兴桃师傅烟瘾特大，为了节约少花钱，他抽的烟都是"沅水"牌之类的低价烟，或弄点烟丝自己卷了抽。荆河剧团的老艺人们节省节俭是其共性，这缘于他们经历了太多艰难的岁月，习惯了过苦日子。我们几个人看着陈师傅在化妆间吞云吐雾，也就动起了歪脑筋。钱铁山说："你们看，陈师傅烟抽得那么凶，烟瘾大的黑人（津市方言，吓人的意思）。"我说："师傅抽烟，好像比吃肉还舒服。"夏冬雄接着说："不知道他抽烟抽不抽得出好烟和差烟的味道来？"吴泽树说："抽了这么多年，肯定抽得出来。"钱铁山说："那不一定，陈师傅哪里抽过好烟啰，都是角把钱一包的。"吴说："好烟差烟都抽不出来，几十年不白抽了。”夏冬雄也说肯定能抽得出烟的好歹来。钱说：“打赌，肯定抽不出来！”吴说：“怎么赌？”钱说：“你去外面买一包‘红桔’烟来，我想个办法让陈师傅试，如果输了，买烟的钱我出。”我和夏冬雄也连忙附和“要得”。不一会儿，吴泽树去外面商店买了包一角三分钱一盒的“红桔”牌香烟。也不知钱铁山从哪里弄了一个“哈德门”的空烟盒子，把吴买来的红桔烟全部装入“哈德门”的烟盒，对他说：“你把这包烟拿给陈师傅，给他点一支烟让他试试，看他怎么说？”陈兴桃师傅是旧社会过来的人，没有上过学，大字不识一个，钱铁山算准了陈师傅肯定不会认得烟盒上的“哈德门”三字和香烟上的“红桔”两字。于是乎，我们几个人神秘兮兮地走到陈师傅跟前，吴泽树递给陈师傅“哈德门”说：“陈师傅，别人给我的一盒好烟，送给你抽。”说着从中抽出一支烟递到师傅的嘴巴上。钱铁山划着火柴，边给师傅点烟边说：“绝对是名牌烟，陈师傅没有抽过的。”我和夏冬雄也帮腔：“是名牌烟，名牌烟！”烟点燃，陈师傅深深地吸了一口，眯着眼让吸进去的烟雾在肺里头绕了一圈，然后从鼻腔中喷出，面露喜色频频点头连声称道：“好烟好烟！”我们几个人憋住笑，一溜烟从化妆间跑了出来，扑哧扑哧地笑个不停，钱铁山得意扬扬，边笑边说：“怎么样？我猜对了吧。”三个人朝钱铁山伸出大拇指，乐得前仰后合说不出话来……

后来，剧团陆续排演了几个样板戏，每天晚上演出结束后都要进行小结。钱铁山基本上都要发言，有时高谈阔论，有时油腔滑调。记得有一次戏散场后小结时，针对演出中场与场之间抢景布景速度慢的问题，钱又发表高论：“所谓抢景抢景，应该是越抢越紧。有的人慢条斯理、松松垮垮，这不叫抢紧，这叫松紧。”钱铁山的“抢紧”高论，引得在场各位笑个不停。

钱铁山人很聪明，脑袋瓜灵活，舞台上扮演的角色也可圈可点，在我们64科师兄弟中，是极有表演天赋的一个。由于其演丑角的扮相，决定了他只能扮演反面人物。钱铁山先后在《江姐》一剧中扮演警察局长，《沙家浜》中扮演刁小三，《奇袭白虎团》中扮演美国顾问，《磐石湾》中扮演特务零八，等等。他饰演的这些角色各具特色，性格鲜活，表演虽然有些许夸张，但也恰如其分，受到广大观众的一致好评与喝彩。后来，他还出演过一些小品喜剧人物，深受观众喜爱，大师兄金星明曾褒奖说："北有赵本山，南有钱铁山。"

钱铁山懂事早，荷尔蒙有些过剩，谈情说爱无师自通，结婚生子不甘落后，我尚在恋爱中，而铁山师兄已是两个女儿的父亲。他教育女儿的风格也颇有特色，有些诙谐的话语至今让人津津乐道。钱铁山大女儿名叫钱芳，二女儿名叫钱瑾，当时我们都住在津市剧院内临时搭建的简易住房，我与他对门住。铁山师兄的大女儿钱芳当时还在读小学三年级，不太听话，小女儿钱瑾还没上学，在家自带。有一天我从外面回来，正好碰见钱铁山在大声训斥钱芳，原因是她在学校骗了同学什么东西，其同学家长上门告状了。只见钱铁山拿着切菜的刀在桌面上拍得啪啪作响，嘴里嚷着："你好大的胆子敢骗同学，干脆，你改名字算了。"钱芳嘴里小声嘟囔着说："改什么呀？""改什么呀，改一个日本人名字，叫钱芳骗子。"妹妹钱瑾站在一旁扑哧一声笑了起来，钱铁山把刀一拍说："笑什么，你也改一个日本名字，叫钱瑾驼子。"（妹妹有点儿驼背）听到这里，隔壁左右的师傅和师兄弟们都笑了起来，钱铁山自己也忍不住笑了。

20世纪80年代，因历史原因，津市荆河剧团奉命撤团，艺人们各奔东西，有的调往市内其他单位，有的停薪留职自谋生路。钱铁山属于后一种情况，为了生计他先后开过"三味书屋"卖书报杂志，也贩卖过蔬菜瓜果，其中干得最多的是夏季贩卖西瓜。他的瓜果摊设在市政府围墙外拐角处，无遮无盖，其艰辛可想而知。这一年夏天，我正好路过他的西瓜摊，只见地上堆满了刚到的一车西瓜，我说：“铁山，天就要下雨啦，怎么还不收摊？”钱铁山叹了口气说：“哎呀，背时背时（津市方言，倒霉的意思），前两天热得要死，老子的西瓜就是不到货，你看，一车西瓜刚到，天就变阴打（津市方言，阴天了的意思），背不背时哦。”我说：“快下雨了，收摊回家吧，明天也许又晴了。”他眼眶湿润一脸苦恼地笑，无奈地说：“人倒霉蚊虫扰，拽斗（津市方言，蹲着的意思）屙尿蛇也咬。”随即又自我调侃地用荆河戏呔腔唱了起来：“背时人称斤盐，盐也生蛆吔哎……”此时此刻，我内心酸楚，怎么也笑不起来，只能默默地望着地上一堆西瓜，拍拍铁山师兄的肩膀安慰他：“明天太阳会出来的……”

2009年3月15日，天色阴暗，细雨霏霏，因患脑癌不治的铁山师兄驾鹤西去，听到此噩耗，我深感震惊，也唏嘘不已。每每回想起我们在剧团度过的艰难岁月，心中五味杂陈，寝食难安。十多年里，我们吃着一口大锅做出的饭菜，睡在简陋的舞台四周和乡间农舍用稻草铺就的地铺，朝夕相处，情同兄弟。剧团行路打场巡迴演出虽然艰辛，但你那滑稽幽默的笑语，乐观洒脱的心态，总能舒缓大家疲惫的身躯。此时此刻，我心内十分伤感，铁山师兄的音容笑貌也时常在我脑海中浮现。再也听不到他的搞笑呛水，再也看不到他的滑稽表演，唯有留下的，是生者无尽地追怀与思念。失去的笑星已然离我们远去，越走越远……

荆河戏迷老“玩”童

——记“搞笑”师兄夏冬雄

“东方红，太阳升……”略带稚嫩的童声，并且是用荆河戏腔调唱出的《东方红》歌曲，从津市刘公桥附近的津市剧院一房间里飘了出来，吸引了众多考生和剧团演职人员的注意。原来，这是津市荆河剧团在招考新一届小演员，主考老师对前来应试的考生进行面试。招生现场人头攒动，三三两两的少男少女们挤在剧院宿舍内外，或窃窃私语交头接耳，或独自踱步若有所思，等着呼唤名字进入考场的房间。此时，正在房间里考试的男孩名叫夏冬雄，他身材单瘦，“目”字脸，五官端正，两只眼角略微下斜，看上去颇有戏妆扮相。和多数前来报考的少男少女一样，他也是瞒着家里的大人们，自己偷偷跑来报考的。轮到夏冬雄面试了，但见他不紧不慢进入房间，见到考官老师点点头，面带笑容，似乎成竹在胸。房间里的主考官杨善智老师问他：“小同学，你唱什么歌？”夏冬雄回答：“老师哎，我不会唱歌，只会唱戏。”在场的主考官吴云禄听后，惊讶地说：“只会唱戏呀？好哇！那你会唱什么戏呢？”“老师，我唱《东方红》。”杨善智老师笑了起来说：“好，听你唱《东方红》的戏。”夏冬雄亮了亮嗓子，也不怯场，拉开嗓音唱起了他自编自唱，且独一无二的荆河腔《东方红》。如此，也就出现了本文开头的一幕。

我和夏冬雄于1964年考入津市荆河剧团小演员训练班，入科后，一起分派在生行学艺，为同门师兄弟。夏冬雄性格内向，不善言辞，在科班师兄弟中成绩也不算突出，各项基本功属于中等水平。但他从小聪明过人，鬼点子多，练功学戏爱琢磨，甚至有些钻牛角尖。在出科戏《黛诺》一剧中，他本应出演剧中主角老生“文帅”爷爷，但因唱腔不过关，而最终只能担任“文帅”的B角，“文帅”A角只得让位于王惠珍师姐了。出科后，我们合入老团，随剧团行路打场，在湘鄂边界九澧一带巡回演出。夏冬雄在行路打场及演出过程中，总是热情很高，干劲十足。每到一地，卸车装台、吊装灯光、安装布景等繁杂事务，他都干得津津有味，从不偷懒懈怠。剧团演出的众多戏本，夏冬雄虽然没有出演过主要角色，只是演一些配角，即使只有一两句台词的群众演员或者匪兵、日本兵，不论角色大小，从自己化妆、穿服装、拿道具等，他都认真对待，从不马虎。他十分珍惜在舞台上表演的机会，也从不放弃在舞台上表演的任何机会，其良好的舞台作风值得称道。

当时，剧团排演了八个样板戏中的《沙家浜》，夏冬雄扮演剧中的新四军战士。在第六场“奔袭”中，新四军战士有翻筋斗越过“胡传魁”家院墙的高难度动作，这也是《沙家浜》一剧中武打场面的高潮戏。夏冬雄因毯功欠缺，基本上不会翻筋斗，也就没有机会参与这场翻越院墙的武功戏。但是，他又不服输，成天想着这件事，寝食难安。他暗暗下定决心，在平时练功中苦练他的“穿猫”动作，期望有朝一日也能和其他师兄弟一样，成功翻越布景围墙，过一把在舞台上腾空表演的瘾。功夫不负有心人，由于他坚持勤学苦练，志在越过高墙，其“穿猫”动作日渐成熟，腾空的高度似乎已经能够越过《沙家浜》中的布景围墙了。一日，他郑重其事地对负责武戏的大师兄彭朋说：“彭师兄，我的‘穿猫’能够过城墙了，今晚的演出你让我过一过。”彭朋大师兄朝他看了看说：“你有把握能穿过去吗？”“有把握，我都练了好多遍了，你放心，就让我试试吧。”彭朋见他如此执着，且言辞恳切，也就不便回绝，以免打击他的积极性，勉强同意了。夏冬雄见彭朋大师兄同意自己晚上演出参加翻越院墙，心情也特别兴奋，面露喜色，跃跃欲试，有点急不可耐了。晚上演出，当演到“奔袭”一场翻越院墙的戏时，彭朋安排夏冬雄第四个出场，前面三人按各自拿手筋斗顺利越过院墙，该夏冬雄上场了，只见他站在舞台一侧，望着舞台对面的院墙迟迟没有起步，他后面第五位要过院墙的师弟吴泽树不耐烦地催促道：“你快点起步跑吵！”此时，夏冬雄脑壳里一片空白，六神无主，不知所措。正式演出时的过院墙与平时练习的过院墙绝不是一回事，究其原因，平常练习时，自己心态平稳，心理上有充分准备，加之是白天自然采光，周围环境相对安静，也就没有任何心理压力。而到晚上正式演出至翻越院墙时，舞台上所有灯光骤灭，只有对面一束聚光灯映射着过院墙者，后面一束追光灯随过院墙者而移动。这就要求过院墙者翻筋斗时，从什么位置起步，翻筋斗时的起点和落点，以及筋斗腾空越过院墙的高度等，都要做到心中有数，不能有些许差错。而此时此刻的夏冬雄，面对只有迎面照射的一束聚光灯的漆黑舞台，他两眼一抹黑，早已慌了手脚，不知如何起步。在后面人的催促下，稀里糊涂地跑向对面布景院墙，两眼一闭，不管三七二十一，纵身一跃，整个身躯硬生生地压在了“院墙”之上，用他的血肉之躯把“胡传魁”家的“高大院墙”压塌了！其状惨不忍睹。慌乱中，工作人员把压在布景院墙上的夏冬雄救起，重新拉扯起布景院墙，让后面的新四军战士接着翻筋斗过院墙，演出才得以继续进行。事后，夏冬雄十分沮丧，面对众人的指责，低着头，耷拉着脸，惊魂未定，无地自容。此次事故发生后，夏冬雄也就再也不提“穿猫”过院墙的事，大家的议论也逐渐平息。但据我的观察，夏冬雄并没有气馁和死心，每天仍然继续练着他的“穿猫”功，估计他仍想着有朝一日，还是要“穿”过《沙家浜》院墙的。

我和夏冬雄关系不错，两人性格相近，说话投缘，平常生活中相互关照，几乎没有红过脸。也有人说我们俩身材差不多，长相也有点相似。后来，剧团解散，我下放到农村劳动锻炼，夏冬雄则下到工厂接受工人阶级再教育。后来，成立毛泽东思想文艺宣传队，直至恢复荆河剧团，我们俩又继续在一起工作和生活。随着时间的推移，我们的师兄弟感情与日俱增，友谊也更加深厚。

1972年春节，剧团排演的《奇袭白虎团》在津市红旗剧院隆重上演，由我担任剧中主角“严伟才”，夏冬雄演志愿军战士。一天，夏冬雄对我说：“徐远君，我俩拍一张剧照好不好？”我说：“可以呀，拍什么剧照呢？”他说：“拍《奇袭白虎团》的剧照，我扮‘严伟才’，你扮‘韩大年’。”我心想，夏冬雄这是太羡慕和喜欢“严伟才”的戏装装扮了，应该满足他的这个愿望。因此，我也就爽快地答应了他的这一要求。之后，我们俩向管服装箱的陈兴桃师傅借了“严伟才”和“韩大年”的戏装，跑到津市照相馆，专门找照相技术最好的孙玉华老师给我们拍了剧照。夏冬雄非常高兴，也十分满意这张剧照，时不时拿出来欣赏或在旁人面前嘚瑟一下。时至今日，此张剧照仍是他的得意珍藏。除此张剧照外，他还拍了样板戏《红色娘子军》剧中党代表“洪常青”的剧照等。虽然他没有出演过这些样板戏的主角，但他热爱样板戏，心系剧中的英雄人物，哪怕身着这些戏装，过一把戏瘾，也是他梦寐以求的一大幸事！

生活中的夏冬雄爱好广泛，打太极，听戏曲，喜品茶，乐收藏。尤其是对京剧和地方戏曲情有独钟，常挂嘴边，津津乐道。荆河剧团撤销后，他分配在津市红旗剧院工作，虽然剧院再难以看到荆河剧团演出的剧目，但外地剧团来津市演出，如京剧、汉剧、花鼓戏、歌舞剧等，他却是近水楼台，能够一饱眼福。一旦外地剧团来津巡演，便是他最风光、最得意的美妙时刻。由于他是剧院员工，便有了获取前排座位的优势。此时的夏冬雄，衣兜里揣着一叠戏票，手里捧着一个大茶缸，面露喜色，神秘兮兮地在红旗剧院大门外晃来晃去，等候着前来购票的朋友或熟人的到来，然后在购票者面前显摆卖弄一番，藉以彰显他手里握有好座位戏票的“特权”。

夏冬雄脑袋瓜灵活，蛮有经商头脑，且善于经营。他在红旗剧院旁边开了一家“夫妻档”小餐馆，老板娘亲自掌勺，做得一手好菜。夏冬雄负责采买各种食材，同时，也负责营销推广，拉熟客或朋友来店里就餐。小姨子有时也来店里帮忙，兼做招待服务员，也不用请人打工，名副其实的“夫妻档”餐馆。店里最有名的菜品是用五种滋补品炖的鸡汤，夏冬雄给它取了个响当当的菜名“乾隆五子鸡”，这款菜名诱人的炖鸡汤成了众多客人来店里就餐的必点菜肴。为此，夏冬雄每每谈到此款招牌菜，总是喜滋滋的，客人未尝，自己已经笑逐颜开，王婆卖瓜自卖自夸，赞不绝口了。夫妻俩起早贪黑，精心打理，熟客朋友捧场，小店生意也顺风顺水，红红火火。我每年清明时节回乡，总要约上原荆河剧团的老朋友，在夏冬雄的“夫妻档”聚聚，品茶聊天，吃上一顿。一来回到曾经生活和工作过的老地方，感受一下往日的气息，梨园情节使然；二来也算是照顾师兄餐馆的生意，愿他生意兴隆、财源广进。

最近几年，夏冬雄迷恋上了收藏，一门心思成天捣鼓着他收集的“古董珍玩”。瓷器、玉器、翡翠、玛瑙、小件杂项，品种繁多。凭着他独有的小聪明才智，顺道着也把这些收来的小东西转手挣点儿差价。玩收藏，捣古董，成了他生活中必不可少的一部分，其足迹遍布津城澧水沿岸的广大区域，乡村集镇、山区农舍，哪里有古董，哪里就有他的身影出现，可谓四处觅宝，乐此不疲，俨然成了旧时古玩行里走村串户的古董收购小商小贩。有时候，他淘回来的一些宝贝，如玉佩、玉牌、翡翠挂件、手串佛珠等，常常佩戴于自身颈脖、胸前、手腕或系于腰间，在大街上招摇过市，借以吸引人的眼球，以此招揽生意。夏冬雄的“古董”生意无须门面，也不需要摆摊设点，他的颈脖、前胸、臂膀、手腕等处，就是他最绝妙灵动的肉身展示舞台。

有一天，原荆河剧团76科的翟向荣小师弟从长沙回津市小住，正走在离红旗剧院不远的街边一侧。此时，街对面的夏冬雄发现了翟向荣，便大声喊着：“向荣，向荣！”小师弟听见马路对面夏冬雄的叫喊声，朝他挥了挥手，打了个招呼。夏冬雄又煞有介事地朝他招招手，压低嗓音喊着：“向荣，快过来。”翟向荣见状，连忙快步走过马路，来到夏的跟前问道：“夏老师好，有什么事吗？”夏冬雄面带微笑，小声说道：“给你看一样好东西。”“哦，什么好东西？”此时，夏冬雄收起了笑容，用警惕的目光朝四周望了望，看有没有人注意。只见他小心翼翼地将上衣下摆的衣襟往上掀开了一角，翟向荣也全神贯注地看着夏冬雄掀开衣襟的慢动作，准备一探究竟。说时迟那时快，夏冬雄闪电般地把刚掀开了的衣襟突然缩了回去，遮挡住了刚要露出来的东西。他神秘兮兮地又朝两边望了望，以再次确认没有旁人注意，这才放心地掀开上衣下摆，露出了挂在腰间的一块玉佩。翟向荣长舒了一口气，被夏冬雄一惊一乍弄得颇为紧张的心情方得以恢复过来。夏冬雄将腰间的玉佩展示给向荣欣赏，不无得意地说：“刚刚淘回来的宝贝，新疆和田玉籽料哟。”翟向荣望着他笑了笑，心领神会地随声附和捧场：“好东西！夏老师，真是好宝贝，好宝贝！”

2016年，省会著名导演彭景泉拍摄的微电影《兰亭墨华》在小城津市开机，部分镜头安排在红旗剧院舞台上拍摄。剧中主要人物“王羲之”由翟向荣扮演，并邀请原津市荆河剧团部分演员担任其他配角。翟向荣从小酷爱书法，尤其是对“二王”书法情有独钟，几十年刻苦钻研，潜心修炼，一手《兰亭集序》书法得心应手，出神入化，几可乱真，在书法界颇有名气。他还受邀赴中国人民大学讲课，教授书法，受邀赴美国德州大学讲学，其精湛的书法造诣蜚声海内外。正因为他写得一手《兰亭集序》好书法，加之他为剧团科班生，有一定的表演天赋，也就成了彭导演选中出演剧中“王羲之”的不二人选。

夏冬雄本想在剧中能够分得一个小角色过过瘾，也好在这部微电影中露露脸，显摆一下，无奈没有合适的角色给他演，也就只能暗自叹息。但他仍然兴致很高，虽然角色没有份，但还可以干点儿别的什么事呀。彭导在剧院舞台上指导排练，他便跟随在彭导身后跑上跑下，搬布景、拿道具，给导演和演员端茶送水，忙得不亦乐乎。剧中有几件古董道具，彭导提出必须按要求备齐，夏冬雄自告奋勇，由他去想办法筹备。功夫不负有心人，在他的努力下，几件古董道具准备妥当，圆满地完成了彭导交办的任务，得到了彭导的赞许。微电影《兰亭墨华》拍摄完成，在后期制作时，夏冬雄郑重其事地特意交代翟向荣：“向荣呀，电影字幕上要有我的名字，千万别忘了。”翟向荣听了他的交代，丈二和尚摸不着头脑：“夏老师，你在剧中又没有演什么角色，怎么能有你的名字呢？”“呃，演员名字中没有我，职员表中应该写上我呀。”翟向荣还是没有反应过来，好奇地问：“职员表中怎么有你呢？”夏冬雄煞有介事颇为认真地回答：“道具：夏冬雄。”翟向荣恍然大悟笑了起来：“好好好，我马上跟彭导说，把你的名字加上去。”夏冬雄喜笑颜开，非常高兴地连声道谢。

原荆河剧团人员偶尔会在一起聚会，闲聊中，大家七嘴八舌，话题广泛，气氛热烈。一般情况下，夏冬雄不太爱讲话，但有时激动起来也语惊四座，掷地有声。一次聚会中，谈到津市荆河剧团的科班时，在座的张如浩、万德仁对荆河剧团科班不以为意，评论轻描淡写。此时，夏冬雄不乐意了，他激动地站起来大声说：“我们是‘黄浦’三期的，你们算什么？新州科班的，不是正统。”他所说的“黄浦”三期，即以津市荆河剧团57

科为第一期，60科为第二期，我们64科即为第三期，后面还有71科为第四期，最后76科为第五期。而张如浩和万德仁是澧县新州镇科班的，不属于津市荆河剧团的“正宗”科班。在夏冬雄的心目中，自己是荆河剧团的正规科班出身，而且是传承有序。他打心眼里对其他科班的人不屑一顾，其过激言辞也就可以理解了。

夏冬雄热爱荆河戏，一生与荆河戏相依相伴，几十年的梨园生涯铭心刻骨，荆河戏情结早已深入骨髓，难以忘怀。每次与他相聚，话题总离不开荆河剧团的人和事，离不开荆河戏的舞台表演，离不开荆河戏的优美唱腔……荆河戏是师兄的最爱，也是我俩共同的追忆。时光荏苒，愿古老荆河戏这颗璀璨明珠重放异彩，愿荆河之水长流，生生不息，万古流芳！

敢于挑战自我的梨园“金狗”

——记不甘寂寞者蒋海明

蒋海明是我同科师兄，他比我大四岁，在师兄弟中是年龄较大的。他小时候家里人和隔壁左右邻居都称呼他为金狗，什么意思不得而知，也许是小金狗好养，企盼他身体健康，快快长大吧。

蒋海明五短身材，皮肤黝黑，眼睛铮亮，小圆脸，五官端正，嗓音厚实，进科班后分在末行，介于生行和净行之间，既可演生角也可演净行中的红生，如关羽、赵匡胤等。

蒋海明脑袋瓜灵活，在科班里练功时吃得苦，悟性也高，尤其是毯子功比其他师弟进步要快，师傅们也都喜欢他。王化金师傅比较看重学习毯功有潜力的学员，因而他也常常得到王师傅的表扬。

记得我们64科班在排演出科戏《黛诺》时，最初确定是由我扮演男主角勒丁，蒋海明为勒丁的B角，王化金师傅是导演。在排练第二场“抢婚”时，勒丁出场前有一个内倒板唱腔：“一路追来一路喊……”我刚唱完内倒板准备出场，王师傅马上喊停，对我说：“你的嗓音太尖了，还是蒋海明来演勒丁吧。”我脑袋一下子蒙了，只好悻悻然下场。就这样，王师傅一句话，没有理由毫不客气地剥夺了我演男主角的机会，而改演男二号人物腊汤，由此可见，王师傅对蒋海明是何等的偏爱。

我们64科合人老团后，几年中蒋海明也没有扮演过什么角色，只能演演战士或匪兵、日本兵。主要原因是他个子矮，我们男生都长高了，而他老不长，仍停留在进科班时的身高。他自己也觉得继续做演员没有什么大的出息，不甘心只翻翻筋斗，跑跑龙套，转而开始学习乐器。开始是对打击乐有兴趣，打钹学了一阵子，而后又跟随胡振金、邓云勇两位师傅学习司鼓，他悟性高，一段时间以后也就敲击得有模有样。学完打击乐器，他又迷上了吹竹笛，每天清晨，空荡荡的剧场内，总能看见他只身一人在练习吹笛子，清脆悠扬的笛声划破拂晓的宁静，也吵醒了赖床的我们。有时他还跑到红旗剧院后的郊外练习，两个钟头站下来，仍意犹未尽。功夫不负有心人，他的竹笛已经吹奏得有一定水准了，我们聚会搞活动，蒋海明也会来一曲笛子独奏。学罢民族乐器竹笛，他又迷上了西洋乐器长笛。有了吹竹笛的基础，学吹长笛也就轻车熟路，不在话下，短时间内已能熟练掌握长笛的吹奏技法。几年中，他还学会了民族乐器中的唢呐，西洋乐器中的萨克斯，虽不是很精到，达不到独立演奏的水准，但也能较熟练地吹奏出一首完整的曲谱了。

蒋海明人很聪明，头脑机灵，学东西快，也能吃苦耐劳，持之以恒，在师兄弟几个中是较为出色的一个。同时，他也有一些不安分，屁股上像长有毛刺，坐不住，喜欢到处乱跑，惹是生非。

在剧团期间，我们64科的几个男生年龄也就十五六岁，不通世事，但爱凑热闹，打涌场，赶潮流，还成立了一个小队伍，号称“荆河剧团七龙”，由蒋海明、夏冬雄、钱铁山、吴泽树、张惠生、郭明星和我七个人组成。乐队几个老师成立了一个叫“呐喊”的队伍，合称为“七龙呐喊”。剧团一些持不同观点的人则成立了另一队伍，取名“钢砸连”。双方人员因观点不同，在剧团内外时有摩擦争斗。

八月的一天下午，天气虽然炎热，我仍在红旗剧院宿舍里关门看书。

为防蚊虫叮咬，我还把吊着的蚊帐放下来，坐在床上聚精会神地翻看着小说。突然，我听见外面有人边跑边喊，我赶紧放下书下得床来，打开房门一看，原来是蒋海明慌慌张张、气喘吁吁地跑进宿舍走廊，看见我站在门外，大声说："钢砸连的人在追我！"我问："你又在外面惹祸了吧？"蒋上气不接下气："在湘航那里吵起来了，他们拿刀要'杀'我。"我赶紧把蒋拉进房间说："别慌别慌，快点躲到床上去，别出声。"然后关上了房门，我们俩躲在床上大气也不敢出。此时，叫喊声、脚步声越来越近，追来的人在走廊那头大声说话，只听见彭桂生说："这小子肯定跑进来了。"黄祖德接着说："肯定躲起来了，搜！"滕焕金说："去里头徐远君的房间看看。"（我住的房间在走廊最里头一间）杂乱的脚步声急匆匆走到我房间门口，只听"嘭"的一声，不知谁一脚踹开了房门，几个人冲进来。滕焕金掀开蚊帐，看见我们两人蜷缩在床角。彭桂生抓过蒋海明的手拖下床来，准备揍他。滕焕金则挥起手中的皮带，"啪"的一声，我的后背重重地挨了一皮鞭。此时，剧团楼上楼下一些人听见叫喊声也都跑出来围观，隔壁育才小学的秦自超老师也在围观人群中，见此情景，秦老师急忙挡住滕焕金仍要挥皮带打人的手，大声说："不要打人，不要打人！"金星明大师兄也大声说："要文斗，不要武斗！"其他围观的人也纷纷指责起哄。在众人的指责声中，"钢砸连"的一行人才灰溜溜地退了出去。我后背疼痛难忍，被滕焕金用皮带扣抽打的地方血瘀红肿，至今疤痕仍在。

把这段经历写下来，并不是要纠缠历史旧账，而是尊重事实，还原真相。我不是一个记恨旧账的人，那些过去对我不友善的言谈举止，在我脑中早已烟消云散。2008年清明节返乡，我邀请原荆河剧团艺人们首次大聚会，滕焕金师兄仍在我所邀请名单之列，而他接到我的邀请也很高兴参加了这次聚会。据师弟禹云德后来对我讲，有一次他和滕焕金等人在一起聚餐时，谈到我每次回津市都邀请原荆河剧团的老人们聚会，滕深有感触地说：“徐远君人不错，不记恨，我过去对不起他。”其实，我从心里已经早就原谅他了。

我们64科的“七条龙”，在剧团里是出了名的调皮捣蛋鬼，喝信斗把，搞笑呛水总不得安分，有时还找老师傅们寻开心，管魁头箱的汤老艺人、管服装道具的陈兴桃师傅、谢觉玉师傅等人，都是我们常常开玩笑的对象。一天，厨房的邹早清师傅又喝多了酒，满脸通红，酒气熏天，手里提着快喝完的酒瓶歪歪倒倒地从厨房经化妆间走到了剧场院子里，嘴里还嘟囔着什么。我们几个人见状，又开始找邹伯寻开心。钱铁山上前要去抢邹伯手中的酒瓶，邹伯不让抢，一把将钱推开。蒋海明拉起邹伯的手转圈圈，越转邹伯头越晕，嘴里骂人也就越来越凶，我们几个则围着邹伯瞎起哄。这时，蒋海明跑到厨房里拿来一只舀水的木瓢瓜，一个蹦跶将木瓢瓜罩在了邹伯头顶上。邹伯已经醉晕了，感觉头上有什么东西罩着，用手抓了半天没有抓下来，嘴巴里又骂开了：“什么七……七龙……八喊？七条懒龙！……”我们几个人开心地哈哈大笑。

后来，荆河剧团因多种原因难以为继宣布解散，艺人们纷纷改行各奔东西，自谋生路。蒋海明为了生活四处奔波。他开过小店铺，经营烟酒糖果，京广杂货；也开过录像厅，专门放录像；他还与人合伙倒卖过钢材建材，赚取了人生第一桶金。1990年间，他和师姐彭信兰准备在株洲市设点做生意，两人来长沙找我谈及此事，寻求我的帮助。为此，我专程去株洲找朋友帮忙协调，并为他们物色了一处地理位置好、适宜办公与居住的二层小楼房。此外，我还把株洲商业系统的朋友介绍给他们俩，并一一安排妥当。后来得知，他们在株洲干得并不顺利，也没有赚到什么钱，不到一年时间便打道回府，做了一回发财梦。

如此折腾，蒋海明在老家又瞎混了几年，仍然没有找到好的出路，整日无所事事，郁郁寡欢。回想起在剧团近二十年的演艺生涯，那一幕一幕难忘的瞬间不时在脑海中浮现。出于心底里对荆河戏的热爱，蒋海明眼睛一亮，突发奇想：荆河剧团虽然不存在了，但广大城市乡村爱看荆河戏的大有人在，如果重新组织一个戏班子，相信会有观众捧场，戏班子人员的生活是不会有问题的。对，就这么干！他首先把自己的这个想法与夫人小赵沟通。小赵也是一位业余戏剧爱好者，听了蒋的表述及设想，她十分赞同并表示完全支持，夫妻俩一拍即合。决心下定，组建荆河戏班子的工作也就紧锣密鼓地展开了。

蒋海明首先想到了原澧县和津市荆河剧团一些老艺人，以及乐队的人员，诚心邀请他们出山重操旧业，加入他组建的戏曲班子，并从社会上物色一些有戏曲表演特长的年轻人加盟。短时间内戏剧班子人员基本凑齐，并开始排练了部分古装折子戏和一些人们喜闻乐见的小节目，在澧县和津市周边乡镇巡回演出，受到了广大城乡群众的喜爱和好评。蒋海明既是“草台班”班主，又是乐队指挥，同时，还时不时上台扮演个把角色，身兼数职，忙得不亦乐乎。十多年间，他的草台班子广泛活跃于沅水流域和澧水流域的广大乡镇和农村。凡遇有农村集镇一些喜庆活动，如店铺开业庆典、农居新屋落成、老人过寿诞、女人生孩子的满月酒、百日宴、周岁宴等红白喜事，都能见到蒋海明忙碌的身影，见到他的“草台班子”在搭台唱戏。蒋海明不甘寂寞，吃苦耐劳，不论是炎炎夏日，还是数九寒冬，他的戏曲班子一直坚持巡回演出，不曾间断。虽说是为了班子里众多演职人员的生计不得已而为之，但在他心底，还是那份对荆河戏的挚爱与坚守，荆河戏情结已在他心中扎根，初心不变！

蒋海明也是一个特立独行之人，他的一些行为处世和行事风格，往往使人有些意外。如他相中的女婿，就与众不同。几年前我清明回乡，蒋海明专程来到我入住的兰苑宾馆房间看望。彼此谈话间他告诉我，他女儿结婚了，女婿是位非洲黑人。我听后大为惊讶说："怎么找个非洲人做女婿呢？"蒋不以为然，他说："我这个女婿人不错，女儿和他相处很好的。我也喜欢他，跟他也谈得来。"蒋海明还带着他的女婿满大街闲逛，上馆子，吃家乡小吃，引得众人好奇地尾随围观。

又比如，蒋海明开的一辆小车，可能是津市地区最小的迷你车，大小与三轮摩托车相仿，是我见到过的最小最小的坨坨车。车内除他自己坐在驾驶位置上外，只能容下另一人勉强落座，如若遇上一位身体稍大的汉子，就只能弯着身躯、耷拉着脑袋钻进车去，蜷缩着坐在车内了。我问他："你怎么买这么小的坨坨车？"蒋笑着回答道："这个车开着灵便，再窄的小巷子也能钻进去，掉头也方便。"我听了哭笑不得。不过，蒋海明个子小，他开这辆迷你坨坨车，倒是挺适合的。

蒋海明就是这样的一个人，脾气倔强，认准了的事，九头牛也拉不回来。就如他对待自己喜爱的荆河戏一样，持之以恒，决不轻言放弃。

我性格独特而又偏执的师兄，真是一只令人刮目相看，可亲、可佩的梨园"金狗"。

情系舞台，梨园丛中“美猴王”

——记敢挑重担的赵希师姐

俗语说：“山中无老虎，猴子称大王。”这句略带贬义的话语，虽然所言不假，但在梨园行里，没有些许本领，猴子可是称不了大王的。而赵希就是一只可亲可敬的“美猴王”，津市荆河剧团一位敢挑大梁的舞台一姐！

赵希是我同科班师姐，专攻小生行，容貌虽无过人之处，但也端庄周正，一副宽肩略感欠缺柔和，但也成就了她日后出演英雄人物的挺拔英姿。在科班里练功学艺，师姐十分刻苦用功，早起吊嗓晨练从不迟到，阔腿撇腰也从不喊疼，各项基本功进步很快，常常得到师傅们的表扬和赞许。在64科出科戏《黛诺》一剧中，赵希饰演工作队队长李医生一角，初步崭露出她的表演才艺。

1969年秋季，市里决定成立毛泽东思想文艺宣传队，抽调津市荆河剧团十多人和市里其他单位有文艺特长的人员参加，集中在原刘公桥津市剧院，突击赶排一些文艺宣传节目。当时排练的一个重点节目是《忆苦饭》，姜岳金演爷爷，我和赵希演兄妹俩。这个单本剧时间不长，仅半个多小时，但要求演员需在较短时间内快速进入角色。按照剧情发展，每次演到剧中高潮动情处，我们三人都眼含泪花，声音哽咽，情难自禁。台上的演员与台下的观众感情互动，收到了良好的演出效果。这也是赵希在那个时期首次登台担任重要角色的剧目。经过老师们的不断启发和打磨，她能够准确地把握角色的情感变化，表演细腻，感情真挚，受到老师和观众的好评。

1970年，荆河剧团恢复建制，下放到工厂农村的原剧团人员陆续召回。此时，剧团也排演了一些大型剧目，如《火椰村》、《红灯记》和《沙家浜》等。在《沙家浜》中扮演阿庆嫂的是张淑容，另由赵希担任B角。为避免张淑容大师姐连续演唱出现塌嗓事故而影响演出，领导大胆起用了赵希。接受饰演阿庆嫂B角的任务后，赵希既兴奋又紧张，担心自己演不好，不能胜任阿庆嫂一角，有负领导和师傅们的信任。

赵希十分珍惜这一难得的机会，稍有时间便主动向张淑容师姐求教，认真练习每一句台词，细心揣摩每一个动作，反复训练每一处唱段。张师姐也非常耐心，手把手地教，毫无保留地把自己饰演阿庆嫂的心得体会向赵希讲解，因此她进步很快，逐步进入了角色。客观地讲，赵希饰演的阿庆嫂基本上是成功的，对于20岁出头的她来说，已经是难能可贵了，这主要取决于她虚心请教、刻苦钻研的良好品质。

1974年，剧团决定排演《杜鹃山》，由赵希担纲主演柯湘，这也是她演员生涯中独立完成的最重要角色。中国京剧院杨春霞主演的《杜鹃山》柯湘一角，已经家喻户晓，其出色表演早已红遍大江南北。要演好柯湘这一角色，对于赵希而言，其难度可想而知。但她没有畏难，没有退缩，而是迎难而上，勇于面对，敢于挑战。这股不怕难的勇气，源于她心底里的不服输，既然组织上信任我，剧团需要我挑起大梁，那自己就应该挺身而出，接受这副重担。她更坚信自己只要通过不断努力，是可以胜任这个任务的。经过两个多月夜以继日的艰苦排练，《杜鹃山》在众人期盼中隆重上演，赵希主演的柯湘也一炮打响，无论从扮相，还是道白唱腔，大大超越了她以往出演的其他角色，获得了较大成功。

此后，赵希还出演过《龙江颂》中的江水英，以及1979年恢复上演古装戏后的众多角色。这些角色她都能得心应手，一一胜任，且不在话下。

生活中的赵希为人随和，待人热情，说话就像唱歌，永远是笑容可掬。她主持家务，相夫教子，勇挑重担。尤其是在丈夫患重病期间，鼓励他不要气馁，勇敢面对疾病。她尽一个妻子所能做到的一切，细心照料，熬汤送药，关怀备至，用爱的力量使丈夫鼓起了与病魔抗争的勇气，最终战胜了病魔。赵希积极向上的乐观心态，使得她的家庭充满阳光，夫妻感情恩爱有加。

赵希师姐有爱心，乐于助人，只要是师傅们和师兄师姐们家中有事或身体有恙，她总是前往嘘寒问暖，给予力所能及的帮助。记得前年清明节期间，久居北京的周学敏小师姐回乡探亲。她们同学间有一个聚会，周学敏需要晚上聚会时表演节目，正巧赵希也回津市了，周学敏便向她求教，二话没说，赵希便辅导周学敏舞蹈动作，在舞台上如何走云步等。就是这几个白天教的关键动作，晚上周学敏的舞蹈表演便增色添彩，获得满堂喝彩。

赵希师姐的退休生活也总是丰富多彩，绸舞、剑舞、柔力球操玩得像模像样，既锻炼了身体，又丰富了晚年生活。她参与其中的常德市柔力球操队，在全省、全国比赛中屡屡获奖。享受着此中乐趣的她，兴趣盎然，不亦乐乎！

我每年清明节回到家乡，见到师姐，她总是心情愉悦，笑容灿烂，良好的心态使师姐容颜不老，风采依然。写到此处，我的笔触又回到了开篇的话语："山中无老虎，猴子称大王。"放在他处，这或许带有贬义，但在师弟我的眼中，这恰恰是一句褒奖语。祝福你，师姐，你永远是家乡青山绿水间唯一、唯真、唯美的"美猴王"！

荆河戏老艺人面面观

——津市荆河剧团老艺人故事点滴

有着近四百年历史的古老荆河戏，最早发端于明末清初，它与楚地汉剧同根同脉，广泛活跃于鄂西南的宜昌、沙市、荆州、江陵、监利、石首，以及湘西北的石门、临澧、澧县、津市地区，在川东的重庆、万县、秀山、酉阳也有其活动的轨迹。而流传在湘西北澧水流域的荆河戏最为活跃，荆河戏艺人也相对较为集中，有记载的荆河戏科班，当数清道光、咸丰年间的澧县新洲“老同乐”科班和临澧县城关的“老同福”科班。清光绪（1875—1908年）年间，澧水上游慈利县有一姓朱的富户组织了一个荆河戏班，朱家名为松绣的女儿嫁到津市，朱家戏班也随同来到了津市落户。此后，在津市落脚扎根的这个荆河戏也就正式取名叫“松绣班”，广泛活跃于津城九澧一带，深受广大城乡老百姓的喜爱。民国期间，“松绣班”名角辈出，鼎盛时期上演的荆河戏、折子戏以及移植改编自汉剧、徽剧、楚调的荆河戏本多达百余部，在湘鄂两省交界的荆江、澧水流域影响力日盛。这期间，“松绣班”吸收接纳了九澧一带部分科班的艺人加盟，其中有澧县新洲“文化班”（1910年）的彭化万、杨化喜等，安乡县城“翠和班”（1912年）的瞿翠菊等，澧县白洋堤“新舞台班”（1915年）的贺甲龙等，津市“同胜班”（1915年）的高宏云、汤魁云等，澧县王家厂“觉民园班”（1934年）的张觉龙、谢觉玉等，石门县先洋镇“兴华班”（1937年）的文兴菊、陈兴桃等，石门县城“天华班”（1937年）的王天柱、闫天柏、陈天焕等，公安县南平镇“精华班”（1937年）的傅楚精等，石门县城“文化班”（1940年）的王振文等，澧县杨家坊“华胜班”（1943年）的田化万、王化金等，澧县荣家河“大新班”（1947年）的吴云禄、易云福、陈云风、芦云彩，澧县新洲“新华班”（1947年）的严嘉猛等人。除上述这些戏剧舞台上的老艺人外，还吸纳了一些熟悉荆河戏谱曲及文场面（京胡、二胡、月琴）和武场面（打击乐）演奏的乐队人员，如叶代华、蔡慎义、王永林、汤廸林、陈显林、向华英、易兴桃、邓云勇、杨嘉霞等人。这个时期的“松绣班”，基本上形成了一套较为完整的荆河戏演艺班子，在湘鄂两省九澧一带荆河戏班子中颇有名望。其中，最有名气的荆河戏老艺人有生行的彭化万、罗松林、王天柱、易云福，丑行的刘新彩、陈兴桃、芦云彩，小生行的王振文，武生行的傅楚精，武丑行的王化金，净行的张觉龙等人。这些名老艺人在荆河戏舞台上饰演的众多人物角色，帝王将相、才子佳人、樵夫民女、英雄豪杰、天兵天将、各路神仙，都各具特色，唱功一流，武功超群，深受群众喜爱。

中华人民共和国成立后，“松绣班”被政府接收管理，改名为“津市群众湘剧团”。1956年，正式改名为“津市荆河剧团”，并纳入财政预算管理，国有性质。同年，更名的津市荆河剧团参加中华人民共和国成立后湖南省首届戏曲观摩会演，传统古装戏《反武科》获演出二等奖，主演王天柱、傅楚精获演员二等奖，王振文获演员三等奖。1962年，剧团排演的新编历史剧《谢瑶环》应邀赴省城调演，该剧由吴云禄编曲并导演，张淑容、刘运志、陈芳英、曾庆英领衔主演，演出阵容庞大，各行当齐全，优美的荆河戏唱腔，演员们精湛的表演轰动省城，受到了省委主要领导亲切接见，省城主要报刊作了详细报道。

自1956年津市荆河剧团正式成立，至1966年前的十年间，荆河剧团上演的传统古装戏和新编历史剧在戏剧舞台上大放异彩，特别是于1964年由著名编剧杨善智新编的大型现代戏《太平村》，参加中南五省（区）戏曲会演，轰动省城，好评如潮。主演闫天柏、吴云禄、张淑容、金星明等塑造的剧中人物形象，被省城记者或画家描绘成漫画像，登载在省城报刊上，颇有影响力。因此，这十年间，是津市荆河剧团历史上发展得最好的时期，尤其是首科新班，即古大同57科班的加入，更使荆河剧团增添了新鲜血液，老、中、青演员阵容齐整，灯服导效全新，文武场面齐全，剧团面貌焕然一新，在湘鄂两省荆河剧团中脱颖而出，名列前茅。这期间，剧团涌现出了一批知名演员，有刘运志、王天柱、罗松林、陈兴桃、王化金、王振文、吴云禄、陈云凤、易云福、彭朋、金星明、张淑容、于乾珍、杨先珍、孟祥华、王文柏、彭桂生、满文武、张如浩、万德仁等，他们的表演各有所长，在广大观众中都有各自的粉丝，享有较高名望。

“双枪老太婆”

刘运志师傅是“松绣班”的老艺人，嗓音洪亮，丹田气十足，南北流声腔运用自如，唱功一流，是荆河剧团生角行里的佼佼者，也是荆河剧团最早的团长。她为人正派，心地善良，待人和善可亲。在我的印象中，刘运志师傅主演的角色不多，也许是身兼剧团团长的缘故，作为剧团领导，她的很大一部分精力放在了处理剧团内诸多事务上。

但即便如此，她在一出古装戏中所扮演的“武则天”一角中的一段唱腔，至今仍让我回味无穷、难以忘怀。“偶到上阳宫里游，万千朱雀舞宫楼……”这段类似昆曲的荆河戏唱腔，不知出于何人之手，整段唱腔犹如行云流水般动人心魄。刘运志师傅行腔运用自如，演唱得委婉流畅，非常好听。此外，我印象比较深刻的，即是在1970年底，剧团排演的现代戏《江姐》一剧中，刘运志师傅扮演的“双枪老太婆”。在该剧第三场，在得知江姐的爱人老彭被敌人杀害，老彭的头颅被悬挂在城墙上示众的噩耗后，“双枪老太婆”情绪激动万分。“双枪老太婆”出场前有一个内倒板唱腔：“热血染红满天云……”然后，“双枪老太婆”腰插双枪，阔步出场亮相，接着唱道：“革命人，永青春，身虽死，志长城。老彭好比苍松翠柏在山林，你万古长青！”就是这一段唱腔，刘运志师傅把“双枪老太婆”演绎得热血奔涌、大义凛然、气宇轩昂。尤其是她在出场前站在舞台内侧幕边演唱的内倒板，观众虽然看不见她的身影，只能听见舞台内传出来她高亢的唱腔，但刘运志师傅仍然十分认真，演唱时激情满怀，人未出场，心却已经进入了角色。每当我看见师傅极其用心地演唱这段内倒板唱腔时，我的心也受到感染和震动，她的这种敬业精神和对观众的敬畏之心，充分表明了老艺人们对荆河戏的无比热爱，对自己所从事的戏剧舞台表演的无比执着与珍惜，她的心永远属于这个舞台。

“即兴改编歌曲的师傅”

王天柱师傅是荆河剧团主管业务的副团长，也是颇负盛名的老生演员，一副边嗓行腔高亢流畅，且唱功一流。笔者在前文写王化金师傅的文章中已有简单介绍，在此不再赘述。

王天柱师傅既是剧团副团长，又是我们64科班负责人，他每天骑自行车往返于剧团和科班所在地窑坡渡，听取其他师傅的汇报，在练功场地不时观察科班小学员训练情况。对练功中吃苦耐劳，基本功进步较快的学员，他满脸笑意，大加表扬；对一些练功不刻苦，怕疼怕累，时而偷懒的学员，他也毫不客气，不留情面狠狠批评。一天，王天柱师傅得知有些学员练功偷懒不上进，他马上让全体学员列队，并开始训话。当时社会上比较流行的歌曲《高举革命大旗》中有这样几句歌词：“我们年轻人，有颗火热的心，革命时代当尖兵……”他训话训到激动处，即兴唱起了这首歌，只是歌词被王师傅临时改编了。他煞有介事一板一眼地唱道：“你们年轻人，有个冷热病，练功偷懒当逃兵……”他那抑扬顿挫的沙沙声腔，唱得大家忍不住笑了起来，看见我们偷偷在笑，他自己也就怒火全消跟着笑了起来。这就是我们戏剧舞台上的师傅们，善于应变，诙谐幽默，令人可亲可敬。

点名：“吴云禄，人呢？”

吴云禄是荆河戏澧县荣家河“大新班”科班出身，1950年加入津市“松绣班”。他身材不高，体稍胖，圆脸大耳，一双眼睛炯炯有神。吴云禄特别聪明，除登台演生角戏外，他还能谱写荆河戏曲谱、拉京胡、当导演，在剧团里身兼数职。他善于思考，脑袋瓜灵活，说话不紧不慢，走路脚踏实地，一步一个脚印。他待人和善可亲，教授年轻辈演员演唱他谱写的荆河戏唱腔不厌其烦，十分耐心。剧团排演的多台荆河戏剧目，如新编历史古装戏《谢瑶环》（兼导演），现代戏《太平村》《火椰村》《不平静的海滨》《江姐》《红哨兵》，以及移植排演的几个样板戏，其荆河戏唱段曲谱，皆出自他之手，可谓多才多艺，聪慧过人，吴云禄是津市荆河剧团的顶梁柱，难得的艺术人才。

吴云禄大智若愚，有时也犯糊涂，出点洋相，但大事决不糊涂。荆河剧团每年的大部分时间都是在外地行路打场，巡回演出。一般情况下，在甲地演出十天半月后，要转往乙地继续搭台演出。当收拾完演出所需的灯光、服装、布景、道具，以及个人铺盖行李后，在演职人员动身之前，需列队点名，怕有所遗漏。一次在湖北南平镇的演出结束后，出发前照例列队点名。当时吴云禄是业务副团长，由他负责点名。他照着花名册一个一个按顺序点名，听到名字的人则回答“到”或“在”。自然，他自己的名字吴云禄也在名册之中。当念到“吴云禄”时，他根本没有在意是他自己，照常念道：“吴云禄。”无人应答，他又念：“吴云禄。”还是无人应答。此时，他“咦”了一声，抬头望着众人大声说：“吴云禄，人呢？”大家面面相觑，一时半会没有反应过来，皆用狐疑的眼光望着他。见众人没有反应，吴云禄又加重声调说：“吴云禄到哪里去了？”此刻，站在他对面的胡振金反应过来了，他望着瞪大眼睛的吴团长说：“你自己不就是吴云禄吗？”吴云禄听罢，尴尬地“哦”了一声。大家也才都缓过神来，开心地捧腹大笑。吴云禄把脑袋一拍，也跟着大家不好意思地笑了起来。

“今天，我来报幕”

李梦君是津市荆河剧团从事舞台美术的美工人员，他个子不高，人比较单瘦，嘴大耳也大，眼睛略小。他说话慢声细语，笑容可掬，一看就是一个十分厚道的人。他在剧团的工作就是画布景和制作布景，剧团排演的所有剧目的舞台布景皆出于他个人之手，他每天兢兢业业，不辞辛劳，工作踏踏实实，是个老实巴交之人。20世纪80年代初，刚从湖南师大美术系毕业的徐业斌调入剧团任美工，李梦君这才有了一个得力助手，总算是缓解了他一个人画布景和制作布景的负担。剧团常年在外地巡回演出，撤台、装台、搬布景是个十分烦琐且劳累，又要求特别细心的工作，稍有不慎，布景就会被戳破或损坏，因此李梦君都是亲力亲为、安排有序，不敢有丝毫懈怠。每到一处新的演出场地，一般情况下，在舞台上安装布景须在半天时间内完成。李梦君总是最后一个收工的人，只有在一切布置妥当后，他才能喘口气，稍做休息。几十年来，他为剧团每场演出的顺利进行，可谓不辞辛劳，竭尽全力。

李梦君为人正直善良，他不善言辞、性格内向，平常很少与人开玩笑或说笑话，几乎有些道学呆板，毫无幽默可言。但有一次确属例外，他的即兴表演，令我大开眼界，也对他刮目相看。有一年剧团巡回演出到湖北闸口镇，当晚演出的剧目是革命样板戏《沙家浜》，心情特别好的李梦君突然来了兴致，他对剧团分管演出的吴云禄副团长说："吴团长，今天，我来报幕。"吴云禄见他兴致如此之高，便爽快地答应了他。闸口镇剧场不大，快到开演的时候，剧场内仍闹哄哄的，观众已是座无虚席。李梦君掀开幕布，精神抖擞地走到舞台正中，扯开尖细的嗓门开始他与众不同的即兴报幕："请大家安静！"停顿了一会儿，他继续报幕，"今晚演出大型剧目《沙家浜》，里面还有筋……斗！"他把"筋"字拖得老长，右手还使劲抖动着往上伸展，其尖细的音调和夸张的手法，感觉特别，十分好笑，简直令人忍俊不禁。李梦君这一史无前例的即兴报幕，诙谐滑稽，成为演艺圈茶余饭后说笑的话题，也是荆河戏舞台上幽默集锦中的经典，至今仍令人津津乐道。

丑角行里的佼佼者

陈兴桃师傅于1937年入石门县先洋镇"兴华班"学艺，是丑角行里有名的老艺人。他没有上过学，大字不识一个，但他人聪明，记忆力特别好，师傅们口口相传的诸多戏本台词，他都能牢记在心，并能完整地背诵下来。陈兴桃师傅是从旧社会过来的人，吃苦耐劳，勤俭节约过苦日子是他的本色。他烟瘾大，也好一口酒，但他从不买瓶装酒，喝的都是廉价的散装酒。抽的烟也都是角把钱一包的低价位香烟，如“红桔”牌、“沅水”牌之类的，或干脆买点更便宜的烟丝，扯下一截报纸，自己卷成一支香烟状，用口水一粘，卷好的烟接缝处往口中一抹，划根火柴点燃，深吸一口，犹如神仙般地吞云吐雾起来。

过惯了苦日子的他，吃菜也不讲究，大鱼大肉对他来说，是一件非常奢侈的事情，豆豉辣椒、咸菜萝卜，适合自己的口味就是最好的菜肴。平常一碟自己调制的辣椒酱餐餐陪伴着他，端进端出，乐此不疲。陈师傅喜欢吃鲫鱼，而且要把买回来的新鲜鲫鱼用盐腌渍后放臭了再煎着吃，一边吃一边说：“臭鱼有臭鱼的美味。”看着师傅津津有味地品尝着他的拿手臭鱼，看得出来，他是那种口福极易满足的人。

陈兴桃师傅热爱荆河戏，更喜欢演荆河戏，几十年间，他在戏剧舞台上饰演了众多人物角色。也许是在科班分在丑行的缘故，他扮演的大部分角色都为反面人物或喜剧色彩浓郁的滑稽角色。陈师傅很会表演，也善于捕捉所扮演的人物角色特性，在他的表演中，一个个鲜活的人物形象，活灵活现地展现在荆河戏舞台上。陈师傅在传统古装戏中扮演的角色，我无缘得见，颇为遗憾。但他在许多现代戏中扮演的众多人物角色，形象装扮逼真，道白个性突出，动作诙谐滑稽，表演恰如其分，一个个性格迥异的剧中人物，在他的精彩演绎下，鲜活生动，令人拍案叫绝！

如他在荆河戏《江姐》中扮演的老夫子“蒋对章”，虽然只有一场戏中的一段表演，即被昏头涨脑的警察局长稀里糊涂抓来的“蒋对章”，被误以为是抓到了共产党的“江队长”（江姐）。就这么个剧情，戏份虽不多，只有警察局长和“蒋对章”两人的一段对白表演，以及台上警察与幕后伴唱时的形体动作。但他身穿黑长袍马褂、头戴黑瓜皮帽、鼻上架一副黑边框圆眼镜的人物形象装扮，以及那颤颤巍巍老态龙钟的行走步态，略带四川口音的人物对白，把一个川北老学究的人物形象，活脱脱地展现在观众面前。扮演警察局长的钱铁山也是演丑角的后起之秀，他和陈兴桃师傅诙谐滑稽的表演，逗引得满场观众捧腹大笑，至今令人印象深刻。

又如，陈兴桃师傅在一出表现四川刘文彩地主庄园的雕塑剧《收租院》中扮演的乞丐盲人老人，他的装扮与出场，吸引了全场观众的目光，令人难忘。陈师傅人单瘦，但见他上身赤裸，骨瘦如柴，紧闭着瞎了的双眼，赤着双脚，手持一根破竹棍，由身着破烂衣衫、打着赤脚的小孙女牵着竹棍另一端，摇摇晃晃摸索着出场。他扮演的这个角色没有一句台词，但人物形象逼真，舞台表演准确到位，引发观众强烈共鸣，收到了非常好的效果。

生活中的陈兴桃师傅爱讲笑话，天南地北，三教九流，趣闻逸事，随口拈来，人到高兴处，还时不时哼几句荆河戏腔调。他哼荆河戏也特别滑稽可笑，令人印象深刻。有一次，我们64科的几个人在化妆间与陈师傅闲聊，陈师傅来了兴致，他把样板戏《红灯记》中李玉和的一段唱腔“临行喝妈一碗酒，浑身是胆雄赳赳……”即兴发挥，用荆河戏呔腔演唱，他还煞有介事地一边唱，一边用两只手掌击打着节拍，令我们几个人忍俊不禁，笑得前仰后合。这就是我们可爱的陈兴桃师傅，一个时时处处都显露出他丑星风采的老艺人。

三个老艺人一台戏

汤魁云、谢觉玉和贵清云三位师傅是津市荆河剧团的老艺人，汤魁云师傅年岁最大，资格也最老，他早在1915年就入津市“同胜班”科班学戏，分在净行唱花脸。谢觉玉师傅则于1934年入澧县王家厂“觉民园班”学戏，分在旦行，男扮女装唱旦角。贵清云师傅是否进过旧时科班唱戏，我不得而知。我们这些小演员称呼汤魁云为汤老儿，称呼谢觉玉为谢师傅，称呼贵清云为贵伯。汤老儿慈眉善目，和人说话时笑容可掬，待人和善可亲。他个子矮，走路不太利索，右肩往前一拱一拱的，看他走路的姿态，两只胳膊的摆动和双脚迈步似乎不太协调。谢师傅个子不高，人单单瘦瘦，瓜子小脸，一看就是一副女人的脸蛋。他口中镶有一颗银牙，说话慢声细语，笑起来像极了女人。谢师傅走路扇着个腰，屁股一扭一扭的，从背后看简直就是个老妇人的步态，难怪进入科班时，师傅就把他分在了旦行学戏。贵伯个子也不高，布满皱纹的脸饱经风霜。他话语不多性格内向，待人诚恳和蔼可亲，绝对是个心地善良的好老人。

自我1964年进科班学艺开始，就没有看见他们三人登台唱过戏，据说，从20世纪50年代开始，他们就基本上没有上台演戏了。三个人改行主管后台的服装、道具、鞋帽。谢师傅管理服装箱，贵伯分管刀枪把子道具箱，汤老儿分管盔头箱。因三人同在后台工作，加之他们的工作性质相同，三个人也就成天待在一起，低头不见抬头见。久而久之，三人之间便产生了一些矛盾。谢师傅打心眼里瞧不起贵伯，认为他固执呆板，不体贴人也不会讲话。贵伯则看不得谢师傅成天像女人一样，嘴巴里不停地唠唠叨叨，啰里吧唆。汤老儿则比他们两人洒脱得多，每天捧着一个大搪瓷缸子泡的茶，悠闲地听着他们俩打嘴仗。谢师傅和贵伯平常无所事事，无聊时三个人又喜欢在一起聊几句白话，家长里短、柴米油盐以及自己身上这里疼那里痒之类的闲话。基本上每次都是谢师傅先开腔，无话找话自夸神。一天，我在后台化妆室服装箱子上闲坐，听见他们三人在那一头又聊开了。谢师傅说："哎哟……这两天我浑身不舒服，身上疼得要死，晚上睡觉都睡不得。"贵伯接话："莫蛮疼呀，是哪里疼吵？""哪里疼？皮疼吵。"贵伯愣了一下说："皮疼？没有听说过，未必疼得这么厉害？睡觉都睡不着。"谢师傅听了不耐烦地说："又没有疼到你的身上，你当然不晓得有好疼了。"汤老儿望着他们两人打嘴仗，嘴巴里哼哼了几下，开腔道：“皮疼是蛮不舒服的，可能是气脉不活。”贵伯接着说：“搞药吃吵。”谢师傅答道：“哎哟……药不管用，吃了药还是疼。”贵伯瞟了他一眼“哼”了一声说：“太娇气了，哪有吃药不管用的。”谢师傅一听，气不打一处来，对着贵伯大声说：“你这个人，就是幸灾乐祸，不安好心，希望我疼死你就高兴打（津市方言，啦的意思）。”贵伯见他生气上火了，也就把脸扭过一边去，不再理会上火来劲的谢师傅了。见谢师傅噘着嘴巴生闷气，一旁的汤老儿开腔了说：“来，我给你掐一哈筋，筋脉一通，皮就不疼了。”汤老儿有一个绝活，但凡剧团里的人有谁夜里睡觉时失了枕，脖子僵硬或头昏脑涨，只要他出手把颈脖上的筋一掐一弹，立马疼痛全消，颈脖舒缓自如。我有一次失枕后就亲身体验过他的这一掐筋妙招，真是手到痛消，确实非常应验。谢师傅当然知道汤老儿的这一掐筋绝活，只是他掐筋弹筋的那一瞬间，是很疼的。谢师傅受不了这瞬间的疼，慌忙摆手娇嗔地连声说：“不掐不掐，我不要你掐筋，疼死我了。”贵伯听后，把脸转过来，瞟了他一眼又“哼”了一声。贵伯这一“哼”，谢师傅听见了，不耐烦地望着汤老儿说：“我就看不得他的样子，我恨死他打。”贵伯心里明白这是在埋怨他，接着他的话说：“恨死我，莫你的皮就不疼打？”谢师傅听了指着贵伯，望着汤老儿愤愤地说：“你看你看，他还在气我。”此时，谢师傅涨红着脸又接着说：“我真的就恨死他打，我哟……（拉长了声调）恨不得把他腿上的肉恨一个揞！”贵伯也不示弱，接着他的话反唇相讥道：“我的腿硬得狠，你再恨，也恨不出揞来。”汤老儿看着他们两人斗嘴，眼见火药味越来越浓，便从中调和说：“算打算打，莫吵打。”此时，我坐在服装箱子上饶有兴味地听着他们三个老人的对话，也不便上前插话劝解。此时此刻，谢师傅仍然憋红着脸气鼓气胀，贵伯坐在道具箱子上默不作声，汤老儿捧着他的大搪瓷缸踱来踱去。这就是生活中三个老艺人的一台斗嘴戏，这台戏还将继续演绎下去，似乎永远没有终结……

津市荆河剧团的老艺人们，虽然性格各异，但多数人性格开朗，说话诙谐幽默，行为举止风趣自然，令人印象深刻。他们在几十年的演艺生涯中有着许许多多的趣闻逸事，就如他们在舞台上各自扮演的生、旦、净、末、丑各类角色一样，有着出彩的人生故事。他们生活在这片属于自己的小天地中，哪里有舞台，哪里就是他们流动的家。我与这些老艺人朝夕相处，目睹了他们工作和生活中许多有趣的故事，亲耳听到他们许多诙谐幽默的话语，这些精彩的情节，动人的画面，时时在我脑海中浮现。这些老艺人有一个共同的特点，那就是都非常热爱自己所从事的事业，都非常热爱荆河戏，都十分忠爱荆河戏这个舞台。除上述老艺人外，这其中还有把自己一生的全部精力投身于荆河戏演艺生涯，兢兢业业，无怨无悔，甘于在荆河戏舞台上乐于奉献的老艺人罗松林、陈天焕、闫天柏、黄福秀、陈云凤、易云福、芦云彩、严嘉猛等；有在荆河戏曲乐队伴奏中默默奉献，甘做无名英雄的老艺人叶代华、汤迪林、邓云勇、胡振金、刘厚堃、左光武等；有才华横溢，文笔功底深厚，对现代荆河戏改革有重大贡献的著名编剧杨善智；有在剧团巡回演出行路打场中不辞辛劳，对外联系场地的“外交大使”杨嘉霞；有醉心于演艺舞台，基本功扎实，同甘共苦，乐于奉献的伉俪小生演员满文武与杨先珍；有演技出色，为人正直善良，热心帮助提携年轻辈小演员的著名旦角演员于乾珍和曾庆英；有善于思考，表演出众，才艺过人，既当演员又做导演的王文伯；有扮相俊朗，把子功娴熟，武功身段俱佳，在演艺舞台上自我感觉良好且永不服输的张如浩；有武功超群，会表演善唱腔的丑行名角彭桂生；有唱功一流，表演功底深厚，女扮男装扮相清秀，生角行里的佼佼者孟祥华；有嗓音高亢，在舞台上饰演过众多英雄人物的万德仁；等等。除此之外，还有于20世纪80年代加盟津市荆河剧团的几位老师，其中有学者性艺术人才、学院派著名导演鄢里奇老师，有从津市教育界引进的资深教师来剧团任编剧的陈家善老师等。

戏剧舞台上的这些老艺人，传承老一代荆河戏艺人的根脉，将古老的荆河戏扎根于湘楚大地，初心不改，矢志不渝。他们广泛活跃于湘鄂两省的荆江流域、九澧一带，为广大工农兵群众演戏，深受老百姓喜爱。遗憾的是，1987年，津市荆河剧团因种种原因，奉上级指示撤团。剧团演职人员依依不舍，离开剧团各奔东西。自此，从“松绣班”开始，有着近两百年历史的津市荆河剧团就此销声匿迹，不复存在。对此，我只能无奈地摇摇头，为津市荆河剧团的消亡而深深叹息。

梨园一梦往事悠，
万千思绪涌心头。
艺海同舟共患难，
荆河永恒水长流。

令人稍感欣慰的是，澧县荆河剧团尚未撤销保留了下来，至今仍然活跃于九澧一带的广大城镇乡村。更令人欣喜的是，他们2020年又招收了一批年轻的小演员，并选派我的小师弟，原津市荆河剧团71科班的李安健任澧县小演员训练班教授基本功和毯功的总教官。

愿古老的荆河戏在荆楚湖湘这片土地上传承有序，生生不息。愿荆河戏这一非物质文化遗产在年轻一辈荆河戏艺人的精彩演绎中，重放异彩，在中国戏曲百花园中绽放出更加绚丽璀璨的光辉。

云南腾冲，大山深处古木参天，独树成林。此情此景令人心旷神怡，作者突发兴致，来一个“四击头”亮相，自得其乐矣。

王化金扮演的孙悟空

生活中的王化金师傅

王化金扮演的孙悟空

荆河戏《龙虎斗》王化金獠牙功

王化金扮演的孙悟空开脸

荆河戏《双驸马》金星明饰吴琪

荆河戏《小刀会》金星明饰刘丽川

荆河戏《斩黄袍》金星明饰高怀德

样板戏剧照金星明扮演李玉和

荆河戏《谢瑶环》剧照

荆河戏《贵妃醉酒》张淑容饰杨贵妃

荆河戏《桂枝写状》张淑容饰桂枝

作者与张淑容大师姐

张淑容在常德艺术学校辅导学生

荆河戏《杜鹃山》张淑容饰柯湘

荆河戏《沙家浜》张淑容饰阿庆嫂

荆河戏《奇袭白虎团》作者饰严伟才

样板戏《奇袭白虎团》剧照

荆河戏《呆女婿》王泸饰岳母娘

荆河戏《双驸马》王泸饰薛葵

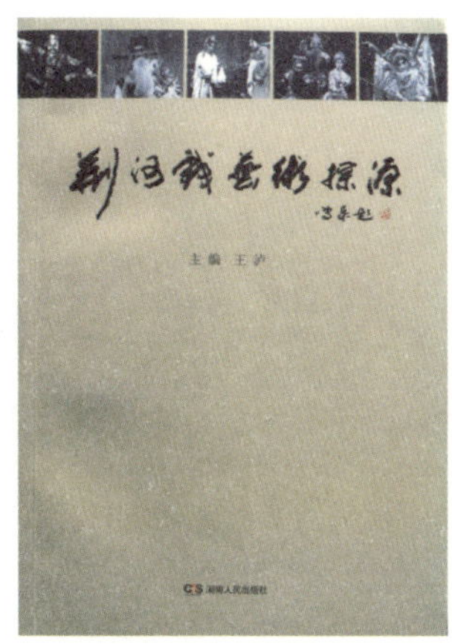

《荆河戏艺术探源》一书

作者与王泸师兄

舞蹈《不灭的航标灯》剧照

舞蹈《钓鱼》剧照

作者与向继长师兄

笑星钱铁山丑角化装照

同科班师兄弟生活照

作者与夏冬雄化装剧照

作者与蒋海明《智取威虎山》剧照

《杜鹃山》赵希饰柯湘

《龙江颂》赵希饰江水英

作者与赵希师姐

作者与李梦君先生

作者与左光武先生

作者与张如浩师兄

作者与杨善智先生

作者与鄢里奇先生

作者的师弟李安健辅导新科班小演员

中篇

竹兰之谊话友情

相识相知于太湖之滨

——在无锡与李燕生初次相会

2006年早春二月的一天，我接到了来自江苏无锡的电话，来电话者是时任无锡市人民政府副市长王国中先生。王先生原为无锡市地税局局长，曾于1998年在长沙税务培训中心参加国家税务总局举办的处级干部培训班学习，当时我夫人王化珍为培训中心副主任，同时也是此次总局处级干班的班主任。由于这层关系，我也就与该班多人结识，其中就有王国中先生。寒来暑往，我们之间的友谊不断加深。2000年，王先生还盛情邀请我们夫妻俩到访无锡，游太湖，尝鱼鲜，访问华西村，瞻仰灵山大佛等，王先生特意安排自己休假，并全程陪同，由此结下了深厚的友情。此次王先生在电话中谈及，他2005年率无锡市代表团访问日本时，有幸结识了旅日华侨、著名书法家李燕生先生。他盛情邀请李燕生先生到无锡举办个人书画展，李燕生愉快接受了邀请。王先生来电话告知，李燕生书画展将于5月中旬在无锡市举办，问我是否有兴趣来无锡看展。我听了此消息，马上回复王先生："这么好的机会，一定来，一定来无锡看展，结识朋友，开阔眼界。"并请王先生在确定李燕生个展日期后再通知我。

李燕生，祖籍四川巴中，1953年生人，早年曾拜五台山高僧为师，赐法号灵觉。李燕生家学渊源，幼承庭训，其父李祖孝，博学多才，20世纪

50年代曾任山西平遥文管所所长。李燕生12岁拜书坛巨匠康殷先生为师，系统学习金石篆刻、书法绘画，22岁即以特殊人才调入故宫博物院，专事书法篆刻研究。居紫禁城内十余载，有幸近窥历代帝王收藏和历代名家法帖真迹，深得古典书体精髓。其间为国内多位名人大家治印，所创作品获罗福颐、金禹民、沈从文、叶圣陶、张伯驹、俞平伯、吴玉如、孙墨佛、徐邦达等诸多大家赞誉。1985年东渡日本，负笈海外20年，潜心诗书画印，每日水墨丹青。他的作品宗秦法汉，融古通今。高洁、淡雅、清悠、弥远的意境是他的一贯风格。凭借过人的书画造诣蜚声东瀛，并多次受邀在世界各地举办个展。2005年归国后，于中国美术馆举办个人书画展，在美术界引起轰动。并受聘为北京大学金石书画研究室主任、名誉教授，北京联合大学书法篆刻研究所名誉所长、首席专家。

李燕生从艺三十余年间，出版了《春风渡渭水》《汉籍名言百选》《大英博物图书馆典藏》《李燕生东瀛书法集》《李燕生东瀛篆刻集》《老子道德经》《孙子兵法集》《李燕生之艺术世界》等诸多作品集，广受各界赞誉，好评如潮。

2006年4月底，王先生通知我，李燕生书画个展定在5月14号开展。我即提前一天乘车抵达无锡，入住太湖之滨的无锡国际大酒店。

第二天上午，“李燕生书画篆刻艺术展”在无锡市美术馆隆重开幕，参加开幕式的嘉宾有无锡市各有关部门的领导，以及市美术界同人和众多书画爱好者。开幕式上，李燕生身着唐装容光焕发，热情洋溢又饱含深情的感言引发在场嘉宾的共鸣，他对书画艺术的执着追求与痴爱，也使我对李燕生有了最初的印象。嘉宾剪彩，观众鱼贯而入。展厅宽敞明亮，首先映入眼帘的是巨幅八条屏隶书《文天祥正气歌》，气势恢宏，引人注目。数百幅书法作品排列有序，篆书、隶书、草书、魏碑、金文、甲骨文、汉隶、汉简、秦简，各种书体琳琅满目，让人目不暇接。观其书法内容，多为唐诗宋词和佛道名言警句，这与国内大多数书家书写的内容大不相同，极具特色，读来让人印象深刻。如《华枝春满，天心月圆》（弘一法师句）、《心清闻妙香》、《白云怡意，清泉洗心》、《怀抱观古今》、《静听禅籁》、《陶然忘机》、《心随天籁》，等等。展厅中间展台上是两幅十几米长卷，一幅书法作品，一幅绘画作品，众人纷纷近前观赏，不时发出啧啧赞叹声。同时展出的还有数十幅国画，其中由李燕生独创的泼彩禅境画格外抢眼，让观者眼前一亮。

旅日20年，李燕生被日本禅宗绘画空灵淡雅、素静清悠的风格深深吸引，慢慢探索领悟，潜心研究，并遍访名刹古迹，深得日本禅宗之奥义，独创性地开辟了绘画新技法，取“中画之笔墨、日画之禅境、西画之色彩”，创造出独具个人艺术风格的禅境画。李燕生的禅境画是中国禅宗画在当代的再次复兴与创新，对当代中国画的发展提供了崭新的思路，影响深远。他的作品禅意古诗融于一体，营造出一片超然物外、清悠淡远、无心无我之禅境。我特别喜欢其中的几幅，如《无心禅境》《莲界禅心》《妙如天籁》《陶然忘机》《水镜佛国》《浔阳月夜》等，画中古人或伫立长吟，或抚琴吟诵，白鹤轻舞，芦荡深深……其空灵、悠远的意境，把人带入无心忘我的境界，心静如水，禅意浓浓……

在一幅幅书画前，李燕生忙着给嘉宾们讲解，交流探讨书画创作的心得体会。此时友人陆主任把我叫到李老师面前，特意介绍说：“徐老师是王市长的朋友，专程从长沙来看展的。”李老师连忙与我握手问候，笑容可掬地对我说：“谢谢了，请多多指教。”“很高兴来看李老师的书画展，让我大开眼界！”陆主任说：“李老师也住在国际大酒店，就在你房间隔壁，晚上回酒店你们多交流交流。”李燕生连忙说：“欢迎你晚上来我房间坐坐。”我高兴地回答说：“好的，晚上见。”

晚上八点钟我如约来到李老师房间，让座、沏茶，围绕书画艺术这一主题，李燕生兴致勃勃，十分健谈，且妙语连珠。得知我多年从事图书出版发行工作，李老师拿出在日本出版的两本书给我看，一本是《李燕生东瀛书法集》，一本是《李燕生东瀛篆刻集》。两本作品集为大开线装本，印刷质量上乘，装帧精美，已达高质量的水准。我连声赞叹道："这是我第一次见到日本人做的线装书，无论从设计、纸张、印刷、用色、装帧，绝对是质量一流，好书好书！"李老师接着我的话说："这两本书送给你吧，留个纪念。"说罢便在书的扉页上写下了"远君吾兄雅教丙戌燕生"的字样。我恭敬地接过李老师签名的两本作品集，心情激动，连声道谢！李老师对我说："明天上午，我和无锡市书画界有一场笔会，请远君兄参加。""文人雅集，太好了，我一定到场感受一下笔会的氛围。"后面，我们又聊到了湖南长沙，聊到了张家界。李老师说还没有到访过湖南和张家界，我即向李老师发出了邀请，他说："行啊，有机会一定要去长沙，去张家界看看。"我说："秋天去张家界是最美的季节，今年就去，怎么样？""好哇，争取今年秋天去长沙。"李老师愉快地接受了我的盛情相邀。我们两人聊得很开心，也聊得很晚，共同的爱好把彼此的距离拉近，话题多多，天南地北，海阔天空……不知不觉间，三个小时过去了，夜已深，我便起身告辞，李老师再一次提醒我，明天上午一同去书画院参加笔会。

无锡市书画院三楼会客室宾朋满座，我和李老师到达时，无锡市书画界众多友人已经在座，大家握手寒暄，相互问候。李老师一方参加笔会的有北京联合大学书法艺术研究所研究员、书法家刘晓瑜先生，中国国际书法艺术协会研究员、书法家蒲秉义先生（据说蒲先生是清代杰出文学家蒲松龄后人）。无锡方面参加笔会的几位都是有头有脸的书法界名人。书画院领导做了简短欢迎词，笔会也就开场了。谁第一个上场挥毫？笔会现场一下子静了下来，无锡方面没有人响应，众人齐刷刷把眼光投向李燕生。

李老师面带微笑，站起来对大家说："你们都太谦虚，还是我先来吧。"随即在长桌台上铺纸研墨，稍加思索，便在一张四尺宣纸上写下"白云为盖，流泉作琴"八个汉隶字。书写毕，李老师手握毛笔望了望我，然后对大家说："这幅字赠送给徐兄。"随即欣然写下落款："远君兄教正——燕生"。我从李老师手中接过此幅饱含深情厚谊的书法作品，心潮澎湃，激动地说："谢谢李老师给我写的这幅字，一定好好珍藏！"众人也鼓起掌来，纷纷赞赏李老师的汉隶写得好。紧接着无锡方的诸位书法家上来挥毫泼墨，北京方刘晓瑜、蒲秉义两位书法家也轮番上阵，互相之间不甘示弱。双方都拿出了各自的看家本领，你方唱罢我登场，笔会场面既严肃又热闹。李燕生陆续书写了篆、隶、魏碑、秦简等书体横幅，分别赠予在场的无锡方嘉宾，其中一幅用汉隶书写的唐诗则赠送给无锡市书画院收藏。

短短几天的行程即将结束，第二天我将离开无锡返回长沙，李老师的个展还有几天才闭幕。当晚在李老师房间，我们依依话别，李老师拉着我的手说："与徐兄十分投缘，你是我回国后结识的第一位长沙大哥。"我接着说："人生难得遇知己，有缘结识燕生兄，是远君的福分。"此时，我们俩俨然已兄弟相称了。我激动地说："燕生兄，今年秋天我们在长沙相见！""长沙见，长沙见！徐兄保重！"我们的双手紧紧地握在了一起……

潇湘之旅话友情

——回忆燕生兄的湖南之行

2006年金秋十月，受我盛情相邀，李燕生兄首次到访湖南。这天上午，我和好友、老同学，湖南出版控股集团副总邹庆国先生在黄花机场热情迎候燕生兄的到来。李燕生1985年东渡扶桑，在日本弘扬中国书法，任日本东京国际文化交流协会理事、东京墨缘会会长等职。2005年回国后，即在中国美术馆举办个人书法篆刻展，在美术界引起轰动，受到广大书法篆刻爱好者的极大关注。2006年又在江苏无锡举办“李燕生书画篆刻艺术展”，在江浙美术界引发强烈反响，好评如潮。就是在无锡的展会上，我和李燕生一见如故，大有相见恨晚之感。

北京飞往长沙的航班准时降落黄花国际机场，李燕生推着行李箱，身背小提琴盒健步走出机场大厅。我和庆国兄迎上前去：“欢迎李老师，欢迎燕生兄来长沙。”我分别为燕生兄和庆国兄做了介绍，大家热情握手寒暄。不一会儿，李燕生无锡的好友朱小妹乘坐的航班也从南京飞抵长沙，两辆车载着一行人离开了机场驶向城区。望着车窗外的景色，李燕生非常兴奋，这是他第一次到访长沙，我和庆国兄向他一路讲解长沙的名胜古迹、沿途风景。接近中午时分，小车驶入一处颇具长沙地方口味特色的农庄土菜馆吃午饭，之后，安排燕生兄下榻于普瑞国际温泉酒店。稍事休息，燕生兄提出马上去岳麓书院参观，他说：“这座千年学府，中国四大古书院，我心之向往久矣。”我说：“燕生兄舟车劳顿，还是先休息一会再去。”“不休息了，我精神很好，已经等不及了。”见燕生兄如此心切，我即陪同他和朱小妹驱车前往参观。

来到岳麓书院，燕生兄倍感兴奋，尤其是对书院中历代名人书法墨宝、石雕碑刻大加赞赏，也看得格外仔细认真。在岳麓书院山门前，凝视着“唯楚有材，于斯为盛”的对联，燕生兄轻声吟诵，似乎在与古人对话，其神情庄重，仿佛陷入沉思之中。我说：“燕生兄来此千年学府之地实属难得，咱们来合个影吧。”他连忙说：“到访岳麓书院，了却了我心中夙愿，在此留影意义非凡。”我陪着燕生兄在书院内慢慢观赏，他时而驻足凝视，时而快步近前观看，还不时给我讲述其中典故，趣闻逸事。其间，我们又分别在御书楼前和千年学府匾额前留下了珍贵的合影。走出岳麓书院后门，我们沿山路拾级而上，不一会儿便来到了岳麓山爱晚亭前。爱晚亭始建于1792年，位于岳麓山下清风峡中，其名称来源于唐代诗人杜牧的七言绝句《山行》：“远上寒山石径斜，白云生处有人家。行车坐爱枫林晚，霜叶红于二月花。”李燕生健步登上爱晚亭，极目远眺，兴致盎然。他说：“岳麓山爱晚亭名气很大，它与北京陶然亭、杭州湖心亭和安徽滁州的醉翁亭并称中国四大名亭，而后更因毛泽东题写爱晚亭名而蜚声海内外。”望着漫山枫树，红叶渐显。我说：“再有半个多月，漫山红叶就更好看了。”“是啊，我仿佛已经感觉到了漫山红叶、层林尽染的意境。”此时，游客渐渐多了起来，有本地游人，也有外地游客，但细细观察，来爱晚亭最多的还是岳麓山下湖南大学的学子们，或一人捧书阅读、独坐沉思，或三五人一起高谈阔论、谈笑风生，给岳麓山爱晚亭带来了一股勃勃生机！

我们沿山路折返时，燕生兄仍依依不舍，不时回望郁郁葱葱的岳麓山，心情愉悦，意犹未尽。时间已晚，天色渐暗，我们乘车沿湘江大道一路飞驰，返回到普瑞温泉酒店。此时，庆国兄与省文化厅金则恭厅长已在酒店餐厅等候。我向金厅长热情作了介绍，李燕生也十分高兴与金厅长相识，大家在一起交谈甚欢，气氛融洽。燕生兄从挎包内取出两幅事先备好的书法作品，分别赠予金厅长和庆国兄。墨宝相赠，友谊长存，相机也适时留下了这一美好瞬间。

第二天上午，我陪同燕生兄去参观湖南省博物馆。之前，燕生兄在北京王府花园寓所与我通电话时，就告诉我说："此次到长沙，别的旅游景点可以不看，但湖南省博物馆是必须要去看看的。"燕生兄还特意带上了相机，说要拍一些馆藏的珍贵字画。省博物馆有众多展厅，燕生兄重点参观了历代书画馆。在一件件馆藏书法、绘画作品前，他全神贯注气定神闲，看得非常仔细认真。在明代"吴中四才子"祝允明的行草书《岳阳楼记》展品前，李燕生的脚步停了下来，驻足凝视，细细品味，连声称道："祝枝山为明代草书第一人，他的草书犹如行云流水，一气呵成，太棒了！"接下来他还仔细观赏了（明）董其昌的行书轴、（明）李东阳的行书诗卷、（清）赵之谦的隶楷书联等书法作品；认真观赏了（明）仇英的枫溪垂钓图轴、八大山人的松鹿图轴和恽寿平的花卉图册等绘画作品。一边观赏，一边不停地喃喃自语，我听得出他说的最多的几句话就是："太棒了""太好了""太震撼了""太精彩了"……在观赏齐白石的几幅书画作品时，燕生兄边欣赏边说："齐白石是你们湘潭本土画家，一个木匠艺人能最终成为大画家，靠的是勤奋与努力、锲而不舍的精神，以及对书画艺术的痴迷。"我说："是的，齐白石是我们湖南人的骄傲。以燕生兄在当今书画领域的成就，以及您对书法艺术的挚爱，日后也必定能成为了不起的大艺术家！""远君兄过奖了，我还要多加努力，向白石老人学习。"

在书画展厅我们足足待了两个多小时，燕生兄还不时举起相机，把重要的书画展品拍了下来。他说：“真想不到湖南省博物馆有如此多的古今书画精品，难能可贵，今天太高兴了，大开眼界，受益匪浅，真是不虚此行啊！”此时此刻，我深切体会到，作为在国内外有相当知名度的李燕生兄，从在紫禁城蛰伏十年潜心研习、临摹中国古代书法篆刻，到东渡扶桑二十年深耕、传播中国书法，其刻苦努力、自强不息的精神，是何等的坚毅与坚韧不拔。窥斑见豹，从点滴事例中，足见李燕生对书法篆刻艺术的热爱与执着。书画篆刻艺术是他生活的全部，也是他毕生追求的最高境界！

下午，应庆国兄邀请，我陪李燕生来到省新闻出版局拜会刘鸣泰局长。刘局长早年为潇湘电影制片厂编剧，后调任湖南省文联主席、省委宣传部副部长，是国家一级作家。刘鸣泰本人喜爱书法，也是中国法家书协会会员、湖南新闻出版书法协会主席。他烟瘾大，练书法写字时嘴巴总叨着一支烟，烟灰老长了也不去弹，我真担心烟灰掉下来烧坏正在写字的宣纸，但奇怪的是烟灰就是不落下来，这也许是老烟民的嘴上功夫使然吧。宾主落座，寒暄中谈到上午在参观湖南省博物馆的所见所闻，大家兴致盎然，交谈甚欢。刘局长盛情邀请李燕生有机会来省博物馆举办个展。李燕生说：“湖南省博物馆盖得不错，展馆有气势，空间很大，我的巨幅书法十二条屏、八条屏都能展开，如能来长沙举办个展，也是一大幸事。”李燕生还向刘鸣泰局长相赠了书法作品，刘局长则回赠了他的《刘鸣泰书法作品集》。

在普瑞温泉酒店晚餐后，燕生兄兴致很高，说要与我夫人打打乒乓球。燕生兄多才多艺，古琴、洞箫、笛子、小提琴等样样精通，且水准一流。也许应了那句话：“艺术是相通的。”话虽如此，但也不尽然，如若不坚持勤学苦练，没有持之以恒的精神，是很难达到一定水准的。李燕生外出会友或旅行，随身必带洞箫、笛子和小提琴，于书法雅集间隙或旅游途中来了兴致，拿出来或吹或拉，愉悦心情，怡然自乐。他的乒乓球拍也是随身必备，在北京有多位乒乓球界名人与他为友，其中就有前乒乓球世界冠军梁戈亮，经常陪李燕生练球。我夫人也是从小就打乒乓球，曾多次参加全国和全省的乒乓球比赛。退休后坚持训练，每年都代表湖南省或长沙市参赛，多次获得过全国乒乓球比赛团体冠军和单打冠军、亚军。之前在北京，燕生兄与我聊天时，得知我夫人乒乓球打得好，便说有机会一定要和她打打球，此次来长沙，两人切磋了几局，也算如愿以偿了。

两天长沙之旅匆匆结束。第三天上午，庆国兄特别安排朋友专车，四个半小时的车程，我和燕生兄及朱小妹乘车抵达武陵源风景区张家界，入住大成山水国际大酒店。可惜天公不作美，半夜里突然下起了大雨。我心想，糟糕，按原计划，明天游览金鞭溪，登黄石寨，看来要泡汤了。第二天早上醒来，虽无大雨，但还是有零星小雨。我当机立断调整行程，先开车去游览芙蓉镇。

芙蓉镇原来名字叫王村，因1986年著名导演谢晋和刘晓庆、姜文拍摄的电影《芙蓉镇》而闻名。它坐落于湘西州永顺县境内，是一座有两千多年历史的古镇。它四面环水，一条曲折幽深，由青石板铺就的五里长街顺山势蜿蜒而下，直到西水河边的码头，临水矗立着一幢幢土家吊脚木楼，处处透着淳厚古朴的土家族民风民俗。古镇距张家界七十多公里，山路崎岖，开车近两个小时才抵达。下了车，进入古镇，此时天上仍下着毛毛细雨，感觉雾蒙蒙的。我说：“下点小雨，我去买两把雨伞吧？”燕生兄说：“不碍事，雨中漫步，别有一番情趣。”我们沿着古镇青石板路逐级而下，此时游人不多，沿街店铺吆喝声此起彼伏。据史书记载，在清朝乾隆、嘉庆、道光年间，王村的店铺就有五百多家，饭馆酒肆、杂货铺山货店、剃头铺修脚店、旅店茶馆，鳞次栉比，目不暇接，可谓商贾云集，百业兴旺。燕生兄兴致颇高，不时与店老板打招呼，还学着当地土家人说话的腔调问这问那，逗得我和朱小妹捧腹大笑，身旁的游人也受到感染，欢声笑语好不热闹。古街巷走了一半，哗哗的流水声越来越响，我说："快去看瀑布！"拐过吊脚楼，眼前豁然开朗，由于昨天晚上下了大雨，浑浊的巨大瀑布从悬崖上倾泻而下，轰隆隆的水声震耳欲聋，颇为壮观！芙蓉镇四面环水，瀑布穿镇而过，别有洞天。它是湘西最大最壮观的一道瀑布，高六十米，宽四十米，分两梯级从悬崖上倾泻而下，声势浩大，方圆十里都可听见。春夏水涨，急流直下，飞虹相映，七彩缤纷。"挂在瀑布上的千年古镇"便由此得名。有诗赞曰："动地惊天响如雷，凭空飞坠雪千堆。银河浩瀚从天落，万斛珍珠处处飞。"此时，观看瀑布的游人如织，我们挤近靠前，找了个最佳观赏位置，燕生兄大声说："瀑布响声如雷，太壮观了，太壮观了！"手中举着相机不停地拍照，兴奋得像小孩一样。我说："燕生兄，你看瀑布对面的一排高大的土家楼房。""看见了，这群楼房挺大，好像与其他土家楼不一样？"我说："是啊，这是当地土司的行宫，规模很大。""是吗？难怪不一样哦。""可惜今天瀑布水大，我们不能过去观赏了。"燕生兄连声说："遗憾遗憾！"瀑布旁边的土司行宫是芙蓉镇的一大亮点。土司行宫又叫飞水寨，是当年富甲一方的土王依山势建造的避暑山庄，行宫侧面是悬崖峭壁，宫前溪水潺潺，飞流直下的瀑布与造型奇特恢宏的行宫相得益彰，气势磅礴。

看完瀑布，我们继续沿着古镇青石板路前行，在"晓庆米豆腐店"门前，燕生兄与正在下米豆腐的女老板打招呼。我说："这家米豆腐店因刘晓庆的电影出了名，生意火得很，咱们来一碗尝尝。""好哇，老板娘，来一碗米豆腐。"燕生兄边吃边聊，转眼间一碗米豆腐已经下肚，连声说："真香，味道不错，好吃好吃，老板娘，再来一碗。"燕生兄也许是肚子饿了，一连吃了两碗才作罢。离开米豆腐店，我们继续边看边往前行，此时雨也停了，天空渐渐放晴，不一会儿便来到了古镇的西水河边码头。极目远眺，两岸青山绿水，几艘渔船在河中捕鱼，水雾升腾，美如仙境。据说在清代至民国鼎盛时期，码头上人声鼎沸，货船来往穿梭，每天骡马千余，驮运大山里的山货至西水码头卸货装船，顺流而下运至澧水岸边的津市码头，再转运到长沙或汉口，一派繁忙景象。

我们在河边码头上逗留拍照，时间已近晌午，我们返回老街，找了一家靠河边的土家吊脚楼餐馆，准备吃午饭。老板很热情，听我介绍说李燕生老师从北京来，忙着端茶倒水，推荐店里的正宗土家菜。我点了水煮活鱼、湘西腊八豆蒸腊肉、竹筒粉蒸肉、炒青菜和豆腐汤。我们坐在靠窗的桌旁，窗外是西水河，边聊天边等着上菜。燕生兄兴致勃勃，话语连连："芙蓉镇不同于江南水乡，古朴深邃，别有一番韵味。"还连声说，"不虚此行，不虚此行！"不一会儿，菜上来了，燕生兄边吃边说："味道不错，腊肉真香。"我说："湘西土家族老乡熏的腊肉，完全用土法在柴灶上烟熏火燎，日积月累，肥而不腻，香味扑鼻。""好吃就多吃几块吧。"水煮活鱼是渔民当天从西水河打捞上来的，特别鲜。燕生兄和朱小妹连声说："真鲜，好吃！"吃过午饭，看时间还早，我说："下午咱们去看宝峰湖吧。"大家依依不舍离开芙蓉镇，驱车一个半小时，来到了湖光山色秀美的宝峰湖。

宝峰湖位于武陵源核心景区，属高峡湖泊型自然风景区。它位于相对高度80多米的山顶之上，湖长2.5公里，平均水深72米，好一个湖光山色，奇美异常。万仞峦翠，水清流碧，空中飞鹰盘旋，岩上猿猴攀爬，林间泉水叮咚，山间古木参天。我们从湖岸边登上游船，慢慢驶向湖的中心区域。因雨后天晴，天空一片湛蓝，白云朵朵，空气也格外清新。四面青山，一泓碧水，风光旖旎。坐在船上环顾四周，千山耸翠；俯视水中，倒影慢移，人在画中。湖光山色中，万籁俱寂，只听见游船行进中的哗哗水声，静极了，美极了！船行至湖中央，只见湖中小岛边停着一艘小船，一位身着土家族服饰的年轻小伙站在船头，亮开嗓音对着游船唱起了山歌：“哎……多谢了，多谢四方众乡亲哎，我家没有好茶饭啦啊，只有山歌敬亲人，敬亲人……”燕生兄说：“嗬，这是要对山歌嘛。”我说：“是的，他在喊咱们游船上的人对歌。”此时，对面船上的山歌郎又唱上了：“哎……什么水面打斛斗喂嘿呀那梭，什么水面起高楼喂嘿呀那梭……”这时，燕生兄对着朱小妹说：“小朱，唱一首情歌，回敬他。”我也连忙附和：“对，朱小妹唱一首。”船上的其他几位游客也催促朱小妹开唱。在众人的鼓动下，朱小妹站了起来，朝着对面船上的山歌郎亮响了歌喉：“好一朵美丽的茉莉花，好一朵美丽的茉莉花，芬芳美丽满枝丫，又香又白人人夸，让我来把你摘下，送给别人家，茉莉花呀茉莉花……”姑苏小妹吴侬软语般清脆悦耳的《茉莉花》歌声在湖中飘荡。“唱得好，唱得好！”大家鼓掌喝彩，近旁两艘游船上的游客也鼓掌欢呼，一时间湖面好不热闹。此时，对歌声在几艘游船上此起彼伏，歌声、掌声、笑声、喝彩声划破湖面的宁静，悠扬的歌声飘过湖面，在群山中久久回荡。

据说每年的农历三月中旬，宝峰湖就会迎来重要节日——山歌节，它是当地土家族青年男女通过对唱山歌，来表达相互爱慕之情的民俗风情。此种民风民俗，被当地旅游部门挖掘保存，将这一当地人文资源巧妙灵活地加以利用创新，促进了宝峰湖游客的互动，也激活并丰富了武陵源风景区的旅游项目，值得称道！

船到对岸，我们下船沿山道石阶继续前行。山道逶迤，沿着湖边逐级而上，登上数百石级台阶，我们停了下来，此处再往上，崖上石径可直上峰顶，相传当年有土匪盘踞山顶小寨，经年累月，故称鹰窝寨，电影《乌龙山剿匪记》便拍摄于此。燕生兄见此地景色奇特，往上看千米高峡，深山古寺掩入其中；近观奇峰飞瀑“飞流直下三千尺”，湖光山色尽收眼底，景色宜人！连声说：“此处景色太绝妙了，真是人间仙境啊！”话毕，从随身携带的挎包内取出笛子，屏住呼吸，眼望碧池蓝天，一首节奏轻松明快的《姑苏行》在宝峰湖山水间奏响。这首有名的笛曲，风格典雅舒泰，旋律优美动听。燕生兄的笛声把我带入如梦似幻的姑苏水乡，让人如痴如醉，触景生情，思绪万千，引发无限遐想。我微闭双眼，屏住呼吸，这悠扬悦耳的笛声犹如天上飘来的梵乐在青山绿水间回荡，更衬托出宝峰湖如诗如画般的梦幻与神秘。此时，天水间云雾缭绕，远山天空处隐现霞光彩云，迎着这迷人的七彩晚霞，我们恋恋不舍步出宝峰湖景区，乘车返回了住地。

第三天吃过早餐，我们乘车来到张家界国家森林公园，开始计划中的行程——游览金鞭溪。金鞭溪全长6.5公里，经土地垭，水绕四门蜿蜒曲折，随山而移，溪流穿行在峰峦幽谷之间，因流经金鞭溪而得名。溪水两岸奇峰异岭，古奇的树木，嬉戏的鸟兽，溪水中悠然的游鱼，景色如画，美不胜收，不负金鞭溪被誉为世界上最美丽的峡谷的盛名。我们沿着金鞭溪前行，天空湛蓝，空气格外清新，满目青翠，流水潺潺。“快看，溪水中有好多小鱼！”朱小妹兴奋地喊着，高兴地追逐着溪水中的鱼儿来回奔跑。燕生兄也十分高兴，以他艺术家特有的眼光，四处搜寻着山水美景，手中的相机不时按下快门，抢抓一个个优美的镜头。他对我说：“这如诗如画的美景，我要把它全拍下来，就像实景写生，对我的山水泼彩画创作大有裨益。”确实，金鞭溪美景名不虚传，两岸溪谷间繁茂的植被，清澈见底的溪水，被称为“山水画廊”，犹如人间仙境，有诗赞曰：“清清流水青青山，山如画屏人如仙。仙人如在画中走，一步一望一重天。”

我们追寻着水中的鱼儿，沿溪流继续前行，绕过了几个弯，突然眼前一亮，一座巍峨矗立的巨大山石赫然在目，巨石在阳光的照耀下反射出熠熠金光，格外耀眼。燕生兄不无惊叹地连声说：“震撼，震撼，这块飞来的巨石顶天立地，太不可思议了！”我说：“这拔地而起的巨石有三四百米高，名字叫金鞭岩，金鞭溪因它而得名。”“对了，它就像一根金鞭从天上插入地下，真是鬼斧神工啊！”金鞭岩旁边还有一山峰，状若护雏的老鹰，威风凛凛，怒睁大眼，日夜守护着“金鞭”，故而称为“神鹰护鞭”。燕生兄久久凝视着这组神奇的山峰，文思泉涌，一首诗脱口而出：“晦明奇幻万象中，浩渺云烟太古风。伫立长吟观造化，频将彩笔点苍穹。”“好诗好诗！”我和朱小妹拍手叫好！燕生兄望着插入云端的金鞭，稍加思索，又一首诗吟诵而出：“斧劈刀削石柱峰，神奇变幻妙无穷。超然笔落千秋壮，汲取天成造化工。”我连连击掌叫好：“好诗，燕生兄好文采！”此情此景，绝佳诗句，使我大受感染，精神为之振奋，也为之动容……

金鞭溪有名的景点还有文星岩、跳鱼潭、紫草潭、山楠抱石、双龟探溪、劈山救母、千里相会等，我们兴致盎然，燕生兄边欣赏边拍照，不知不觉几个小时悄然已过。

走过金鞭溪，在一家农家乐餐馆吃过午餐，我们直接坐缆车登上了黄石寨，俯瞰群山，云雾缭绕，蔚为壮观。九十九座山峰在茫茫云海中时隐时现，变幻莫测，奇妙无穷。燕生兄从不同角度取景拍照，兴致极高，连呼：“太美了，太壮观了！”他不停地按下相机快门，忙活得不亦乐乎。而后我们又去瞻仰了贺龙铜像，拍照留念。最后乘百龙天梯从山顶瞬间而下，顷刻间仿佛自天上仙境返回到了人间。

短短三天的旅程就要结束了，燕生兄和朱小妹要乘火车返回无锡筹备书画展，我也准备乘车返回长沙。在张家界火车站我们依依话别，燕生兄紧紧握着我的手深情地说：“感谢远君兄的安排与陪伴，张家界之旅太美妙了，真是令人难忘，回味无穷，回味无穷啊！”我们也再次相约，有机会还要到访人间仙境张家界。

依依送别客人，我也登上了开往长沙的火车，望着窗外山水风光，田园美景，几天的武陵源之旅似乎又在眼前浮现：雨中漫步芙蓉镇—悠游宝峰湖—追寻金鞭溪—登顶黄石寨……几天来游玩中的欢声笑语，一幕一幕难忘的瞬间，在脑海中涌现，万千思绪让我热血沸腾，难以控制激情，一首抒怀小诗随心而出：

金秋伴君踏奇山，武陵神游如梦仙。
雾锁王村观飞瀑，雨中漫步古道间。
宝峰湖上燕鸣笛，疑似梵乐绕云烟。
姑苏小妹对山歌，狐仙戏水舞翩跹。
黄石寨上眺天险，金鞭溪中寻大仙。
天子山里搜神境，天梯一落回人间。

——金秋十月邀燕生兄同游武陵源张家界有感

第二天上午，我把这首诗用手机短信发给燕生兄，燕生兄马上打来电话，连说："好诗好诗，我马上把这首诗书写下来，然后再寄与远君兄。"过了几天，我即收到燕生兄在洒金宣纸上用行书体书写的这首诗句，并在诗的末尾写了如下话语："丙戌仲秋，远君兄邀游人间仙境张家界，赋诗见赠，雅意美情可见。余拙书一过，遣怀 燕生。"我手捧这幅饱含兄弟情谊的书法作品，眼角已含泪花，心情久久难以平静……

李燕生为我治印刻章

——回忆在上海的一段往事

2007年初冬，受上海鸿运斋斋主黄栋华先生的盛情邀请，我和李燕生兄偕同南下，从北京直飞上海，参加由上海鸿运斋举办的第五届中国十大紫砂茗壶评选及颁奖仪式。黄栋华先生司机在虹桥机场接机，安排我们住在一处环境不错的公寓。下午，黄栋华先生把我们接到上海鸿运斋本部参观，品茶聊天。鸿运斋创立已有十余年，斋主黄栋华先生是北宋著名文学家、书法家、江西诗派开山之祖黄庭坚第29代孙。黄栋华兄为人厚道，虽话语不多但待人诚恳热情，头脑灵活，善于观察，思维清晰。因共同的爱好，由当时的《中国收藏》杂志社徐舰社长引荐，我们相识相知数年，其交集友情与日俱增。上海鸿运斋从创立之初，就以弘扬紫砂文化，培育紫砂新人为己任，十年间，创新设计并制作了百余款造型各异、立意新颖的紫砂茗壶，受到了各地紫砂爱好者的关注与好评，在上海以至全国紫砂界颇具影响力。燕生兄对鸿运斋精巧的设计和布局大加赞赏，对其展示的历届获奖紫砂壶由衷赞叹，对鸿运斋仿照故宫倦勤斋制作的红木家具颇为欣赏，并挥毫泼墨，为其书写了“鸿运斋”馆名相赠！

第五届中国十大紫砂茗壶评选活动由中国博物馆学会、《中国收藏》杂志社和上海鸿运斋联合举办，每年评选一次，分别在全国不同城市举办，意在推动紫砂文化的普及与发展。此次活动安排在上海举行，也是鸿运斋在上海本部的一次较大的活动。每届评选活动都由黄栋华先生策划并出资，忙里忙外，身先士卒，为弘扬紫砂文化不遗余力，此种无私奉献的精神足见其对紫砂壶文化的热爱与痴迷。

参加此次活动的嘉宾有国家故宫博物院原副院长肖燕翼、故宫博物院科技部主任曹静楼研究员、古陶瓷鉴定专家王建华研究员和另外几位故宫博物院老师，有徐舰社长以及北京、上海博物馆的一些专家学者朱诚如、刘瑞旗等人。另外，还有来自江苏宜兴参展并获奖的众多紫砂艺人。

第二天上午，我和燕生兄来到评选会议现场，已经由专家评选出的金、银、铜奖紫砂壶摆放在会场醒目位置。在场的故宫博物院老师们看见李燕生进来，纷纷站起来与他打招呼，握手寒暄。原来李燕生和肖院长、曹静楼及王建华都是故宫博物院的老熟人。李燕生1975年进故宫博物院，拜著名篆刻书法大家康殷先生为师，在紫禁城潜心研究篆刻书法10年，卓有成就。先后为张佛千、张伯驹、金禹民、徐邦达、沈从文、叶圣陶、罗福颐、范曾等诸位大师治印刻章，并得到他们的首肯与赞许。此次回国后朋友相见，当然倍感亲切。

此届获奖的紫砂壶，创意新颖，造型古朴，各具特色。尤其是荣获金奖的10把壶，工艺精湛，制作精美，受到专家们的一致推崇与好评。我和燕生兄观赏了这些获奖佳作，也连连称道，一一拍照收藏。评选颁奖活动圆满结束，主人安排嘉宾们在上海华侨饭店午宴，大家举杯畅饮，谈笑风生，场面热闹温馨。午宴毕，我和燕生兄告辞离开。

李燕生已有20多年没有回国，更别说到访上海了。他说：“我们去豫园，逛逛上海城隍庙吧！”我立马赞同并叫了辆出租车，两人打车到了城隍庙商业街。燕生兄对其他商铺不感兴趣，环顾四周，见到一家售卖寿山石的店铺，便径直走了进去。店主是福建寿山人，寒暄了几句便开始挑选寿山石章料。见到琳琅满目的精美石料，燕生兄喜形于色，全神贯注地仔细挑选，一方又一方，一口气挑选了约20方上等寿山石章料。店老板开价，燕生兄也不还价，交钱付款，打包装盒，兴高采烈地出了店铺。此时，天色渐暗，外面已下起雨来，燕生兄收获颇丰已无心再逛，我俩便急忙打车回到了寓所。

回到寓所后，燕生兄仍然很兴奋，打开一方方寿山石章料，喜不自禁，连说："好章料好章料，太划算了，这要在日本东京，只能买到两三方章料。"他挑出一方顶端有二龙戏珠的方形章料说："远君兄，你看这方章料如何？"我说："很好啊！"他接着说："我给你刻一方印章，留个纪念。"话毕，便从行李箱中取出随身携带的刻刀，戴上眼镜，扭亮台灯，全神贯注地进入了治印的忘我境界。我站在燕生兄身旁静静地看着他刻章，只见他手握刻刀在寿山石章料上左右翻腾，刻刀运用自如娴熟，嚓嚓嚓的刻石声清脆悦耳，犹如一首奇妙的音乐奏响。手起刀落间，"泓远山房"四字篆体已跃然印面。稍加思索，燕生兄又在章料四边开始用刻刀书写边款文字，只见他屏住呼吸，嚓嚓嚓的刻石声划过夜空，如笔走龙蛇，一气呵成！印文："远君兄儒雅高迈，意气超凡。喜藏文玩书画，尤精研紫砂，收藏甚富，筑精舍以置其中，名曰'泓远山房'。丁亥初冬，兄遨游海上，散步豫园古玩肆中，得佳石刻之，不胜一乐也。燕生"

刻毕，燕生兄给我读了一遍所刻印章四边的文字，我接过此方饱含兄弟深情的印章，细细品味，这段印章四面满刻的海上游记，一字不多，一字不少，恰到好处。此刻，我捧印章的手微微发颤，眼角已含泪花，心绪久久不能平静，连声说："太感谢了，太感谢了，谢谢燕生兄美意！"

这一夜，我失眠了……

难以忘怀的今世情缘

——记我的好兄长钟月先生

我和钟月兄相识相知于梨园，虽然我俩共事只有短短四年多时间，但彼此相悦，印象深刻，感觉特别投缘。钟月兄是乐队的一名乐手，在我的印象中，他能吹笛子、拉二胡、拉京胡、敲扬琴，且能作词编曲、执棒指挥等，是一位难能可贵的音乐多面手。

我们64科小演员训练班出科合并到剧团，但正值那个动荡的年代，人员分成两派，大字报、大辩论闹得不可开交，正常的演出活动几乎陷于停顿。我那时才十五岁，年少懵懂，调皮好玩，成天东游西逛，无所事事。有时上街看热闹，跟着瞎起哄。动荡年代，多事之秋，不能迷失自我，也不能随波逐流。在这方面，钟月兄是我学习的榜样。虽然此时剧团对外正常的演出已基本处于停滞状态，但大部分演职人员仍住在红旗剧院宿舍，钟月兄住在剧院宿舍靠东头的一间房，而我则住在靠西头最里面的一间。我每次经过他的房间，不是看见他捧着一本书，聚精会神地看着，就是看见他伏案写作或在谱写曲子，嘴巴里还不时哼唱两句，从没见他闲着。我有时闲来无事，也到他房间里坐坐，与他聊天，总能有不少收获。在我的心目中，钟月兄知识渊博，天文地理、历史典故、人间百态、趣闻逸事，他总是兴致颇高，侃侃而谈，让我听得入神，受益匪浅。我有时候向他请教一些搞不懂的事情和疑难问题，他总能耐心地向我答疑解惑 ，直到我弄通弄懂为止。钟月兄与我们64科的几个小男生相处很好，他就像我们的大兄长，事事处处关心照顾我们。其中，对我格外关注且呵护有加。在与我交谈拉家常时，常常告诫我尽量不要参与外面的争斗，少看热闹，多动脑子想问题。他说："你这个年龄段，正是学习文化知识的最佳时机，要多看书，不断充实自己。"还说："我建议你先读读四大名著，有不懂的地方和不认识的字，就来问我好了。"就这样，在他的鼓励引导下，我开始了认真阅读。从那时候起，我就很少上街闲逛看热闹了，一门心思地关起门来在宿舍里看书，四大名著和其他一些感兴趣的读物，就是在这个时期陆续读完的。

那一时期，为配合当时的政治运动，剧团也排演一些宣传毛泽东思想的文艺节目，如武打剧《飞夺泸定桥》、歌舞剧《长征》选段等。我清楚地记得，由于钟月兄形象好，还扮演过红军指挥员。在舞台上，他身着红军军服，威武雄壮地站在高台之上引吭高歌，气势昂扬地演唱毛主席诗词《西江月 · 井冈山》。他嗓音雄浑宽厚，激情四射，赢得台下观众的阵阵掌声，这场景令人印象深刻。这一期间，津市组建的文艺宣传队赴常德蒿子港镇十美堂公社演出。当时从蒿子港到十美堂公社需要步行10多里路，我们宣传队的几个男女生年龄最小，钟月兄就像大哥哥一样，时时刻刻关心提醒我们："跟着大队伍的脚印走，注意别掉队了！"可笑的是，从蒿子港出发时，因我拉肚子晚走一步，结果迷失了方向，跟错了脚印，多走了不少的冤枉路，晚了一个多钟头才赶到十美堂公社。这下把钟月兄和另外两个最关心我的小妹妹给急坏了啊。

1968年底，荆河剧团宣布解散，一部分人调离剧团安排去了市里其他单位，另一部分人则下放到澧县甘溪杨家坊和太青公社，当时称为干部下放劳动。钟月兄也离开剧团，调到津市新华工厂工作。还有一些人则调到了日用化工厂、螺钉厂、猪鬃厂、竹器厂等工厂。我和剧团的王天柱师傅以及金星明、万德仁、钱铁山等人，则下放到了杨家坊公社，至此，我与钟月兄四年多朝夕相处的演艺生涯就戛然而止，画上了不情愿的句号。我在农村劳动锻炼时间不长，1969年10月，市里决定组建毛泽东思想文艺宣传队，我和剧团的一些人又被抽调回来，算是去农村打了个滚，重回到文艺队伍。20世纪70年代中，我曾几次去新华工厂看望钟月兄，每次去，总见他忙个不停，和工人们相处融洽，有说有笑，看得出来他干得不错，也很充实。我为他转换角色的适应能力和精神状态感到高兴。

1978年底，我也离开了工作近15年的荆河剧团，调到了津市高压水管厂跑供销采购，半年后调到市五交化公司担任营业员，一年后又调到刚组建的津市商业学校工作。1985年借调到省里，担任湖南省商业粮食供销系统教材发行站站长。两年后举家迁往省会长沙，正式出任中国商业出版社中南发行站站长。频繁的工作调动，加之已安家长沙很少回津市，也就再没有与钟月兄谋面，彼此音讯全无。常年来，尽管未能谋面，但我心中一直记挂着兄长。我在想，这么多年来，我只听说他特别勤奋，发表了不少作品，但我一直没有机会读到兄长的文章，甚为遗憾，他究竟状况如何，不得而知。幸好，一个偶然的机会，我不经意间在《湖南文化报》上读到了一篇题为《心若钟鼓　月如练》写兄长的文章，正好解开了我多年的疑惑。作者这样写道："……钟月先生成为作家，对有些不太了解他的人来说，似乎有些意外。因为在若干年前，他不过就是津市新华工厂的一名普通工会干部，人们所熟悉的，仅是他当年展示出来的音乐才华，吹拉弹唱、作词谱曲、执棒指挥，以及他在书法等方面的造诣等。其实，他真正的才华，主要表现在他的文学创作上。多年来，他先后发表过《鬼姑》（《桃花源》杂志社）、《高处不胜寒》（河南《莽原》编辑部）、《我错了吗》（上海《电视 电影 文学》杂志社）、《天赐街雪葬》（新疆

《边塞》文学季刊）等四部中篇小说。《天赐街雪葬》这部中篇小说，荣获了首届丁玲文学奖。除小说外，他涉笔广泛，样样踏足。散文、杂文、诗歌、评论、报告文学、影视戏剧等。 拿散文来说，他创作的诸多散文常见于全国各地的报纸杂志，如天津《散文》、上海《文学报》、上海《解放日报》、北京《工人日报》、北京《中国环境报》、北京《中国旅游报》、广州《羊城晚报》、《湖南日报》、《湖南文学》、湖南《芙蓉》、湖南《潇湘晨报》、湖南《今日女报》，等等。他的不少散文，被报刊转载或收入选集，如发表在上海《文学报》上的散文《沈从文的边城》，被《湖南日报》以《醉街》的标题予以转载，发表在天津《散文》杂志上的《美哉，华夏丑女》一文，收入到中国文联出版公司编辑出版的《中国新时期三十年散文精选集》。他现为中国当代文学研究会会员、中国散文学会会员、湖南作家协会会员，其个人传略已收入《湖南作家传》《中国湘籍著作家大词典》《中国当代文学学会年鉴》等……”

2009年和2011年，借清明节回乡扫墓祭祖的机会，我分别两次约请原荆河剧团的艺友们在津市兰苑宾馆聚会，之前我详细定好了邀请人员的名单，担心有所疏忽而遗漏了谁。然后请在津市的师弟们按名单一一联系通知，非常遗憾的是，这两次剧团人员大聚会，都没能联系上钟月兄，师弟告知说，钟月兄不在津市，已出差在外，无法返津，于是就错过了晤面欢宴的机会，引为憾事。

2016年底，我和家乡的师姐聊天时得知，钟月兄不久前染疾，身体大伤，行走不便。获此消息后，我震惊之余内心深感不安，心想，明年清明节回乡，一定要去看望钟月兄。2017年清明节，我如期回到津市，经与在市文化馆工作的外甥询问，终于打听到了钟月兄的住处，准备第二天上午登门拜望。恰巧好友雷立鑫也从广东中山回乡祭祖，和他谈及此事，雷立鑫说钟月兄与他也是老熟人，并约好两人同去看望。

第二天上午，我们俩拎着一篮水果敲响了钟月兄家的房门，“哪一个呀？”一个熟悉的声音从屋里间飘了出来。“是我呀，雷立鑫。”房门打开，钟月兄看见了站在门外的雷立鑫，“是你？请进请进！”我站在雷的身后，跨进门喊了一声：“钟月大哥，我来看你啦。”看见我，钟月兄喜出望外：“哎呀，徐远君？快进来快进来！”我和雷的突然造访，钟月兄表现得既兴奋又有些意外，连忙打招呼张罗让座准备沏茶。我看着近三十年未曾见面的钟月兄，感觉他仍然精神矍铄、嗓音厚实、底气十足、反应敏捷，说话语速也仍然很快，这么多年了，虽有些见老，但也看不出有太大的变化 。其时，我向钟月兄简要谈了这些年自己的工作和生活轨迹，他听得十分认真并不时插话，对我调离津市后于省城工作中做出的成绩表示称道和赞许。我们三人兴致颇高，也谈得十分投机，不知不觉间一个半小时已过，我和立鑫起身告辞。钟月兄从书桌上取出他写的一本散文集《大地履痕》赠送给我，因右手写字不便，即用左手在书的扉页上写下了“徐远君惠存”几个字，我接过书连声说：“一定好好拜读钟月兄的大作。”我们依依话别，握着大哥的手深情地说：“大哥保重，只要远君回津市，一定会登门拜望！”

第二年清明节到来之际 ，我心想：今年清明节回津去看望钟月兄，除了已经给他准备的一幅书法作品外，还应该给他带一件有意义的礼物。在书房思考时我突然眼睛一亮，柜顶上置放的一根手杖映入眼帘，此手杖是我去年在云南大理古城一哈尼族老者手上所购。手杖造型奇特，材质为云南大山中古木藤，杖身兜结缠绕，瘤疤遒劲，古色古香。这根手杖既可实用，又具观赏性，应该是一件不错的礼物。清明节回到津市的第二天上午，给钟月兄打电话后，我拿着手杖和书法作品兴致勃勃地来到了钟月兄的家，一番热情的问候与寒暄过后，我即展示了送给他的书法作品《静听禅籁》，并简要介绍了作者和书写此幅作品的情况。钟月兄非常喜欢这幅书法，并让我拍照再转发给他留存。接着，我取过带来的手杖，双手庄重地递给他说：“这根手杖大哥用得上，特意带来送给你。”钟月兄接过手杖，细细端详，久久摩挲，连声说：“不错，好手杖，古香古色，拿着也十分称手。”见兄长喜欢，我便说：“这根手杖是我从云南带回来的，说来还有一段小小的故事呢。”“是吗？说来听听。”我便绘声绘色地讲述了这根手杖的来历，以及在云南时差点儿与手杖失之交臂的惊险过程。钟月兄饶有兴味地听着我的讲述，并不时插话问这问那，显得极有兴趣。听完我的讲述，他深情地说：“听了你讲述这根手杖的经历，我很感动，你是个有心人，我非常珍惜这份情义。”钟月兄嘱咐我把这根手杖拍照，再转给他留存。我俩谈兴正浓，不知不觉间两个钟头已过，我起身告辞，钟月兄把我送至房门口，两双手紧紧相握，“大哥千万保重，小弟明年清明节再来看望兄长！”

八月中旬，我在长沙收到了钟月兄发来的一篇文章，标题为《真友情，很贵！》，读完这篇刊登在津市文化部门主办的“文化津城”栏目的文章，让我激动不已，感慨万千。钟月兄此文以我俩之间深厚的友情为主题，详细叙述了清明时节我去他家拜望时的动人一幕，描述的故事情节生动感人，文字表达情真意切。令我颇感意外的是，一次平常的朋友间探望，钟月兄却能如此印象深刻，且赞赏有加。此篇文章中还插入了几幅照片，也就是我拜望他两人谈话时，他嘱咐我拍下来的几张，见照片我方恍然大悟，原来钟月兄在听我叙述时，心中已有想法，足见兄长用心之细微。此篇饱含兄弟朋友之情的文章，全文如下：

真友情，很贵！

清明时节，远君从长沙回津市祭祖，其间专程来家探望。

徐姓远君者，从艺多年，其后勤勉奋发，锐意进取，几经辗转，得以跻身出版界，遂与书墨斯文为伍。多年来，他结识书画及收藏界朋友，耳濡目染，悟性极佳，旷日持久，得益颇丰。他这次来我家，笑说间大谈紫砂壶收藏之经历与收益，眉飞色舞，侃侃而谈，口若悬河，把个壶里乾坤之意趣说得何等通透，令不甚了了的我茅塞顿开。我对紫砂壶收藏几近隔门，但听他乐此不疲大谈收藏的个中雅趣，顿觉兴味无穷。他的收藏谈吐，能让我有如此感觉，做到这点，极不易的。由此，足见远君审美素养之提升，我为他经年努力获得成效感到欣慰。

他这次来家探望，特地赠我雅玩物什，令人喜极。远君知我喜书法，特携来题曰“静听禅籁”的横幅墨宝，且随送书写者闫惠中先生《唐韵清风》书法作品集。他告诉我，去年，他与其交往多年的书法家闫惠中先生在京城晤面，其间谈及家乡朋友时，特嘱先生临池挥毫，为我写一幅字，先生悉听远君叙说我的书墨情怀后，欣然命笔，且用心择合我之性情的“静听禅籁”四字，一挥而就，遂成锦章。远君为朋友之所好，京城索字，用心良苦，实实地难得！

展现“静听禅籁”字幅，我顿生喜色。对书法，经年所爱，始终不辍，虽未成气候，却于书墨鉴赏略识一二。闫氏雅赠我之书字，一看便知，乃属宋徽宗之瘦金体。但仔细辨赏，又不完全拘泥于本色瘦金。依我看，笔者擅采众家之长，不食古，尚糅合，观其字之气韵，显然有颜、柳味道，清雅之风，较之原瘦金，更显灵动润泽。此幅字墨，有待时日，我将装裱镶框，嵌于粉墙之上，时时赏玩，以为乐事。

当我拜阅先生所赠的作品集后，方知作者来历了得！原来，书中介绍，闫惠中先生的祖母，是爱新觉罗溥仪皇帝的亲妹妹，他即清朝载润之女的孙子。观扉页作者的照片，果然儒雅、沉静，略含矜持，显出一派与生俱来的皇室贵胄之气，的确神韵不凡。他是当代著名书画艺术家，中国金书艺术传承人，从1993年至2003年的十年间，闫惠中先生与另一位书画家花费数百两黄金，制成金箔，再用手将金箔拈成金粉，然后用金粉掺水濡匀而成纯金墨水进行创作，先后完成了儒家典籍《十三经》《金刚般若波罗蜜经》，道家经典《道德经》等多部优秀的传统艺术作品，被钓鱼台国宾馆及各著名博物馆收藏。

无疑，我有幸获得如此层级艺术家的墨赠，以及收藏稀贵品种的书法作品，当喜不自胜。

远君这次来，除相赠其朋友的珍贵字幅和书法作品外，还带来一件工艺品。此件状如手杖，其色古雅，兜结缠绕，盘曲有致，枯藤虬枝，尽显朴拙风骨。我久久摩挲此物，爱不释手。远君见我如此欣喜，便笑着说了这件喜物的来历。原来，在去年，远君夫妻俩去云南红河州及大理古城旅游，在古城街上闲逛时，不经意间看到一位鹤发仙颜的哈尼族老人，手持一古铜色手杖迎面而来，远君眼睛一亮，趋身近前，谦恭有加地和老人攀谈起来。老人笑应良久，且知其意，愿将手杖送与客人。远君岂有白收之理？于是推谢再三，最后塞与老人三百元钱后，双方才欢颜作别。回到宾馆，远君恐手杖丢失，特将其放置在窗台上的帘布后面，安全妥帖。第二天夫妻俩转游他处，遂打点行装，驱车一百多里，下榻于另一处旅游地的民族风情住所。还没等住下，远君猛然一惊，哎呀，手杖忘了！此刻，他毫不犹豫地驱车回程一百多里地，急匆匆来到原住宾馆，向服务员说明来意，而后直奔房间，急忙掀开帘布，手杖还在！他喜出望外，忙取下手杖，上车赶赴新住所。这之后，远君带着手杖，离开云南，返回长沙。再后来他回到津市，直至专程来家看望，将此物送到我的手上……

“正是江南好风景，落花时节又逢君。”身处莺飞草长、烟柳满津城的这般季节，乐享如此奇巧动人的故事，从京城索字，到彩云之南觅“宝”，我自是感慨多多。记得远君第一次来我家（同来的还有雷立鑫老友）看望，闲聊中，他谈起当年在中国商业出版社工作期间，照他的原话说，一些“八不相干”的人都找他出书，唯独是作家和兄长的没找他出过书，他为此深表遗憾，甚而不无歉疚。我说不必如此介意，我只是不想给朋友添麻烦。他说这就是你的性格，理解，但不管怎样，他都不会忘记年轻时兄长对他的点滴帮助和指点。他的由衷表述，令我为之心动。这就使我想到，好多年里，这一路走来，我也曾以自己的绵薄之力扶持过不少所谓的“文学青年”，但时过境迁，物是人非，实利社会的“游戏规则”，使得当年太多的身影变得模糊，早成陌路，乃至忘却。对此，我毫不心存块垒，亦无“投桃报李”之想，甚至感到有些庆幸。何以如此？正如李白说的“弃我去者，昨日之日不可留。乱我心者，今日之日多烦忧”。人的一生，总是抛却很多，留存很少。抛却的，是多余的，毫不足惜；留存的，是随缘的，不可多得——真友情，很贵……

再次阅读和记述此文，意在遣怀我俩在一起交谈的美好时光，让兄弟般的友情得以升华。

2020年初，因突发新冠疫情，各地严加防范，春节、清明节均限制人员流动，基于此，原定于清明节回乡的计划也就取消了。五一劳动节期间疫情有所缓解，各地也纷纷解禁防控措施，人员开始流动，我也打点行装，准备五一节回津一趟。此次回乡，去钟月兄家拜望是肯定的，我特意给他准备了两件有意义的礼物，一把特制的紫砂壶，由我北京的画家朋友在壶面绘一枝梅花与砂壶，并配有一幅国画斗方梅花砂壶图。另一件作品是我好友旅日画家李燕生篆书《心清闻妙香》，此幅作品是2007年在北京王府花园拜望李燕生时，在其寓所为我书写。此幅书法寓意深远，斟酌再三，感觉非常适合赠送给钟月兄。

回到津市第二天上午，我即登门拜望。见面后，我取出盒中的紫砂壶，向他讲述了这把壶的来历及刻壶者北京画家的情况，他听后十分喜欢，盛表谢意。随后，我展开李燕生的书法作品，《心清闻妙香》四字篆书条幅，我还随身携带了一本《李燕生书法篆刻作品集》，钟月兄眼前一亮，一边翻看一边连声称赞，看得出来，他对书画家李燕生的艺术成就十分震撼，也非常钦佩。他深有感触地说道："这是我见到的最高层级书法家的作品，这幅《心清闻妙香》寓意深刻，我很喜欢，我让钟柯（他儿子）马上去装裱镶框，挂在书房里每天好好欣赏！"他问起我如何与李燕生相识，我即简要介绍了与燕生兄相识相知的一些情况。听完我的叙述，钟月兄对我说："远君，你与这些文人书画家的友情很难得，把这些亲身经历都写下来，肯定很精彩。"我回答说："有这个想法，只是不知从何着笔？""你刚才的讲述就不错，写自己的感受，难忘的经历故事。还有在剧团工作生活中的一些人和事，都可以写，慢慢来，不着急，你肯定能写好的。"又说，"与这些书画家的交往故事写下来蛮有意思的，题目可以叫翰墨情缘，你先写，到时候我再给你润色把把关吧。"我说："谢谢大哥的鼓励，我先写写试试看，回去就动笔，届时请兄长多多指教。"

回长沙后，我便开始思考写些什么？写哪些人和事？如何写？思来想去，还是先从在荆河剧团工作和生活的往事着笔，从我们64科朝夕相处的师兄师姐们写起，这是我最熟悉，也是最刻骨铭心的梨园往事。不久，我收到钟月兄发来的微信及照片，《心清闻妙香》条幅已装裱镶框，悬挂于他家书房内，大哥站立于书法镜框前，精神矍铄，悠然自在。他在发给我的微信中说："远君：节日登门，相赠书墨藏物，让我珍爱之余，甚为感动。从发来资料的画面和文字中，作者艺术价值和你俩的友情可见一斑。这种艺术与心灵的契合，才是最长久最为宝贵的。远君，谢谢你！"读到钟月兄的微信，我十分高兴并回复："兄长：五一节回乡，有机会与兄晤面并交谈甚欢。兄长言语中肯，关心并鼓励远君，使我受益匪浅。燕生书画与砂壶艺术是我心爱之物，《心清闻妙香》赠予兄长乃远君精心挑选，兄长对待生活与人生的感悟和精神境界，值得远君永远学习。祝福兄长平安吉祥！”钟月兄则回复：“你之真诚，令我心动，大慰藉矣！”

我虽远在他乡，不能与兄长时常相聚，但彼此间的微信聊天不断，让我们心灵和谐交融，挚情得以升华。钟月兄一直在关注我的书稿进展情况，时不时地打电话问询。我向他汇报了这方面的进展，并就文章的写作虚心向他请教。经反复思考，总体的写作框架也逐渐清晰，这本书稿我拟分为三个部分去写，即上篇“梨园旧事话沧桑”、中篇“竹兰之谊话友情”和下篇“手中红颜话紫砂”。我把这一写作方案报告给钟月兄后，他回复我说：“思路清晰，内容充实，很好。下篇中‘手中红颜’的提法，恐生歧义之嫌，似待商榷。”经推敲，我采纳了他的意见，拟修订为“阳羡拾珠话紫砂”为宜。

往事如烟，几十年人生轨迹，一个个鲜活的人物、一件件铭心刻骨难以忘怀的瞬间，在脑海中浮现，我的笔尖也渐渐灵动起来，写到动情处，似乎忘却了时间的流逝，一篇怀旧文章也就一气呵成。之后，我把已经写好的一篇《李燕生为我治印刻章》一文发给钟月兄看，他阅后称赞道：“文章读过，不错。主要是述说清晰，笔意顺畅，描人状物真挚细腻，感觉很好。就这样写下来，一定会成功。”得到钟月兄的认可，我非常高兴，也更坚定了我继续写下去的决心和勇气。从这以后，我陆续把写出来的每篇文章发给钟月兄看，并请他指教提出意见，而他每次阅读过后，回复给我的都是鼓励与赞扬的话语，使我暖意浓浓，心情舒畅。可以说，就是在钟月兄的鼓励与鞭策之下，我写作的热情逐渐高涨，写作状态也渐入佳境。

关山苍苍，澧水悠悠。时光荏苒，友情长留。随着时间的流逝，我与钟月兄的今世情缘，亦将成为生命旅途中的佳话，成为我们难以忘怀的人生珍藏……

难忘十年风雨情

——记我心目中的老领导罗成英

离开津市定居长沙都好多年了，但我从没忘记过家乡，从没忘记过家乡经历过的人生故事。那些令我感动的身影和面容，总时时萦绕在我的脑际，久久挥之不去。在这些熟悉而亲切的身影中，有一个让我最为难忘的人，这就是原任津市市委组织部副部长、原津市文化局局长、津市荆河剧团书记团长的罗成英。忆起当年的这位老领导，就不由得让我的思绪回到那个不能忘怀的岁月……

1969年元月，春寒料峭，我背着简单行李怀着无以言说的复杂心情，冒着凛冽的寒风，离开了故乡津市，一路颠簸的汽车把我们一行人拉到了偏远的澧县杨家坊公社。为响应党的号召，遵照上级的指示精神，原津市荆河剧团人员被遣散，分别下放到农村或工厂，接受工人阶级和贫下中农再教育。和我一起被下放到澧县杨家坊公社的有老艺人王天柱师傅、金星明、万德仁、钱铁山等，以及津市教育界、体育界的郑祖瑜、龚玉堂、周大卫等人。负责带队的是津市市委的张家元与市卫生防疫站站长王琼英。荆河剧团另一些人则下放到澧县太青山公社，有杨善智、王文柏和张淑容等人。还有一部分人则下放到津市日用化工厂、猪鬃厂、螺钉厂等工厂。半年后，我们接到通知，提前结束农村劳动锻炼返回城市，暂时安排在津市化肥厂，边劳动边等候通知。9月，通知下达，市里决定，由选定的荆河剧团20多人以及从其他单位抽调的有文艺特长的人员，组成毛泽东思想文艺宣传队，在原津市剧院集中，突击排练一些宣传党的方针政策的文艺节目。

不久，新任领导罗成英走马上任，调来担任文艺宣传队指导员。罗指导员给我的第一印象是，身材好，人也漂亮，衣着得体、神情怡然。她讲话不紧不慢，有条不紊，干练利索。在罗指导员的带领下，我们排演了一些短小精悍的文艺节目，如《忆苦饭》《新战士李华》、群口词《刺刀颂》、歌剧《红松店》、雕塑剧《收租院》等，并下到街道、工厂、农村和涔洹农场部队，为广大工农兵群众演出，深受大家的欢迎。

1970年秋天，为支援国家三线建设，罗指导员带领我们宣传队赴枝柳铁路建设工地慰问演出。我们除排练一些反映三线建设工地先进事迹的小节目外，还直接参加了铁路水泥桥墩的修建。罗指导员身先士卒，和男队员一样加夜班，挥汗如雨，吃苦耐劳，真可谓巾帼不让须眉！

1970年底，毛泽东思想文艺宣传队更名，恢复成立津市荆河剧团，罗成英续任剧团书记。仅在短短的1971年下半年的时间里，在罗书记领导下，剧团已排演了大型剧目《火椰村》《红灯记》《沙家浜》等，在津市和周边县市镇巡回演出，剧团各项业务工作均呈现出一派勃勃生机。

此时，剧团领导研究决定，拟排练八个样板戏中难度较大的《奇袭白虎团》，其主角严伟才决定由我担任。当年刚满19岁的我，担任如此重要角色确实难度较大。罗书记找我谈话，鼓励我说："要相信自己，要敢于接受挑战，只要刻苦努力，就一定能演好严伟才。"众多师傅以及师兄师姐们也给我鼓劲加油，使我有了扮演好主角严伟才的勇气和决心！功夫不负有心人，经过两个月的紧张排练，在剧团全体人员的共同努力下，《奇袭白虎团》在众人期盼中如期上演，我饰演的严伟才得到广大观众的认可，好评如潮。红旗剧院售票窗口人声鼎沸，连续上演一个多月，仍一票难求。

在《奇袭白虎团》第五场“插入敌后”的场景中，有两处严伟才的高难动作，一是严伟才需从约两米高山石上空翻而下，二是剪子腾空反身抢背跃过铁丝网。我胆子小，每每演到此处便心跳加速，害怕摔伤或演砸。罗书记非常担心也非常细心，每当演到第五场这个场景时，她总是提前站在对面舞台侧幕边，屏息静观，生怕出现什么差错，她那关切的眼神，我至今难忘。此外，还有彭朋大师兄鼓励我说：“师弟胆子要大点，你从山石上翻下来，我就站在下面，如有险情，我会用手托你一下。”彭师兄的这句话使我吃了定心丸。还有小师弟安健、罗弟弟们，在我翻过铁丝网落地时，提前抱来棉被，罗书记忙着拉垫子铺被子，生怕小师弟们摆放不到位，使我从空中落入硬地板受伤。正是有罗书记和众多师兄师姐师弟师妹们的关心关爱，使我能够演好这一角色，圆满完成剧团领导交给自己的任务。

荆河剧团鼎盛时期近百人的队伍，人员结构多元，师徒关系错综复杂，陈规陋习、旧的保守思想根深蒂固，加之71科班新学员的合团加入，更使剧团领导们颇感伤神。但罗书记总能妥善处理与化解各种矛盾和问题。她善于做思想工作，对老艺人嘘寒问暖、关怀备至。在一些令人头疼的纷乱事情上，尤其是对71科小演员更是呵护有加。罗书记做事敢于担当，有胆识有魄力，作为津市女干部中的佼佼者，几年中，罗书记在剧团的领导决策中，没有出现大的失误，也没有发生大的演出纰漏和严重的人为事故，剧团各项业务的开展井然有序，齐头并进。在排演了《奇袭白虎团》后，又先后排演了《杜鹃山》《智取威虎山》《红色娘子军》《平原作战》《磐石湾》以及新编现代剧目《不平静的海滨》等。其中新创作的荆河戏《红哨兵》与常德地区歌舞团创作的歌剧《心明眼亮》两剧目组成一台戏，共同参加了省里的调演，荣获嘉奖，轰动省城！可以这样说，罗书记领导下的1971年至1977年期间，是津市荆河剧团蓬勃发展的最好时期，这期间排演剧目最丰富、各地巡演场次最多、票房收入也节节攀升，成绩斐然，成果丰硕！

我是津市荆河剧团的主要演员之一，罗书记对我很器重，平常工作中和生活上多有关照。记得剧团在湖北公安县演出《奇袭白虎团》时，我连演几场后，因肩部有伤，便要求休息，由B角出演主角严伟才。演了两场后，剧院经理找罗书记交涉，说观众强烈要求让A角出演，不然的话就退票。罗书记面对此种情况，也别无他法，只好给我做工作说："徐远君呀，我知道你有伤，应该让你多休息几天。但剧院领导和广大观众都要看你演的严伟才，还是以大局为重，坚持一下，克服困难再演几场吧。"她的柔声细语，关心体贴的话语，让我心中一暖，使我无法再拒绝，于是便坚持又演了两场。

罗书记善于与人沟通，处理问题拿捏得当，工作作风扎实，从不大声苛责训斥，或耍领导威风。记得有一次晚上组织学习，因是大热天又没有空调，就安排在红旗剧院院子里开会学习。我当时正和女朋友在房间说话，没有及时下楼来，罗书记提高了嗓门说："马上要学习了，还有人在寝室里没有下来呀？"我心知肚明，她是在提醒我，还给我留着面子呢，自己也就不好意思了。

我性格孤傲，不喜与人结交，行为举止有些特立独行，在对一些人和事的认识上与罗书记渐渐有了分歧，久而久之便产生隔阂，并时有冲突发生。到后来，我干脆拒绝出演主角，宁可演群众或日本兵，以致情绪消沉、萎靡不振。对此，罗书记也颇为费力伤神。于是，在无奈之下，于1978年底将我调离出了剧团，安排到津市水管厂工作。至此，我便惜别了为之付出心血15年的演艺生涯，离开了荆河剧团，情感复杂地结束了与罗书记共事10年的往来故事。

8年后的1986年，经历过当工人、供销采购、商店营业员、商校办事员的我，最终落脚在津市市委党校担任秘书。而罗成英书记几年中，也从市文化局局长、市委宣传部副部长，调到了市委组织部任常务副部长。有一天我特地去市委组织部看她。一声“罗书记”，正在忙于公务的她见到是我，赶紧招呼我坐下，高兴地与我拉起了家常。熟悉的声音，亲切的交谈，会心的笑容，8年前的不愉快已然烟消云散。此后第二年，我举家离开津市，调往省城长沙，任中国商业出版社中南发行站站长。

又过了8年，时间来到1995年，借回乡探亲访友之机，我和夫人专程来到设在黄牯山上的津市电大看望老领导，此时罗书记已调任津市电大党委书记。老友相见格外亲切，说不完的家常，道不尽的祝福。再有两年，罗书记就要退休了，津市电大是她最后供职的单位和归宿。

从2009年开始，每逢清明节回乡，我都要把原荆河剧团老同事们请来，或大聚或小聚，最多人数的一次聚会来了80多人。罗书记是我每次必请的主要嘉宾。在一次大聚会上她还深情地讲述了在剧团的一些美好往事，以及与大家建立的友情，她的深情讲话令聚会人员印象深刻。一次次的聚会能使大家有机会在一起，回味剧团多年巡演的艰难岁月，趣事多多，幽默连连，场面温馨，令人难忘！

几年前，罗书记因一次意外事故，腿部骨折受伤，行动不便不宜在家上下爬楼，便住进了津市修建的养老院。最近几年，每到清明节回乡，我第一个要去看望的一定是罗书记。每次看见我来，她都格外高兴，问候聊天，回忆往事，不知不觉两个钟头悄然已过。罗书记虽然已年逾八旬，但举止言谈，思维清晰。2021年清明时节，我又专程去养老院看望了罗书记，我见到她仍是一脸红润、神清气爽、精神矍铄，我甚感欣慰。我们交谈甚欢，情感融洽，谈到动情处，我说：“只要远君回津市都会来看望您，对于64科来说，你就是我们的老大姐。对于71科的师弟师妹们，你就是他们的妈妈！”话到此处，罗书记眼睛湿润了，拉着我轻声说：“谢谢你，谢谢远君……”

春去秋来，好多年过去了，我们经历了许多，忘却了许多，但无论如何，我们不会忘记曾经拥有过的十年风雨情。岁月可以剥蚀我们的年轮，却无法掠走我们心中的风景。敬爱的大姐，不管在何时何地，我将用虔诚的心为您的健康长寿祈福——祝福您啊，我心目中永远难忘的老领导！

君子之交，情谊永恒

——我与王世清的朋友交情

我和王世清第一次见面是在北京的报国寺。2003年我出差到北京，于设在报国寺院内的中国商业出版社办完事后，专程来到何敬福（当时他属于中国商业出版社内退人员）在报国寺内的古玩店小坐聊天。进得小店，见他店里有一访客，何敬福给我俩分别做了介绍，双方打过招呼，便坐下来品茶闲聊。何敬福与我是多年的朋友，内退期间，在报国寺内租了间门面，干起了售卖古董杂玩的活计。因我是第一次来他新开的小店，寻思总得买他一件什么东西，以示恭贺之意。浏览了一遍店里摆设的物件，发现有一把老的紫砂提梁壶，便问道："敬福，这把壶多少钱？"何答道："四千。"我说："这把壶我要了，给你六千，装起来吧。"何敬福听后十分高兴，连声说："谢谢，谢谢远君捧场。"我从钱包里掏出六千元交给他说："六六大顺，祝你小店兴旺，财源广进！"此时，王世清端坐在椅子上瞧着这一幕，暗自思忖，也不说话。多年后他对我说："刚开始时，我以为店里来了一大款，后来知晓你与何敬福是老朋友，你的这一举动，足见君兄是个讲朋友感情的厚道之人。"

王世清，自号"隐堂"，山东琅琊人氏，祖上很早以前便迁居京城，到他这一辈，也算是地地道道的北京人了。他中等身材，单单瘦瘦，人长得还算眉清目秀，但面色偏黄，不修边幅，看上去是一个经历过世事沧桑之人。王世清原来在北京市一家工程公司上班，不知什么原因，后辞掉工作成了自由职业者。他在北京报国寺摆过地摊，专门售卖古玩字画，因而也就与当时管理报国寺文化市场的何敬福熟悉，成了收藏圈里的朋友。王世清人很聪明，脑袋瓜灵活，摆书画地摊时结识了一些书画家，交流探讨之余，便萌生了自己画画的冲动。“人家能画，我为什么就不能画呢？只要自己上心，就一定会比他们画得好。”思索毕，随即买来纸墨笔砚与名家花鸟画谱，就从自己喜欢的花鸟画开始学起。

王世清见多识广，在他心里，最佩服的大画家就是齐白石老人。白石老人是个木匠出身，凭借他木工手艺活，自己练就了刻章治印的绝活。而后学画画，拜访名师，一本《芥子园》画谱随身携带，走到哪儿画到哪儿，刻苦钻研，画艺日精，终成一代大师。白石老人的励志故事深深地感染了他，他暗自下定决心，以白石老人为学习楷模，潜心修炼，定能有所收获。一次偶然的机遇，他结识了齐白石的高徒娄师白，欣喜之余，先后多次登门拜访。娄老先生年岁大，他悉心照料，嘘寒问暖，关怀备至。同时，虚心向老先生求教，学习和临摹娄老的花鸟画代表作。他悟性极高，善思考，细琢磨，在研习传统绘画技法的同时，又不墨守成规，有所发现，有所创新。几年下来，其花鸟画技艺已日渐成熟，颇得老先生赏识，也深得画界同行的认可。此后，他又把学习的眼光瞄向了更高层级的花鸟画大家王雪涛。王雪涛和娄师白同为齐白石高徒，就绘画技艺而论，王雪涛技高一筹，其绘画水准更在娄师白之上，是书画界公认的花鸟画大师。王世清潜心研习王雪涛的绘画技法，从中领悟其技法要领，不断摸索，刻苦钻研，其绘画水准日臻完善。虽无缘拜王雪涛为师，但其画作水平颇有雪涛大师之遗风，大师若泉下有知，也会为有这样一位孜孜以求、不曾谋面的绘画学生而感欣慰。

受我盛情相邀，世清兄多次南下湖南做客或旅游，尤其是长沙，已记不清来过多少回。长沙的大街小巷，如黄兴路步行街、坡子街、黄泥街、湘江风光带及城市周边的古铜关窑、岳麓书院、爱晚亭、韶山毛泽东故居、花明楼刘少奇故居、湘潭齐白石纪念馆、浏阳谭嗣同纪念馆、浏阳大围山、南岳衡山等，都留下了他造访或游玩的足迹。

王世清爱吃辣，作为北方人，一般来说，喜吃辣的人并不多，即便能吃辣的人，其吃辣的本事也肯定要逊色于湖南、湖北人或贵州、四川人。但王世清吃辣的本事堪比湖南辣妹子，陪他在长沙多处餐馆用餐，他都要交代厨师多放辣椒，即便是店内最辣的菜肴，他品尝后也总说不够辣、不过瘾，真可谓不是湖南人的湖南人，不怕辣，辣不怕，怕不辣！每次来长沙的几天中，除我们宴请他的正餐外，他自己还四处溜达，寻找适合他口味的湘菜馆，以一饱口福。更夸张的是，他还专门打一的士，让司机开着车于小街小巷寻访地道的土菜馆，并让司机陪着他吃辣菜、喝小酒，直吃至浑身冒汗，月夜星稀才尽兴而归。

王世清更爱喝酒，甚至有点好酒贪杯。在长沙多次朋友聚会的酒席宴上，他每饮必过量，或半醉半醒，或醉倒不省人事。2008年，王世清与北京东西方拍卖公司的黄总和安志英（业内人称其为“小安子”）一同来长沙游玩，当晚的接风洗尘酒宴，由我的老同学邹庆国做东，在长沙迎宾路一家酒店招待北京客人。新朋老友，欢聚一堂，杯盏交错间，主人热情敬酒，宾客开怀畅饮。几轮酒下来，王世清已面红耳赤，醉意渐显，但他并未作罢，乘着酒兴越饮越欢，说话舌头已不灵便，似乎有点语无伦次了。拍卖公司黄总见状，暗示小安子提醒王世清不能再喝，不然的话，真要醉倒在酒席宴上了。酒宴毕，邹总说到他一个朋友开的茶楼去品茶。我们一行人来到茶楼，上得楼来，但见茶楼清新典雅，一看便知是出自品位高雅的女人之手。女主人在得知几位是北京来的客人后，热情招呼，我们品着香茶闲聊，气氛热烈。此时，邹总提议，让王世清给女主人画一幅画，世清兄欣然应允。主人喜笑颜开，连忙铺开宣纸，现成的笔墨颜料，世清兄则借着酒兴，喜滋滋地粉墨登场，开始动笔画画。我们几个人一边聊天，一边看着王世清作画。此时，画画中的王世清，虽然已是酒醉半酣，但也聚精会神，腿肚不打战，人也不走神。一个多钟头下来，一幅四尺紫藤小鸭图已跃然纸上，王世清掏出随身携带的印泥印章，落款钤印，之后把画笔往桌上一扔。但此时酒的后劲正好上来，人已站立不稳，腿一软，头一歪，整个人醉倒在了座椅上。慌乱中，我们七手八脚把他抬到沙发上躺下，唤他也无应答，只听见鼾声了。真个是："酒后茶楼品香茶，似醉非醉画小鸭。画笔一落人已醉，梦中湘妹回俺家。"此次长沙之旅，也成就了王世清酒后作画、醉倒茶楼的一段佳话。

王世清性格平和，待人诚恳，对人友善，但凡有朋友或熟人请他画画，他是有求必应，少有推托。对喜欢他画作的人，他总是笑脸相迎，面带喜色，高兴之余，不停歇地连续作画仍兴致勃勃。拿起画笔一站就是半天，中途也不休息，如果是晚上作画，则状态更佳，画到很晚方肯作罢。真是个热心肠的好人，甘愿为朋友多画画，画好画，乐此不疲矣。

王世清对湖南山水情有独钟，他来长沙多次，也留下了众多的墨宝花鸟画作，其中尤以湖南新闻出版集团的朋友居多。我向王世清介绍认识了出版公司邹总后，有两次王世清来长沙，他有一半时间都是在给邹总的朋友们画画。邹总在自己的住所内，悬挂有多幅王世清的花鸟画作，件件精品，十分醒目。由此可见，王世清是一位为人豪爽、助人为乐，且不计较任何报酬之性情中人，深得圈内朋友们的赞赏。我也很喜欢世清兄的画，尤其是他的《雪梅图》《葫芦图》，以及水墨小品：瓶中一束梅花，或山石旁点缀几束兰草，外加一把小写意紫砂壶，寥寥数笔，清新淡雅，自然与灵动跃然纸上，细细赏玩，别有一番韵味。

十多年中，我们还多次一同相邀出游，饱览秀美山川，游览名胜古迹，品尝美味佳肴，留下了许多美好的回忆。曾先后两次到访山西，一次是在太原会合，登临介休绵山探幽寻古，赴长治游览太行山大峡谷，造访晋城古迹皇城相府，登临钟灵毓秀的钰山风景区等处，最后经河南焦作至郑州分手。另一次是相邀从北京出发，由我京城的好友小韩开车直抵山西大同。在我大同朋友的精心安排下，游大同云冈石窟，登北岳恒山悬空寺，观应县辽代木塔，等等。在山西旅游期间，世清兄也不忘随身带着他的画笔和印章，每到一地休息，或于晚餐后的休闲时间，他都要抽空给接待我们的主人朋友画几张画，主人乐，他也乐，我在山西朋友跟前也挺有面子，真是考虑周全，画家风范尽显。

2020年仲秋，我和王世清约好，同去江苏宜兴游玩。他从北京坐高铁，我从长沙坐高铁，两人买了差不多时间的车票，相约在宜兴高铁站碰面。王世清一直想去宜兴看看，并多次与我谈起过，此次如愿以偿，世清兄亦非常兴奋。到宜兴高铁站晤面后，我没有打扰宜兴的朋友，两人打车入住在出发前预订的宜兴丁山凯富门酒店。

第二天吃过早餐，宜兴的老朋友、紫玉金砂有限公司鲁总开车来酒店接我们。我向鲁总介绍了王世清，然后坐车到宜兴紫砂工艺厂鲁总的紫砂经营部。宾主落座，鲁总泡上一壶上好的宜兴红茶，我们边品茶边聊天，老友相见，心情也格外高兴。世清兄环顾偌大的店铺，望着橱窗内琳琅满目的紫砂壶，眼睛瞪得大大地左顾右盼。我说："世清兄，我陪你去看看陈列的紫砂壶？""好哇，去看看，见识见识。"鲁总也陪着我们逐一观看店内摆放的紫砂壶，欣赏完几个大厅的紫砂壶后，鲁总又请我俩上二楼展厅观看，二楼陈列的紫砂壶都是名家的作品，王世清也是第一次欣赏如此高端的精品紫砂壶，他目不暇接，连声称赞！看完二楼陈设的紫砂壶，我对鲁总说："我邀王老师特意来你店里参观，他很高兴，给你画两张画吧。”鲁总连声谢谢，并领我俩上到三楼一间小画室。王世清铺开宣纸，取出随身携带的画笔，聚精会神地画了起来。一个半小时，一幅四尺整纸的“紫绶同春图”已跃然纸上：紫藤盘绕，春意盎然；群蜂漫舞，小鸭嬉戏；春江水暖鸭先知，早春气息尽显。鲁总抑制不住内心的喜悦，展开画作高兴地与王世清拍照留念。画毕，我们仍在一楼客厅品茶，此时，鲁总的夫人潘总也来到了店里，她笑容可掬地与王老师握手问候，并分别赠送我俩一把最新设计制作的建国70周年纪念壶，鲁总又拿了一把由工艺师制作的“线律壶”赠送给王老师。王世清喜不自胜，收获满满，真可谓不虚此行。

此次宜兴之旅，我陪王世清观看了宜兴紫砂陶瓷城，游览了丁山竹海风景区，到访了众多紫砂店铺，结识了不少紫砂业内人士，使王世清对紫砂有了更深刻、更全面的了解。王世清不无感慨地说：“熟悉和了解紫砂，还是要自己来当地看看，感觉完全不一样，此次到访宜兴，收获挺大的。”他还对我说：“以后有机会，还要再来宜兴。”同时，王世清还有一个愿望，要在宜兴拜师，学做紫砂壶。有志者，事竟成，凭他特有的聪慧和画画的韧劲，我完全相信他一定能实现这一美好心愿！

愿友谊之树常青，友情长存！

与万庆、二娴的故事

——记好友刘万庆夫妇

万庆是我的小兄弟，三十多年来，我俩之间一直保持着通信，联系从未中断，我与他交往甚多，情如兄弟。万庆是土生土长的北京人，办事利落，也爱较真，其行为举止特有北京范儿。在中国商业出版社，他是个多面手，先后从事过财会、发行、编辑工作，也曾负责过《中国烹饪》杂志近十年的发行工作，结交了不少重量级的中国烹饪大师，从而也培养了他品菜、鉴菜的本领。弟妹刘雅娴也是地道的北京人，家人和亲近的朋友都称呼她“二娴”，也许她在家中排行老二，父母亲期望自己的女儿温婉娴雅、柔美文静之意。

1993年，万庆偕夫人第一次南下到了湖南，这次专门是度假，游张家界武陵源、常德桃花源及省城多处名胜古迹。2004年5月，他们夫妇再次来到长沙，万庆老弟特意给我带了一套《中国收藏》杂志的合订本，同时参观了我在长沙的“商业财经书店”，万庆提出了许多宝贵的建设性意见，使我受益匪浅。我夫人还亲自下厨，做了美味可口的家乡菜招待他们夫妇。临走时，我带万庆到了我楼下的库房，指着几十箱摆放整齐的老“鬼谷酒”说：“万庆，这酒你能带多少就拿多少，别不好意思。”万庆笑着回答：“我还要去武汉、郑州，带多了也不方便，就带六瓶吧。”后来他告诉我，送了两瓶给武汉的朋友，另外四瓶带回了北京。后来请社里同事一同品尝，开瓶后满屋子飘香，大家品尝后都连连称赞“鬼谷酒”特别好喝。剩下的几瓶万庆再没舍得给别人喝，留着夫妇俩时不时地喝上几杯，细细地品味老“鬼谷”的幽香。

万庆老弟的朋友很多，夫妇二人经常同朋友聚会。二娴原本不太喝酒，但久而久之，也能喝上两杯，但不胜酒力。万庆因应酬多，常常不能回家陪夫人吃饭，于是每到这个时候，二娴就打开酒瓶独饮独酌，喝到似醉非醉的时候就拨通了万庆的手机，万庆一听夫人说话舌头打滚，便知道二娴又一个人在家喝酒了，立即起身告辞，心急火燎、马不停蹄地赶回家中，唯恐夫人喝多了。这是二娴在万庆身上撒娇的一种策略，也成就了他们夫妻恩爱的一段佳话。

1996年，受周围环境的影响，二娴辞去了医院的工作，开办了一家以发行职业教材为主的书店，生意一直不错。二娴虽没有干过发行，更不熟悉其中的套路，但她人聪明、办事认真、勤奋好学、工作心细，很快就适应了这项工作。到了1999年，二娴在教材发行业务的基础上，又代理了两家出版社的图书储运业务。她在丰台区靠近火车站的地方租了十几亩地，建了几栋简易书库，另建有几间平房用作办公和员工宿舍。他们夫妇的脑袋瓜都很灵活，也善于公关，人际关系处理得也好，图书储运业务也干得顺风顺水、红红火火。我到北京出差时，万庆特意接我到储运仓库参观，总的感觉是选址不错，靠近丰台货运站，适合做书库仓储，图书发运挺方便。他们夫妇俩还在库房四周种了些蔬菜瓜果，养了鸡、鸭、鹅、孔雀等，有自己的厨房，员工们吃菜的问题也解决了。万庆是学会计学专业的，擅长精打细算，让员工们既吃到了无公害的食材，公司又节省了成本开支。二娴做图书发行的这些年中也帮了我不少忙，我们合作也很愉快。我所需要的一些外版图书，基本上都交由她的书店给我组织订购，她都能够保质保量地发到长沙。

万庆夫妇都是卢沟桥的老住户，他们曾先后两次邀请我和夫人到访宛平城和卢沟桥。第一次是1994年的秋季，第二次是时隔25年后的2019年初秋。

记得第一次到卢沟桥游玩时，正值永定河枯水季节，桥下河道干涸，看着河滩、土丘和裸露的鹅卵石，一些精明的商人嗅到了商机。他们弄来几辆老旧的美式吉普车，出租给前来卢沟桥的游人在沙滩上开车游玩。万庆夫妇带我们来到了卢沟桥下，租了一辆美式吉普，四人喜滋滋上车玩了起来。当时，我们几个人都不会开车，但车老板说没关系，这属于游乐项目，此处是河滩、沙丘，没有树木等障碍物和行人，并告诉我们把车发动后，脚踏油门，手握方向盘只管往前开就行。我们也不管三七二十一，万庆把车发动起来，油门一踩，吉普车在荒野、沙滩上跑将开来。沙滩上原本就凹凸不平、坑坑洼洼，加之万庆手握方向盘形同虚设，左一扭，右一摆，吉普车摇摇晃晃，险象环生。好在沙滩上空无一人，只有不远处的几辆吉普车上下颠簸，估计也是和我们一样，从未开过车的玩家。万庆开了一会儿把车停下来后，我又坐到驾驶员位置，双手紧张地握着方向盘，油门一踩，胆战心惊、稀里糊涂地胡乱开将起来，跑了一圈，总算有惊无险，但已是额头冒汗，气喘吁吁了。万庆意犹未尽，接过方向盘又开起来，此刻，他胆子大了一些，车也越开越快，我们坐在车上紧抓两边的扶手，随车上下颠簸起伏，哈哈笑个不停。此时，车前方有一大坑，躲闪不及，吉普车撞入坑内土沿猛然骤停，车的惯性使二娴头往前一冲，撞上了车前驾驶员的后座，额头上顿时划了一道口子，血也浸了出来，好在问题不大，只是一点点小伤。我们也无心再玩，把车还给车主，返回了宛平城。

2019年初秋，万庆邀请我和夫人到园博园附近朋友新落成的一处度假山庄小住。此山庄环境优美，没有噪声打扰特别安静，山庄不远处即是卢沟桥，第二天上午万庆陪我们夫妻俩又来到了阔别25年的卢沟桥。再一次站在卢沟桥桥头，极目远眺，心潮澎湃。漫步在卢沟桥上，斑驳苍凉的青石板仿佛诉说着过往的岁月，双手抚摸桥墩上一个个造型各异的汉白玉石狮，回望历史，心绪久久难以平静。下午，刘万庆在山庄内准备了丰盛的家庭晚宴，邀请了中国商业出版社的张新壮、刘毕林、史兰菊和原负责《中国烹饪》杂志社发行的沈跃来到山庄与我见面，一起共进晚宴。老朋友相聚，心情格外高兴，大家在一起品茶聊天，共叙友情，气氛融洽。酒宴上，大家举杯同饮，谈笑风生，几十年中与中国商业出版社诸多朋友的交往情形，其中经典段子与精彩瞬间，美好的记忆在座各位感同身受。乘着酒兴，我绘声绘色地讲述过去的一些精彩片段与趣闻逸事，引得朋友们笑声不断。张新壮总编辑深情地说："远君是我社的老朋友，也见证了我社发展的全过程，与大家的关系都不错，是个好大哥。"众人也连声称是，表示赞同。夜幕降临，大家仍兴致勃勃，意犹未尽。在我和万庆的催促下，几位朋友才起身与我道别，离开山庄。

这天上午，受我盛情相邀，我的好朋友、北京著名的书法家闫惠中先生也兴致勃勃地来到山庄。我专门为闫老师带来了一把高级工艺师制作的紫砂壶相赠，闫老师十分高兴。品茶聊天之余，闫老师在山庄画室挥毫泼墨，给万庆和山庄的好友留下了多幅墨宝。二娴不愿放弃这个大好机会，特别嘱咐万庆，要闫老师写一副对联，并叮嘱一定要把她和万庆的名字嵌进对联中。闫老师与我和万庆沟通后，稍加思索，写下了一副对联："翰墨流香得万庆，身无后悔颂雅娴。"此对联下联中的"身无后悔"四字是二娴之意，足见万庆在她心中是何等的重要，也充分地说明了夫妻二人的感情深厚、情之切切、爱之深深。我也衷心地祝福兄弟和弟妹情投意合、生活美满、彼此珍爱，直到永远！

情系中国商业出版社

——我与商业社的不解之缘

我与中国商业出版社（出版发行圈通常简称“商业社”）结缘，是在1983年的春天。其时，我已在家乡湖南省津市商业财贸学校工作，组织上安排我去省城，参加湖南省商业干部学校在韶山举办的商业经济培训班学习。在这期间，从湖南省商业厅教育处传来信息，中国商业出版社拟在全国各省设立“商业粮食供销系统教材发行站”，得此消息，我敏锐地感觉到此项工作的潜力与发展前景。在学习期间，我便主动与省厅教育处联系，争取机会或碰碰运气，看是否能做做这个事情。当时，省厅教育处已决定将省教材站放在省商业干部学校，培训结束后，我便专程来到省商干校，找到主管此项工作的李副校长，提出可否在常德津市设立分站，并汇报了我对教材工作的一些设想和建议。李副校长十分认同我的设想，加之事前已与省厅教育处谭兴无处长谈过这件事，谭处长也支持我的想法。在综合考虑之后，最终组织上确定，同意在津市设立“湖南省商业粮食供销系统教材发行站津市分站”。经过自己的不懈努力，设立分站之事大功告成。津市方面也非常重视，学校将拟设立“津市分站”的呈文上报市委组织部，很快，组织部批文下达，正式设立“湖南省商业粮食供销系统教材发行站津市分站”，由我担任分站站长（副科级），于1983年秋在津市商业财贸学校正式挂牌开始运作。

从3月开始有此想法，到最后成功建立起“分站”，短短5个多月时间，效率之高显而易见，也充分说明了事在人为、势在必得的道理。机会与机遇对每个人都是平等的，就看你的眼光和毅力，能否抓住机会。不思进取、无所事事，再好的机会也将与你擦肩而过，稍纵即逝，追悔莫及。

津市分站建立后，除与省站对接教材发行工作外，我主动与此项工作做得较好的吉林省商粮供教材站和浙江省商粮供教材站取得联系，订购了一批他们率先组织开发的部分商业培训教材，在全省商业粮食供销系统开展征订。与此同时，我专程到北京，拜会中国商业出版社领导，与商业社进行业务衔接，以求得出版社的支持。该社出版发行处处长王建中热情接待了我，得知我在湖南省湘西北的一个小县级市建立起了教材发行分站，十分赞赏我这一开拓性的工作举措，并鼓励我加倍努力，争取尽快打开工作局面，把商粮供系统教材发行工作做好、做扎实。他还表示，一定会全力支持我的工作，及时提供教材出版发行信息，保持与我的沟通与联系。得到了中国商业出版社的认可与支持，更增添了我做好教材发行工作的信心和积极性。

回到津市，我制订了详细周密的工作计划，及时组织适合商粮供系统各单位职工培训的各种教材，印制征订单，紧锣密鼓地开始了教材征订工作。由于所征订发行的教材适销对路，订单发出后不久，要求订购教材的信函如雪片似的飞来，每天银行到款购买教材的订单都有一大摞，站里的几个人忙得不可开交，登账、开票、填写发书清单、分发打包，邮局发货、回复信函等，每天都要加班加点，忙到很晚才能歇息。通过我们的不懈努力，津市分站的各项工作迅速打开了局面，订购教材的各用书单位遍及全省商业粮食供销系统，以及周边的湖北、江西和两广地区，分站教材发行工作取得了阶段性成果。

津市分站成立一年来，无论是征订发行教材数量，还是订购教材金额都屡创新高，取得了较好的社会效益和经济效益。卓有成效的工作也得到了上级省厅教育处和省教材站的认可，各基层用书单位反响热烈，评价积极，对我们诚信的作风、良好的服务、高效率的工作给予了充分的肯定。津市分站的影响力得到显著提升，在商粮供系统逐渐有了点名气，发展前景可期。与此同时，省教材发行站因工作不得力，教材发行工作不温不火，工作局面一直难以打开，省厅教育处谭处长提议由我担任省站站长。省商干院（原省商干校已升格为省商业干部管理学院）领导研究决定，抽调我来省教材站工作。经省厅教育处与津市方面协调，组织上同意借调，津市分站站长暂由从部队转业回来的营职干部陈孟海同志代理。

1985年春节过后，我只身来到省城，正式接任省教材发行站站长。上任后，我针对全省商粮供系统职工培训情况，以及各基层单位培训之急需，迅速调整布局，组织调运适合全员培训急需的各类教材，发布信息，重点宣传，及时组织征订。同时，加强与省商业厅、省粮食厅和省供销社教育处的联系，征询他们对省站工作的意见和建议，争取上级领导部门的支持。5月，经3家教育处领导会商研究，决定在韶山召开全省商业粮食供销系统教材发行工作会议，参加会议人员为各地、州、市主管职工教育的教育科长，商业粮食供销系统各职工培训学校主管教材工作的副校长或教材科长等，共计约200人参会。整个会议由我策划并主持，包括与会领导的大会工作报告和大会总结报告，分组讨论的要点，下阶段各单位职工培训的重点，以及会后需组织征订的教材目录等。当时，我尚年轻，刚刚33岁，这是我平生第一次主持全省性的大型会议。由于会前准备充分，对会议需解决的主要问题有清醒的认识，做到了心中有数，因而也就对开好会议胸有成竹，会上讲话有底气，亮相不怯场。两天的会议，主题鲜明，重点突出，对下一阶段培训工作明确，教材征订及时到位，取得了积极的效果，会议也取得了圆满成功。会议结束后，湖南省教材发行站的各项工作顺利展开，各基层单位培训工作如火如荼，教材征订发行全面铺开，在较短时间内迅速打开了工作局面，得到了上级省厅的赞赏和表扬。

十个多月借调省教材发行站的工作经历，也是我人生颇具华彩的一章。这期间，我从没有回过家乡看望夫人和小孩，夜以继日，一心扑在工作上。经过我的不懈努力，省教材发行站的各项工作进展顺利，逐步走上了良性发展的轨道。此时我思前想后，也该急流勇退，打道回府了。年底，在与省教材发行站副站长交接后，我带上简单的行李，乘车回到了家乡小城津市。

运筹帷幄，慧眼识君

1987年春天，中国商业出版社决定在长沙设立“中国商业出版社中南发行站”，社领导委派王建中处长两次南下湖南，与湖南省商业厅教育处商谈组建“中南发行站”的有关事宜。

王建中，山西人氏，身材魁梧，体格强健，国字脸，慈眉善目，说话不紧不慢，轻声细语颇有磁性。我与王处长自北京相识相知后，又于1985年9月在江苏无锡和1986年在湖北武汉分别召开的教材发行工作会议上晤面。我在两次座谈会上的发言引起了他极大的关注，加之我在省教材站卓有成效的工作业绩，以及在津市分站的突出表现，王处长对我颇有好感，且印象深刻，赞赏有加。

在长沙设立“中国商业出版社中南发行站”，王建中处长出于对我的信任，有意让我担任站长之职，此前他来长沙时，专门把我招来谈及此事，征询我的意见，我当然愿意承担此任，即欣然应允。省商业厅教育处谭处长也对我信任有加，极力赞同王处长的提议，两人一拍即合，决定由我出任新组建后的中南发行站站长一职。这年夏天，王建中处长再次来到长沙，就商调我的事宜进一步与谭处长交流，两人商定，此事不宜再拖，应马上与津市有关方面协调，尽快办妥我的调动手续。经谭处长与津市有关部门沟通后，王建中处长马不停蹄，专程来到我工作和生活的湘西北小城津市，与我工作的单位津市市委党校领导见面。此时正值夏季高温，天气炎热，气温高达三十八九摄氏度，在党校食堂餐厅，校领导准备了丰盛的午宴，热情接待北京来的王建中处长。因天气太热，党校食堂内又没有安装空调，无奈之下，工作人员只好搬来几把立式电风扇，几位校领导和王处长身后每人放一把电扇吹着散热。前面的四个炖钵火炉沸腾翻滚，身后的电风扇呼呼作响，直吃得王处长浑身冒汗，额头大汗淋漓。王建中处长从没经历过如此怪异场景，面对美味佳肴，大呼“过瘾过瘾”！酒席宴中，正事也不耽误，宾主边吃边谈。王处长向大家谈及建立“中国商业出版社中南发行站”的意义及紧迫性，谈到调我担任站长的组织决定。党校叶校长与我关系很好，不愿意放我走，其他几位校领导都是学者性知识分子，也说了一些不放我走的理由。王处长听了大家的意思，仍坚守初衷，态度坚决，据理力争，并循循善诱，逐一化解众人的疑惑。王处长还告知各位，省里的调令会马上下发，此次来是与校领导进一步协调沟通，征得大家的理解与支持。经过几番唇枪舌剑，几位校领导不好意思再与之讨论，纷纷熄火不再多言，大家又频频举杯，劝酒吃菜，挥汗如雨，大快朵颐，气氛重归热烈。我亲身经历了这一场景，印象极其深刻，内心无比感慨！调我的一方，慧眼识君，关爱有加；留我的一方，话语暖心，情真意浓。彼此双方的“论战”，使我内心震撼，心情久久难以平静……

王处长离湘返回北京后，我写了一封长信给他，信中有这样一段话：“为远君调动之事，处长专程远赴湘西北小城，顶风扇，战高温，围火炉，尝美味，舌战群儒，此情此景，令我尤为感动。处座对远君的厚爱，我当时时铭记于心，终身不忘……”一个月后，我和夫人的调令正式下达。十月中旬，省里派来一辆大卡车来接我们，怀着对家乡依依不舍的心情，我和夫人离开小城津市，举家迁往省城长沙。

来到长沙，简单安顿好新居后，“中国商业出版社中南发行站”即正式挂牌开始运作。没有隆重的开业仪式，也没有什么重要人物到场剪彩，悄无声息，重在实干，不搞虚无的表面工作，这也是我的一贯作风。在中国商业出版社的指导下，中南发行站各项业务迅速展开，组织调运中国商业出版社出版的各类教材，组织各有关院校编写大中专培训教材，联系印刷厂印制自编书籍，向中南各省商粮供系统有关单位发出教材征订函，等等，按照我确定的工作计划，各项工作循序渐进、有条不紊。教材图书征订发行工作开局良好，短时间内初见成效，中南发行站的名声也在圈内广为人知，由本站组织编写出版的一些好书，发行量屡创新高，反响热烈，取得了良好的社会效益和经济效益。

中南发行站各项业务蓬勃发展之际，1990年从北京传来消息，王建中处长调离中国商业出版社，去了当时商业部下属的“全国商业文艺基金会”，听闻此消息，我感到有些茫然，也不知道出于何因要将王处长调离出版社。我给王处长去了封信，想问问他什么情况，王处长回信说一言难尽，并说有时间见面再叙。我和王处长有两年多没见了，之前见面还是在杭州召开的教材发行工作会议上。1990年的秋天，我出差来到北京，在去商业出版社办事之前，心急火燎来到王建中处长的办公室看望他。“全国商业文艺基金会”设在商业部前院食堂的三楼，偏居一隅，冷冷清清，上班人员稀稀拉拉，一看便知，基金会不是受部里重视的一处清水衙门。走进王处长所在的基金会，他已在办公室等候我。两年多不曾晤面，王处长面容略显憔悴，看上去人的精神状态不佳。办公室还有另一位工作人员叫王彦林，他是基金会下辖的《长虹文学》杂志社编辑。我环顾办公室四周，屋内陈设简陋，只有两张办公桌和几把椅子。我与王处长轻声交谈，他详细询问了中南发行站的近段工作情况，我也一一向他做了汇报。王处长没有谈及他离开商业出版社的原因，我也不便多问，以免节外生枝。他向我简要谈了商业文艺基金会的机构设置，运作模式等，听得出来，他言外之意也就是“身在其位，仅谋其政”而已。王处长也不是一个甘守寂寞的人，对于商业文艺基金会的工作，他也谈到了一些好的想法，无奈上面拨付的资金有限，他的计划和方案也就无法运作与实施，只能暗自叹息，无可奈何了。听了王处长的诉说，我不无感慨，“英雄无用武之地”这句话，此时用在他的身上再恰当不过了。我记得王处长曾经说过的一句话“我是个有领导欲的人”，在中国商业出版社出版发行处处长位置上，他干得风生水起，主持掌控社里的全面业务，运筹帷幄于全国教材发行站之间，统筹兼顾，游刃有余，在各省商粮供系统教材站颇有威望。此刻，看到王处长目前的窘境，我有意帮他一下，给他一点支持和鼓励。我对王处长说：“我原来也是搞文艺的，你的商业文艺基金会我赞助1万元，回长沙后，款直接打到基金会账上。”王处长听了十分高兴，当即交代王彦林给我写聘书，聘任我为“全国商业文艺基金会理事”和《长虹文学》杂志社特约编辑。

几年后，王建中处长因病提前退休，他家住在北京东四演乐胡同一个四合大杂院内，院子里很拥挤，房子也很小。我曾先后两次去过他家拜望，印象比较深刻。此后很长一段时间没有王处长的信息，2010年我到北京时，听闻几年前王处长已经去世了，听此噩耗，我非常震惊，更深感痛惜。王建中处长是我的贵人，是慧眼识君的伯乐，没有他的看重与提携，我也许仍窝在湘西北小城。人生无常，天妒英才，悲乎！呜呼！愿王建中处长九泉之下安息！

可亲可敬，长者风范

樊景辉曾任中国商业出版社社长、总编辑，我与他相识于1984年。当时，“湖南省商业粮食供销系统教材发行站津市分站”刚成立不久，我去北京与中国商业出版社联系业务，在西单商业部大楼出版社办公室，见到了我平生接触到的最高职位的司局级干部。樊景辉总编中等身材，略显福态，圆脸高额，一副学者性领导派头。樊总编与我交谈时轻声细语，说话不紧不慢，面带笑容，给我的第一印象是，没有大领导的架子，待人和善可亲。后来，我调省城任“中国商业出版社中南发行站”站长，因开展业务工作需要，去中国商业出版社的次数多了，也就经常与樊总编见面，向他汇报中南发行站的工作，聆听他对我站工作的意见和建议。每次谈话，樊总编总是侃侃而谈，笑容可掬，和蔼可亲。他对中南发行站的工作提出过许多好的建议，每次与我交谈诚恳务实，语重心长，对我寄予厚望。

1988年，为支持我在组织编辑书稿时能顺畅开展工作，樊总编特批同意，聘任我为“中国商业出版社特约编辑”，自中国商业出版社成立以来，我是第一个获此殊荣的社外编辑。为了这份沉甸甸的委托，我不敢有丝毫懈怠，知道自己肩负的责任。这期间在处理好站内的日常工作之外，凭着自己的调查思考与敏锐眼光，及时捕捉新的选题，组织有关专家教授编写适销对路的畅销书籍交由社里出版。例如，我于1988年组织有关专家编写的《个体劳动者职业道德讲话》一书，第一版就印刷发行了40余万册，社会上反响积极，后来社里又分别加印了两次。1990年，我在天津组织天津商学院教授和天津市商委有关人员编写的《经商说写大全》一书，书印刷出版后，全国商业系统干部职工反响热烈，各单位纷纷要求订购，出版社先后十多次重印，仍供不应求。该书也被评为全国优秀图书，收到了良好的社会效益，同时，也给中国商业出版社带来了较好的经济收益。另外，中国商业出版社出版的“家庭菜谱系列”图书，其中《家庭湘菜》和《家庭闽菜》是由我组织编写的。为编写《家庭闽菜》一书，我先后三次远赴福建厦门和泉州，拜访当地闽菜大师，组织他们精心编写，夜以继日，可谓不辞辛劳，但我也乐在其中，享受着新书出版后的那份喜悦。又如1994年，国家实行分税制，将原来缴纳营业税的应税项目改成缴纳增值税，各部门各单位都要按照新的增值税计税方法记账，而当时又没有这方面的业务书籍可供学习。于是我及时组织湖南省税务局有关人员，在极短时间内编写了《增值税消费税营业税业务手册》。书稿出来后，交由湖南省新华印刷厂印刷，我和省税务局相关人员日夜盯在印刷厂，边出样边校对，只用了短短三天时间，这本金色图书（封面为全烫金）便印刷完成，第一次就印刷了五万多册，较好地解决了各单位培训学习之需。出版社也把这本书及时向全国推广，收到了很好的社会效益。我为出版社组稿编辑出版的所有这些畅销图书，其组稿期间所花费的一切费用，都是由我自己解决和由本站承担，从未向中国商业出版社提出过报销这些理应报销的组稿费、编辑加工费等费用。因为这是我乐于奉献的一项有意义的工作，也是一种责任与担当。几年来，我卓有成效的工作业绩，受到了樊总编和出版社其他领导的认可与积极评价，我和商业社的业务关系也更加紧密，个人之间的友谊也不断升华。

1994年，为给省城爱书的市民提供购买经济类图书的便利，我在长沙市中心地段开设了一间财经书店，之前，我与北京、上海多家经济类出版社取得联系，精挑细选，组织了近千种最新的财经类图书，分门别类，精心布局，并选定吉日开门迎客。书店开张之日确定后，我特意邀请中国商业出版社樊总编南下长沙为新书店剪彩，樊总编欣然应允，并提前一天来到长沙。书店开张这天，彩球飞舞，鼓乐齐鸣，各有关单位与业内朋友们送的花篮摆放在书店两侧，樊社长和省商业厅教育处谭处长等主要嘉宾为书店剪彩，大家对我的看重与厚爱，更是对我工作的极大支持与鞭策，使我深受鼓舞，内心充满感激。

樊景辉总编是地道北方人，性格开朗，待人以诚，说话直爽，一副侠义心肠。有几次我到北京去商业社谈工作，樊总编还特地邀请我去他家做客，足见他没有把我当外人，而是把我当作朋友和小弟。

樊总编退休后，我们见面的机会少了，但在我心底里仍时时想念着他。2019年初秋，我在北京又见到了樊总编，虽然他已是八十岁高龄，但身体硬朗，精神矍铄。谈到商业社的人和事，他仍滔滔不绝，妙语连珠，话到兴奋之处笑声朗朗。我衷心祝福可亲可敬的樊总编，安度晚年，健康长寿。几十年间与中国商业出版社一切美好的记忆，亦将伴随着我，直到永远！

知遇之恩，君心难忘

谈到与中国商业出版社的缘分，就不能不提到一个重要的人物，他就是原湖南省商业厅教育处处长谭兴无。谭兴无，湖南宁远人，中等身材，人虽单瘦，但精神气质俱佳。他年富力强，三十多岁便出任湖南省商业厅教育处处长，是一位睿智敏捷、思维缜密、精明干练之人。他说话轻声细语，和善可亲，工作细致入微，待人热情真诚。如若没有他最先提供的信息，我也就无从知晓中国商业出版社将在全国各省设立教材发行站之事；如果没有他的热心举荐，我也就不会借调到省教材站任站长；没有他的鼎力相助，我更不会从湘北小城调往省城，任“中国商业出版社中南发行站”站长。谭兴无处长是我一生中遇到的重要贵人，是我三十多年从事出版发行工作的伯乐与见证人。

前文提到，我于1985年借调到省教材发行站任站长后，是谭处长首先采纳我的提议，并出面积极与省粮食厅和省供销社两家教育处沟通协调，最终确定在韶山召开全省商粮供系统教材发行工作会议，为我在短时间内迅速打开工作局面奠定了基础，开了个好头。

中国商业出版社拟在湖南设立中南发行站，出版社王建中处长先后两次来到长沙，与省商业厅教育处谭处长商谈建站事宜及站长人选。谭处长全力配合，热心推荐我出任站长一职，并积极与津市有关部门联系沟通协调，促成了王建中处长的湘西北津城之行，最终说服了津市方面，使我能顺利调往省城。与此同时，我夫人也随我一同调往长沙，使我没有了后顾之忧，进而能全身心地投入到中南发行站的工作之中。

我与谭处长一家人也颇有缘分，谭处长的夫人徐姐与我同姓又是同乡，她性格开朗，乐于助人，待人特别热情，说起话来笑容可掬。我们在一起说话时乡音难改，显得尤为亲切。更有缘分的是，徐姐的外婆也是津市人，年轻时曾在津市制鞋厂担任厂长，后与徐家结缘，并随徐家迁往长沙，操持家务，任劳任怨，孑然一身，直到终老。外婆心地善良，一副热心肠，虽与我不是亲人，但胜似亲人。我每次去她家，外婆都格外开心，嘘寒问暖，拉着我说个不停。只要我答应留下来吃饭，她就高兴地忙这忙那，想着法子给我做好吃的。每每回想起外婆，总令我心生感慨，唏嘘不已……

后来，谭处长调到省商业专科学校任党委书记。几年后，省商专与商干院合并成立湖南商学院，谭书记任商学院纪检书记，一直工作到离休。这些年来，我们之间虽然已无工作上的联系，但两家关系一直很好，经常走动不曾间断。谭书记离休后身体有恙，我也常常抽空去看望他，尤其是每年的春节，我都要上门给他拜年，陪他说说话，唠唠家常。时光荏苒，岁月流逝，谭书记对我的知遇之恩，吾将君心永记。衷心祝福谭书记晚年幸福，平安吉祥!

书香结缘，朋友情深

三十多年前因图书发行与中国商业出版社结缘，与社内诸多人员成了朋友，其业务联系早已退居其次，朋友之间的友好情谊日渐加深。尤其是图书发行部、出版印制、编辑部几位年轻人与我关系尤佳，他们虽性格各异，但都尽职尽责，工作勤奋，朝气蓬勃。张新壮、许巍、刘万庆、史兰菊、侯燕萍、王红、梁俊魁、安志英、何敬福、沈跃，以及编辑部门的刘毕林、陈朝阳、孙锦萍等人，在几十年的工作交往中，我与这帮年轻人说话投机、感情投缘、友谊深厚。

张新壮是现任中国商业出版社总编辑，作为领军人物的他，几十年来在中国商业出版发行园地辛勤耕耘，不辞辛劳，忘我工作，成绩斐然。和我性格类似，他不善言辞，话语不多，但人很实在，为人低调，不喜欢高谈阔论、好高骛远。作为社领导，他思维缜密，善于捕捉出版发行信息，在他的带领下，全社人员齐心协力，组织编辑出版了不少好书、精品书。他安排工作有条不紊，办事细致入微，脚踏实地，一步一个脚印。他待人热情诚恳，我们大家都亲切地称呼他“大壮”。在任发行部主任期间，我们俩在工作中多有交集，且配合默契，大壮对我的工作给予了很多的支持。我们俩私人关系也不错，2001年我五十岁生日，大壮特意请了几天假，和几个省教材站的小兄弟专程来长沙为我贺寿，兄弟朋友之情令我感动。我们还一起同游武陵源张家界、芙蓉镇猛洞河，留下了许多美好的记忆。

刘毕林是现任中国商业出版社副总编辑，四川人，精瘦干练，为人厚道，待人诚恳热情。1985年从黑龙江商学院毕业，毕业后即分配在中国商业出版社从事编辑工作至今。几十年编辑工作踏踏实实、勤勤恳恳、任劳任怨、卓有成效，是一位特别称职的好编辑。有一年，刘毕林与社里的几位编辑人员利用假期结伴来到长沙，我热情接待，并精心安排他们游览张家界武陵源风景区和凤凰古城。我每次来北京时，众编辑谈到此次潇湘之旅，总会念念不忘，兴致盎然。刘毕林因组稿等编辑业务工作，曾几次来过湖南，我们俩也就有机会多次在长沙晤面。老朋友在一起聚会聊天，其乐融融。

安志英，中国商业出版社原出版部主任，山西忻州人，性格爽朗，为人正直，待人热情，说话幽默风趣，嗓音洪亮颇有磁性，圈里人喜欢称呼他“小安子”。“小安子”其实年龄并不小，因待人处事热情周到，所以颇得人缘。1996年，安志英第一次来到长沙，受社里委派，负责监印由我组稿出版安排在长沙印刷的一本书。几天中我们朝夕相处，有过许多美好的记忆。后来，因工作需要，安志英调往“东西方拍卖有限公司”任副总经理，我们俩之间就有了更多的接触与交流。我喜欢收藏，遇有机会也经常光顾拍卖会，小安子及时为我提供拍卖信息，邮寄拍卖图录，逛预展，看拍品，热情周到、全力支持，使我在收藏自己喜爱的藏品中获益良多。2010年前后，小安子先后两次来到长沙，我们愉快地在一起品茶聊天，游览桃花源、张家界、凤凰古城，造访湖湘名胜古迹，更加深了我们之间的兄弟朋友之情。

侯燕萍，中国商业出版社原发行部中南片区主管，风姿绰约，说话音色清脆甜美，银铃般的笑声悦耳动听。她性格开朗、待人真诚，对主管片区的发行工作认真负责，服务贴心到位，与几个省教材站的关系都很融洽。她一口标准的普通话京味浓郁，待人接物也很有礼貌，见面总称呼我“远君大哥”，听着让我倍感亲切。她曾分管湖南，也多次来过长沙，即使我后来不做教材发行工作了，但只要她来必先给我打电话，我也很乐意接待她。她在中国商业出版社退休后，被企业管理出版社返聘，与企管社的姜峰成了同事。姜峰兄也是我多年的老朋友，三十年前，我和企业管理出版社有过很好的合作。除此之外，我还与中国财经出版社的赵建新和张丽萍、中国经济出版社的严建伟、经济科学出版社的姚建国等人有过业务上的紧密联系，并成为我在京出版社的好朋友。

2020年即将过去之际，我接到了中国商业出版社发来的邀请函，盛情邀请我赴北京参加“图书出版的高质量发展暨中国商业出版社成立40周年座谈会”。此次座谈会安排在北京友谊宾馆，受邀参加座谈会的嘉宾有150多人，都是这些年来与中国商业出版社有过密切合作的全国新华书店代表、文化公司代表、印刷企业代表、优秀作者代表以及原教材发行站的代表。中国商业出版社精心筹划组织的这一座谈盛会，回顾中国商业出版社40年改革发展历程，以“图书出版的高质量发展”为主题展开交流。隆重而热烈，喜庆色彩浓郁。

此次座谈会上，中国商业出版社授予我“杰出贡献奖”，使我颇感意外。社领导还让我在大会上发言，更使我受宠若惊、感慨万千。在发言中，我怀着十分激动的心情，讲了这样一段感言：“刚刚商业出版社授予我‘杰出贡献奖’，获此殊荣，我内心深感不安，都已经过去这么多年了，出版社领导没有忘记我们，在以往与商业社合作中做出的一点点成绩，给予如此高的褒奖，让我特别感动，同时又忐忑不安，且诚惶诚恐……”这是发自我内心深处的肺腑之言，几十年中与中国商业出版社的紧密合作，我只不过做了一点点微不足道的贡献，如此高的评价与奖赏，使我十分感动，同时又非常开心。我们和中国商业出版社的关系，是鱼和水的关系，商业社是水，水深宽阔，鱼儿才能游得欢快；商业社是大树，我们是树下的小草小苗，树大根深，小草小苗才能茁壮成长。愿中国商业出版社这棵希望之树枝繁叶茂、蓬勃旺盛、播惠留芳！

万水千山总关情

——记教材发行站的朋友们

自1983年开始，我从事教材发行工作三十多年间，与全国各省诸多教材站朋友建立了兄弟般的友谊，比如浙江的高永根、云南的黄海风、河南的王佩、陕西的孔祥耀、黑龙江的康少健、山东的滕荣祥、吉林的叶西成以及湖北的徐建国等人，我们之间关系密切、感情融洽、友谊深厚。除了在业务工作上互通有无、相互支持、配合默契外，彼此之间的友情也是日渐加深，亲如兄弟。虽然我们远隔千山万水，也很少在一起相聚，但彼此通信联系从未间断，友谊的纽带随着时间的流逝越加紧密，牢不可破。

回首往事，在教材发行工作中，我和这些弟兄们既有事业成功的喜悦，也有前进路上的艰辛，我们一起经历过的酸甜苦辣，一幕一幕在脑海中时常浮现。弟兄们性格各异，但志趣相投，话语投机，相交甚欢。他们中有说话幽默风趣、妙语连珠、乐于助人的“死胖子”（王佩）；有性格内向、不善言辞，但待人热情诚恳的“彩云风”（黄海风）；有办事谨慎、爱动小心思、敢作敢为、说一不二的“高队长”（高永根）；有善于思考、勇于开拓创新、爱开玩笑的“康少爷”（康少健）；有思维缜密、工作扎实、不修边幅的“鸡窝头”（孔祥耀）；有办事认真、工作踏实，为人处世堪称表率的“九头鸟”（徐建国）；等等。几十年中，无论是参加出版社组织召开的教材发行工作会议，还是每年一届的全国图书订货会，大家都十分珍惜难得一聚的机会，把酒言欢，畅叙友情，谈笑风生，不亦乐乎。

目前，中国商业出版社建立的商粮供系统教材发行站，还有十几家活跃在教材发行界。其已然成为我国中职以上教材发行的“大亨”，成绩斐然，盛誉远播。

黄河之滨“死胖子”

“死胖子”即王佩，此名虽不雅，但在圈内朋友间看来，却是对他的爱称和昵称。王佩，河南开封人氏，属虎的他肥头大耳，心宽体胖，性格豪爽，一口标准普通话嗓音洪亮，精气神十足。他曾供职于河南省财政厅下属的“河南省财联财经书刊发行有限公司”，任法人代表、总经理。

我和王佩初次见面是在1990年，中国商业出版社在武汉湖北省粮食学校召开教材发行工作会议上。正在开会时，王佩和中国财政经济出版社发行处的赵建新两人推门进来，与会人员中有他俩认识的熟人，打过招呼后，他俩也不便久留，随即离开了会议室。后来我得知，这个“年轻的胖子”便是河南做图书发行做得较好的王佩。三年后，在中国财政经济出版社于北京怀柔召开的图书发行座谈会上，我和王佩第二次晤面。此次见面，我俩彼此进行了深入的交谈，王佩说：“长沙的徐大哥在图书发行界很有名望，今日得见，非常高兴！”我说：“久闻王佩大名，一直没有机会与你相见，甚感遗憾。”我们两人交谈甚欢，大有相见恨晚之感。会后我们相约，保持经常联系、互通信息，在图书出版发行工作中相互协调、相互支持。也就是自此次北京怀柔会议后，我把工作的重点逐步转移到发行财经类图书方面，并加强了与中国财政经济出版社更加紧密的合作。

王佩做图书发行与我们其他几家不同，他的公司不属于商业粮食供销系统教材发行站，销售的对象是财政系统广大干部职工，主要侧重于发行中国财政经济出版社出版的财经类图书，包括财政系统干部培训教材、财务会计人员职称考试教材以及注册会计师职称考试教材等。因他们单位是省财政厅下辖企业，本系统内干部培训图书可以发公函征订，发行工作比较好做，也使得王佩成了当时财经类图书发行圈里数一数二的人物。王佩性格开朗，为人豪爽大气，人缘好，善交际，爱说笑话，风趣幽默，但凡有他在场，总是欢声笑语，场面热闹非凡。

1993年，全国书市在郑州举办，作为东道主的王佩，十分热情地接待来自各省图书发行界的朋友们。大会过后，他特意安排我们几个好兄弟去近郊一家有名的土菜馆吃饭，一桌鱼宴既有清炖也有红烧，味道挺不错，吃得众人大快朵颐，直呼过瘾。酒足饭饱，大家喜滋滋地离开菜馆，准备乘车回酒店。爱开玩笑的“康少爷”望着刚结完账单的王佩，把油嘴一抹，对他说：“死胖子，把我们拉到这个‘破地方’，吃什么‘破甲鱼’。”边说边笑个不停，王佩听了也不生气，他幽默风趣地对康少爷说：“我们河南是老少边穷地区，不像你们哈尔滨人有钱，咱们吃不起俄罗斯大餐，只能点几只‘破甲鱼’尝尝了。”众人边笑边附和道：“我们不爱吃大餐，就喜欢吃甲鱼，明天还来这个‘破地方’吃甲鱼。”

几年后，受王佩盛情之邀，我又一次只身来到河南，老朋友晤面，心情格外高兴。到郑州后的第二天早上，王佩说去广式酒楼喝早茶，我对他说：“去酒楼喝早茶就免了，我想喝地地道道的羊肉汤，你带我去本地人最爱喝羊汤的地方。”王佩说：“那好啊，咱们就喝最地道的羊肉汤，只是店铺比较简陋，上不了档次。”“要的就是这种接地气的氛围，只要羊肉汤好喝就行。”说毕，王佩把车开到一处背街小巷内的羊肉汤小店。此店铺确实很小，进门灶台上两口羊肉汤大锅热气腾腾、香气四溢，店内只够放置三张小方桌，店外临时摆放了两张小桌，未上油漆的白木桌面油迹斑斑，几把长条凳子摇摇晃晃，似乎不太稳当。此时店内三张桌上已有当地老百姓在喝汤，我们两人也就只能坐在店外边的临时桌椅上了。羊汤上桌，香气扑鼻，闻之让人垂涎欲滴，喝一口，顿觉鲜香之气直冲鼻腔，令我胃口大开。喝着用海碗盛装的羊汤，吃着碗中丰富的羊杂碎，令人欲罢不能。一碗羊汤杂碎下肚，浑身热乎，额头冒汗，简直是妙不可言。这是我喝过的最美味的羊汤，每每念及，仍津津乐道，且记忆犹新、回味无穷。

在河南的几天中，王佩放下手头的工作，专心致志地陪我访问河南的几处名胜古迹，造访有着深厚历史文化底蕴的洛阳古都，游览中岳嵩山少林寺，去黄河岸边品尝黄河鲤鱼等。第三天，王佩把我带到他的老家古城开封，这也是我多少年来梦寐以求非常向往的地方。

开封，古称汴州、汴梁、汴京，迄今已有4100余年的历史，历经魏、后梁、后晋、后汉、后周、北宋、金朝，是七朝古都。开封是世界上唯一一座中轴线从未变动的都城，古城遗址在世界考古史和都城史上少有。宋朝都城东京城是当时世界上第一大城市，也是著名的国画《清明上河图》的创作之地。开封因黄河泥沙淤积使黄河河床不断抬高，形成了“河高于城”的地上悬河。开封数座古都城、府州城池深深埋于地下三米至十二米处，上下叠压着六座城池，构成了中国罕见的“城摞城”奇特景观。古城开封享有“中国戏曲之乡”“中国木版年画之乡”“中国汴绣之乡”“中国菊花之乡”等美誉。开封境内的铁塔、相国寺、包公祠等重点文物古迹，具有很高的历史价值和旅游价值。

开封作为七朝古都，北宋的京城，饮食文化源远流长。开封是豫菜发源地，开封菜是豫菜的代表，其特点是五味调和、质味适中、选料广泛、讲究刀工、善于制汤，拥有几十种烹调技法，尤以扒菜最具特色。开封小吃，首推灌汤包，在开封的大街小巷都能见到大大小小的灌汤包子铺。车到开封，正值中午时分，王佩首先把我带到“开封第一楼”，这家创立于1922年，在开封最负盛名的老字号，以经营灌汤包和吊卤面等风味小吃而著称。2006年，“开封第一楼”入选国家第一批“中华老字号”名单，该楼的小笼灌汤包被列为河南省首批非物质文化遗产名录。开封的灌汤包又称灌汤小笼包，起源于宋代，以皮薄、馅大、汤汁满、馅嫩味醇为其特点，更有“提起像灯笼，放下似菊花”之说。开封人吃灌汤包有这样一句顺口溜“先开窗，后喝汤，再后满口香”。坐在豪华气派的“开封第一楼”，品尝久负盛名的小笼灌汤包，吸一口鲜香味美的汤汁，顿觉满口留香，沁人心脾，妙不可言。吃完午饭，稍作休息，下午王佩领我到开封著名的铁塔和开封相国寺游览。晚餐在开封百年老字号“马豫兴”品尝该店最负盛名的筒子鸡。马豫兴鸡鸭店创立于1853年，其招牌菜“筒子鸡”咸香筋道、好吃不腻，味道确实不错。开封著名的小吃还有羊双肠、羊肉炕馍、开封锅贴、炒凉粉、红薯泥、花生糕、杏仁茶，等等。一天的开封之旅，领略了千年古都的历史文化风貌，品尝了开封独具特色的美味佳肴，大快朵颐，收获满满，可谓不虚此行。

王佩与我关系不错，不论是开会或者外出游玩，他总是特别关照我。坐车让我坐前面，吃饭让我坐上席，有什么事如若没看见我，总是说：“呃，大哥呢？”“怎么没见大哥啊？”“大哥去哪儿啦？”由此可见，王佩对我十分尊重，且关爱有加。记得2007年，王佩安排我们一行人去新郑黄帝陵拜谒，按照当地习俗，参拜时有一个十分庄重地向黄帝雕像敬献花篮仪式。参拜者脖子上围着白色丝巾，集体列队跟随抬花篮的工作人员缓步走向黄帝雕像。王佩安排我与另一位社长走在最前面，当花篮抬至雕像前放妥后，由我们两人上前整理花篮上的飘带，这是极尊贵的礼遇。第二排手持高香的是高永根、黄海风、康少健三个小兄弟，其他人则跟随其后。此时，广东的小李要求持高香站在第二排，王佩横了他一眼说：“听我安排，你就跟在后面。”由此可见，我和几位要好的兄弟，在王佩的眼里感情还是不一样的。

西子湖畔“高队长”

生长在杭州的高永根是典型的江浙人，身材微胖，皮肤白皙，圆脸大眼，五官端正。一口地道杭州话听得人如云里雾里，即使憋着普通话与人交谈，也时不时弄出点杭州腔，听他说话只能半猜半蒙，知道个大概意思就行了。

高永根是浙江省三通教材发行站站长，自中国商业出版社于1983年在全国各省设立商业粮食供销系统教材发行站开始，他是最早从事教材发行工作的元老之一。自各省教材站建立后，我与原吉林省教材站的叶西成站长和原浙江省教材站的高永根站长于1984年就建立起了双方合作关系。高永根就职于浙江省商业学校，该校最先编写出了一套商业职工培训教材，获此信息后，我马上与他们取得联系，并订购了一批他们学校编写的培训教材，较好地解决了我们湖南省商业系统职工培训之需。几年中，我们互通信息，相互协作，在教材发行工作中建立起了深厚的友谊，合作十分愉快，个人友情也不断深化。

1988年，中国商业出版社教材发行工作会议在杭州召开，作为大会承办方的东道主，高永根兴致极高，满怀热情地迎接各省教材站的朋友们。浙江省商校领导也十分重视，对开好会议做了周密的部署与安排。会议过后，高站长组织我们游西湖、灵隐寺、虎跑泉。这也是我第一次来到人间仙境杭州，徜徉在美丽的西子湖畔，但见柳岸闻莺白絮飘舞，三潭印月波光粼粼；花港观鱼心情愉悦，断桥残雪画中有诗人有情；曲院风荷追思怀远，雷峰夕照残阳如血美如仙境…… 西湖迷人的景色美不胜收，让人流连忘返，不忍离去。

此后我们又来到了雁荡山。雁荡山，因山顶有湖，芦苇茂密，结草为荡，南归秋雁多宿于此，故名雁荡。雁荡山位于温州乐清市和台州市交界处，与黄山、庐山合称为三山五岳中的“三山”，八座名山之中，雁荡山名不见经传，游人虽不多，但多了一份清静与安然。雁荡山分为北雁荡山、中雁荡山和南雁荡山，其中又以北雁荡山最为有名。它的灵峰、灵岩、大龙湫被称为“雁荡三绝”。南朝时期，梁国昭明太子在芙蓉峰下建寺造塔，为雁荡山开山之始。唐代西域高僧诺讵那因仰慕雁荡山“花村鸟山”之美名，率弟子三百来雁荡山弘扬佛教，被奉为雁荡山开山鼻祖。宋代，雁荡山共建有十八寺、十院、十六亭，为雁荡山佛教鼎盛时期。

雁荡山“灵峰夜景”是雁荡山最美丽多变的景致，景区内层峰叠嶂，奇峰环拱，千形万状，千奇百怪，美不胜收。灵峰夜景，移步换形，一步一景，变幻多姿，妙不可言。“灵峰夜景”是雁荡山的三绝之首，也是其精灵所在，白天看似普普通通的山峰，每当夜幕降临时都披上神秘的盛装，惟妙惟肖，如入仙境一般。白天里的奇峰怪石在夜晚月光和夜色的映衬下，构成了一幅幅线条鲜明的泼墨画，勾画出一张张美丽的剪影，使灵峰夜景更具有形象美、意境美。来雁荡山如不看神秘的“灵峰夜景”，也就不算真正游览了雁荡山。

入夜，月光如洗，繁星点点，我们步行进入景区，开始了夜游雁荡山之旅。一路走来，大家兴致勃勃，劲头十足，对于大多数人来说，月夜旅游也许是人生第一次。灵峰夜景有很多，让人目不暇接。俗话说：“三分相像，七分想象，越看越像。”但是在雁荡山观夜景，根本用不着想象，一目了然，且神形兼备。我们分别走过了老鹰峰、犀牛盼月、相思女、夫妻峰、观音峰、少女飞天、老僧送客，等等。月夜观景，妙就妙在同座山峰变换不同观赏角度，看到的山体形象迥然不同：相思女变成了夫妻峰、婆婆变成了公公、犀牛变成了兔子、老僧变成了双笋……灵峰夜景，堪称一绝。站在夫妻峰下仰望，从山的一侧看是满脸愁容、翘首企盼丈夫归来的相思女，转到山的另一侧则是夫妻峰。站在不同的角度观看婆婆峰和公公峰，得到的结果也就大不相同：后脑勺一个发髻、稀疏的头发、宽额头、高颧骨、瘪嘴巴，是含羞别过头的老婆婆。再定睛细看：脸型拉长了，深陷的双眼、弯曲的卷发、高凸起的颧骨，是饱经沧桑、神情庄重的老公公。公公与婆婆是在同一座山峰不同角度观看的不同形象，趣味生动鲜活，令人拍案叫绝。还有一幅是“雄鹰敛翅”，据说是当年郭沫若先生意外发现的。20世纪60年代郭老在灵峰山中夜宿，傍晚酒足饭饱后摇摇晃晃地走出了门口，突然头一倒仰，见到山峰此景，便诗兴大发，挥毫写道：“雄鹰距奇峰，清晨化为石。待到黄昏后，雄鹰看又活。”此诗道出了“雄鹰敛翅”的昼夜差异。其实雄鹰就是灵峰。

一幅幅形象逼真的山景活灵活现，大家你一言，我一语，饶有兴致地指指点点，相互交流着各自观赏的体会。看出端倪的扬扬自得，尚未看明白的问这问那，一时间山谷中叽叽喳喳之声不绝于耳，好不热闹。高永根是多次来过雁荡山的人，此刻也就临时充当起了导游的角色，他的杭州普通话讲解听着费劲，大家也不太在意，似懂非懂全凭自己脑中的想象了。此次雁荡山月夜之旅，让人大开眼界，大饱眼福，这也是我平生第一次夜游体验，总的感觉就是：新奇、刺激、好玩。每每回想起二十多年前的雁荡山月夜之旅，仍让我回味无穷，难以忘怀。

高永根待人诚恳，热情好客，但凡有教材站的朋友去杭州，他总是热忱接待。尤其是我们几个联系紧密的兄弟到了杭州，他更是全程陪同，不在话下。

高永根烟瘾大，抽烟一支接一支，不管在哪里也要抽上两支过过烟瘾。高永根还有一则乘坐“高铁吸烟历险记”的精彩段子，让圈内朋友们津津乐道。有一次他从北京坐高铁回杭州，车到济南站后，早已发烟瘾的他迫不及待地走出车厢，点燃一支烟在站台上吞云吐雾。哪知道高铁只在济南站停三分钟，高永根没有在意，全神贯注地过着他的烟瘾，等他抽完烟回过神来，车厢门已经关闭，他慌乱地对着车厢门大声喊：“别关别关，我还没有上车！”可是，高铁车是听不见他喊声的，一溜烟往前开走了。此时，高永根急得团团转，车站工作人员询问他坐的车厢及座位号后，马上联系了前方高铁车站，让工作人员通知行进中的高铁车，取下他的行李及用品加以妥善保管，然后安排他坐上了另一趟高铁车返回杭州。车到杭州，高永根迅速地与车站工作人员联系，经核对身份信息后，取回了落在车上的行李，总算是有惊无险。

高永根牌瘾也很大，每次开会或外出游玩，只要有空余机会或者是晚饭后的休闲时间，他们几个兄弟总要聚在一起打扑克牌“拱猪”。屋子里烟雾缭绕，吵吵闹闹，“拱猪”斗得不可开交，拱输的傻笑开心，拱赢的开心笑傻，屋子里南腔北调，欢声笑语，热闹非凡。

高永根也爱开玩笑，尤其是爱与河南的王佩打嘴仗，每次两人都是互不相让，叫人哭笑不得。不过玩笑归玩笑，这也从另一层面证明，他们俩的友情是非常深厚的。

每年春季的西湖龙井茶，高永根总忘不了给我们几个好兄弟寄上两小盒尝尝鲜，年年如此，从未间断。“清香龙井传友情，异乡兄弟情亦深。”经过时间检验的朋友之情，真是千金难买，弥足珍贵。至于大家为何称呼高永根为“高队长”，此名的由来我也搞不清，或许其中有什么故事？或者说有什么特定的含义？这也就不得而知了。

松花江畔“康少爷”

黑龙江哈尔滨的康少健，圈内人喜欢称呼他为“康少爷”。他中等身材，体态略胖，眼睛略小，肥头大耳，戴一副镶有金丝边的眼镜，一看就是一副北方少爷派头。河南王佩的“死胖子”的绰号就是“康少爷”喊出名的，但“死胖子”也不是省油的灯，反驳地调侃说康少健就像电影《地道战》中吃西瓜的胖翻译官。

康少健毕业后就职于黑龙江省商业厅，并担任过商业粮食供销系统教材发行站站长，后离职下海经商，在哈尔滨成立了一家“财经书店”，专门经营商业财经类书刊。“康少爷”人比较聪明，他头脑灵活，思维敏捷，善于经营，敢于挑战。几年中，书店生意干得风生水起，红红火火，财经类图书发行业务在黑龙江省名列前茅，颇有名气。

1994年，全国书市在哈尔滨召开，我有幸平生第一次来到松花江畔的冰城。作为东道主的康少健，忙于接待各方来客，尤其是我们这些商粮供教材站的朋友。此后，我们一同游览美丽的太阳岛。这里碧水环绕，景色迷人，具有质朴、粗犷、天然无修饰的原野风光特色。此时正是金秋十月，太阳岛上枫红柏绿，金黄色的枫叶洒落在路径上，老圃黄花，层林尽染。大家兴致勃勃，漫步于岛上，犹入色彩绚丽的人间仙境。据当地人讲，春季的太阳岛，山花烂漫，芳草萋萋，绿叶盈枝，鸟雀齐鸣，流水叮咚，清泉飞瀑，构成了一幅万籁俱寂，繁花盈野的景象。夏日的太阳岛，柳绿花红，草木茂盛，花香四溢，白沙碧水，江涛万顷，游人如织。冬日的太阳岛，飞雪轻舞，玉树银花，银装素裹，构成了一幅独具特色的北国风光画卷。此刻，呈现在我们眼前的是郁郁葱葱的白桦林，木质的欧式别墅把人带入童话般的世界，俄罗斯风景小镇则彰显着历史、文化、风情、休闲的魅力，原汁原味地再现了昔日太阳岛淳厚的俄罗斯异国风情。只有亲身体验，才能领略太阳岛“北国风光赛江南”之美誉。

下午，康少健领着我们逛著名的中央大街，这是哈尔滨最有“洋味”的街道，说是“洋街”，当然要熟悉一段“洋的历史”。1898年哈尔滨开始大规模地修筑铁路和城市建设，原沿江地段是古河道，尽是荒凉低洼的草甸子，运送铁路器材的马车在泥泞中开出一条土道，这便是中央大街的雏形。1924年5月，由俄国工程师科姆特拉肖克设计并监工，中国大街铺上了方石，顿时显得华贵起来。当时中国大街上的外国商店、药店、饭店、旅店、酒吧、舞厅比比皆是，其中道里秋林分公司、马迭尔旅馆在整个远东地区也是颇有名气的。在这条哈尔滨最时髦的街上，俄国的毛皮、英国的呢绒、法国的香水、德国的药品、日本的棉布、美国的洋油、瑞士的钟表、印度的麻袋，以及各国干鲜果品均有售卖，其繁华景象可见一斑。1928年7月，中国大街正式改称中央大街。整条大街北起松花江畔的防洪纪念塔广场，南接新阳广场，长1450米，宽21.34米，其中大马路中间的方石路宽10.8米，仍保持原光滑的方块花岗石铺砌的路面。铺路用的方石块每块长18厘米、宽10厘米，其形状大小就像俄式小面包一样。石面呈浑圆形，精巧、密实、光亮、圆润，在中外道路史上极为罕有。据说，当时的一块方石价钱相当于一块银圆。“中国大街”足有一公里长，粗略算下来，整条街大约铺有方石87万块，真可谓是黄金铺就的大街。

漫步在异国情调的中央大街上，一幢幢俄罗斯风格的建筑鳞次栉比，别具一格，颇为壮观。中央大街步行街区就是一个开放式建筑艺术博物馆，被称作“汇百年建筑风格，聚世界艺术精华”的中央大街建筑艺术博物馆，总占地面积94.05公顷，约1平方公里。现有欧式、仿欧式建筑75栋，各类保护建筑36栋，其中，中央大街主街17栋。汇集了欧洲15至16世纪的文艺复兴风格、17世纪的巴洛克风格、18世纪的折中主义风格和19世纪的新文化艺术运动风格等在西方建筑史上最具影响力的建筑流派。这些流派集中涵盖了西方建筑艺术的百年精华，而在中央大街仅仅用了短短二三十年的时间就形成了如此规模，堪称世界建筑史上的奇迹。“没有到过中央大街，就不能说来过哈尔滨”，这就是中外游客对哈尔滨中央大街的评价。我有幸到此一游，真是不虚此行矣。

此次来哈尔滨，我给“康少爷”带来了一幅国画赠送给他，这幅画是湖南湘潭籍著名画家卢望明所绘。卢望明号日月居士，20世纪60年代中国美协会员，擅长画佛教题材的作品，原中国佛教协会会长赵朴初赞誉卢望明为“佛禅画”第一人。他尤其擅画江南水牛，在他的笔下，牛的形态各异，栩栩如生。此幅画既有牛，又有佛界老者，寓意吉祥，康少健非常喜欢。此画一直悬挂于他的办公室，每次教材站朋友晤面，他总要提及我赠送此幅作品之事，由此可见，在“康少爷”心目中，兄弟朋友之情是断断不能忘的。

“康少爷”带着大家吃过一顿丰盛的午餐之后，我们来到“康少爷”的“黑龙江省财经书店”参观。书店位置适中，紧靠国民街大马路，店面虽然不大，但各种财经类图书品种齐全，重点书籍摆放在醒目位置，分门别类、井井有条，十分方便读者选购。该书店是以康少健为主投资设立的股份制民营企业，经过多年苦心经营，书店规模日益扩大，经营范围涵盖财经类、社科类、自然科学类图书，以及高等院校大中专教材、教辅类书籍。康少健颇有经营头脑，人缘好，善于结交，联系广泛，与国内多家出版社建立起了紧密合作关系。他始志不渝、坚守初心，在图书发行界摸爬滚打，勇于面对挑战，即使在图书发行陷入低谷时期，仍然坚守阵地，从不轻言放弃。我们这些从事教材图书发行的兄弟当中，有的年纪大了已经退休，有的早早转行干起了别的买卖。康少健虽然年纪轻一些，但几十年来一直坚守并仍然活跃在图书出版发行领域。

长白山下叶西成

哈尔滨之行结束后，我乘车来到吉林长春，专程拜望老朋友叶西成大哥。叶西成早年从部队转业后，安排在吉林省商业学校，后出任省商业粮食供销系教材发行站站长。我于1984年即与他取得联系，并在商业教材发行中多有合作。吉林省商校最早编写出了一套商业职工培训教材，这在全国各省商粮供系统首开先河，起步最快，为当时商业系统职工培训提供了急需的适用教材。叶西成领导下的吉林省商粮供教材站，及时迅速地把此套教材向全国商业系统推荐，各省教材站也纷纷选用，各用书单位反响热烈，反应积极，收到了良好的社会效益和经济效益。

我于1985年担任湖南省教材发行站站长期间，特委派副站长张抗美远赴吉林长春，商讨双方合作事宜。我当时的设想，由吉林、浙江、湖南三省教材站共同携手，组建一个相对联系紧密的合作机构，或者是联合集团，利用三省商校教师资源，优势互补、统一规划，共同编写一套适合商业粮食供销系统干部职工培训使用的权威性教材，为商粮供系统干部职工培训提供优质的服务和可供操作的实用教材。当时，我分别给吉林的叶西成站长和浙江的高永根站长写了一封长信，详细阐述了我的想法与思路，以及希望三方紧密合作的愿望。遗憾的是，由于种种原因，我的这一构想和提议未能实现。三十年后，吉林省教材站继任站长李伟不无感慨地对我说："回想起几十年前，徐大哥派张抗美来长春谈合作的事，你那个时候就有联合组建集团公司的设想，真是具有超前的意识，太了不起，不简单。"是的，搏击商海，就是看你有没有胆量和勇气，有没有超前的意识与智慧，谋事在人，成事在天，时间才是最好的检验。

在长春站下车出站后，我找了一家宾馆住下，即给叶西成站长打了电话，叶站长得知我已来到长春，放下电话马上来到我住的宾馆。老朋友相见，非常高兴，我向他介绍了在哈尔滨开会的情况，以及教材站兄弟们在一起聚会时的趣闻逸事。叶西成也兴致勃勃，神情专注地听着我的叙述，不时问这问那。聊了一会儿，叶站长把我带到吉林省商校内的教材发行站，与站内其他工作人员见面，并参观了他们的办公场所。在长春虽然只待了一天，与叶西成站长的相聚使我如愿以偿，心情愉悦，这也是我顺道造访长春的唯一目的。

在原各省商粮供教材站站长中，吉林的叶站长和山东的滕荣祥站长最年长，属于教材站元老级的人物。他们俩有一个共性，就是工作作风扎实，办事能力强。正因为有好的带头人，吉林和山东两省教材站的工作业绩，均领先于其他各省教材发行站，他们俩也是我学习和效仿的榜样。我与叶站长和滕站长关系都不错，话语投机，感情融洽，且在教材发行工作中多有合作。遗憾的是，天妒英才，叶西成和滕荣祥两位兄长，退休后不久便因病与世长辞，令我唏嘘不已。但他们俩几十年在教材发行事业中艰苦创业，辛勤耕耘，忘我工作，自强不息的精神，永远值得我们学习与怀念。

彩云之南黄海风

黄海风是云南省财贸干部学校教材发行站站长，中等身材，五官端正，戴一副眼镜，颇有学者风范。黄海风性格与我有点类似，他话语不多，不喜欢夸夸其谈，但心地善良，深谙为人处世之道。他待人诚恳热情，但凡有圈内朋友到访云南，不论是公务或者私事，只要你告知他，再忙也要抽出时间热情接待，在出版发行界朋友圈有口皆碑。

1991年，中国商业出版社在云南昆明召开教材发行工作会议，黄海风积极配合出版社做好会务接待，会议各项工作考虑周全，安排得当，赏滇池风光、游石林美景，与会人员十分开心。黄海风还特意安排大家去昆明一家特色酒楼品尝当地美食，为开好此次会议忙里忙外，可谓不遗余力。遗憾的是，到昆明的第二天，我因水土不服，突患急性肠炎，美食不敢吃，油荤不能沾，只能喝点稀粥。景点也不方便去，眼睁睁地看着大家兴高采烈地坐车去游玩，而我却只能待在宾馆里休息。虽然此次昆明之行有些许遗憾，但我也隐隐感觉到，春城昆明这座美丽的城市，梦中的彩云之南我一定还会再来的。

2005年初夏，山西的好友邀请我们夫妻俩去山西旅游，此时，黄海风的儿子刚刚考上了西北大学考古专业，得此信息，我盛情邀请黄海风全家与我们一起去山西游览，海风十分高兴，但不巧的是，他在昆明正好有接待任务不能成行，最后决定让考上大学的儿子一个人与我们同游。俗话说“地下文物看陕西，地上文物看山西”，山西文物古迹众多，此次我们同游，必定眼界大开，受益匪浅。此次山西之旅，我们从晋中一直走到晋南，造访了著名的常家庄园、王家大院、乔家大院等，游览了平遥古城；观赏了晋中晋南多处古寺庙古寺院，如晋中临汾的普救寺、洪洞的广胜寺、隰县的小西天寺庙，等等；欣赏到了古人独具匠心的石雕、砖雕和木雕，精美绝伦的壁画、漆器和琉璃作品。这些独一无二、堪称国宝的艺术作品，是我乐于欣赏和梦寐以求的。观赏山西的大院文化和寺院文化，使我心灵受到极大震撼，心绪激动，感慨万千。在山西游览，每到一处名胜古迹，小黄都十分兴奋，总要给父亲通报所见所闻，黄海风听了也十分高兴。后来，黄海风打电话给我，告之儿子旅游回家后，绘声绘色、滔滔不绝地向父母亲介绍山西旅游的感受与收获，感谢我们夫妇对他儿子的关照，给了孩子这么一次难得的考古亲身体验和学习的机会。

黄海风和黑龙江的康少健、浙江的高永根曾先后几次来过长沙，参加高等教育出版社或人民教育出版社在长沙召开的图书出版座谈会。会议结束后，我开车陪同他们游韶山毛泽东故居、宁乡花明楼刘少奇故居、岳麓山岳麓书院、橘子洲头等等；去长沙火宫殿吃小吃、去湘菜馆品尝湖南美食。老朋友在一起品茶聊天，心情格外舒朗。2013年，黄海风又来到长沙，参加在河西枫林宾馆召开的一个会议，会议结束后他打电话给我，约我在宾馆见一面，然后返回昆明。我按约定时间来到宾馆，接上他和同来开会的另一位昆明朋友后，驾车来到位于湘江边一处环境优雅的渔餐馆品尝河鲜美食。我给海风带来一把自己收藏的紫砂壶送给他，壶上有乾隆皇帝题写的一首咏茶诗，海风十分高兴地接过这把饱含朋友情深的紫砂壶，表示要好好珍惜收藏。我们边聊天边品尝鱼鲜湘菜，海风说："大哥很久没有去昆明了，应尽快安排时间去云南玩玩。""是啊，我也非常想再去云南看看。"海风说："再过几年我也要退休了，希望大哥和嫂子尽早安排时间去云南旅游。"我愉快地答应了他。

2014年金秋十月，应云南红河州国税局金先生和黄海风的盛情相邀，我和夫人乘飞机飞抵昆明，踏上了心之所向、美丽而神秘的彩云之南。黄海风父子俩在机场迎候，安排了丰盛的晚宴为我们接风洗尘。时隔20多年，我又来到了梦寐以求的春城昆明，与老朋友再次相聚，兴奋之情溢于言表。海风的儿子也早已参加工作，并有了一个幸福的家庭。谈到十年前和我们一起的山西之旅，小黄仍十分兴奋，念念不忘。晚餐毕，海风安排我们入住市内宾馆，相约第二天上午陪同我们一起去看滇池。

二十多年前，我因突患急性肠炎未能去滇池一游，留下了些许遗憾，此次总算圆了欣赏滇池美景之梦。眼前的滇池碧波荡漾，上千只白色海鸥在蓝天碧水映衬下翩翩起舞，场面蔚为壮观。一群群海鸥时而水中嬉戏，时而腾空飞跃，时而停留在湖堤或石栏杆上悠然自在，时而又凌空而起，瞅准游客手中的鸟食来个定点清除，此情此景，鸟鸣人欢，好一幅人与海鸥和谐共生的水墨风景图，令人顿生无限遐想。徜徉在滇池岸堤之上，微风拂面，空气清新，满眼柳绿花红，远处青山环绕，心情格外舒畅。

此次云南之旅，按照黄海风的行程安排，第二天去大理古城及周边游览，吃过早餐正准备开车出发之际，红河州的金先生打来电话，让我们赶快去蒙自，在红河州几天的旅程他已安排妥当。接此电话后，我们马上调整行程，海风随即安排司机把我们送到了红河州所在地蒙自市。金先生在蒙自市郊迎接，见到我夫人，金先生十分高兴，自长沙税务培训班学习结束后，他们已经有好几年没有见面了，此次在金先生的家乡红河州相聚，夫人心情格外舒畅与兴奋，激动之情，溢于言表。金先生安排我们入住宾馆后，稍事休息即领我们来到他工作的单位，红河州国家税务局参观并合影留念。

第二天，金先生早早地来到宾馆，陪我们吃蒙自最具特色的过桥米线，据当地人讲，云南过桥米线即发源于蒙自，其间还有一则有关过桥米线凄婉动人的故事，情节感人至深。

传说清初某书生，云南蒙自人，妻子贤惠，伉俪情深，育有一幼子。书生性格开朗，喜欢游山玩水，妻忧道："好男儿当读书成名，夫终日游乐，不思为家人争气耶！"夫感妻言，遂独居南湖亭中，发奋攻读。每日三餐，妻不计劳苦送往书斋，书生感铭于心，志益坚，夜以继日，学业大进。妻甚喜，但见书生日渐羸弱，妻寻思，应觅美食给书生滋补强身。一日，妻备鸡汤盛之以罐，又备米线、肉片为书生做膳。其幼子无知，戏将肉片掷于汤中，妻急斥之，速将肉片捞起，视之已熟，尝之味鲜，大喜。即提食携儿送往书斋。但因终日劳碌，晕倒湖堤桥上，书生惊至，妻已醒。幸汤膳无损，视之，汤为浮油笼盖，无一丝热气，疑汤已凉，但罐烫灼掌。奇之，问妻何故，妻详道偶得之法。书生喟然："贤妻每日过桥，此膳可称为过桥米线。"后来，苍天不负有心人，书生考取功名，衣锦荣归,被民间传为佳话。从此，“过桥米线”不胫而走，竟成云南名膳。

蒙自位于亚热带和热带交界区域，海拔1300米，夏无酷暑冬无严寒，无霜期长达三百天以上，有天然温室美称，适宜各种农牧产品的饲养和时鲜蔬菜的生长，如作为米线时鲜辅料的韭菜、豌豆尖、菊花等一年四季皆能盛产，为“过桥米线”提供了丰富优质的食材。正宗的蒙自过桥米线不用添加味精、鸡精等调味，只用一点豆垞（即黄豆泥）就能把味道做得比放各种调味品的味道还鲜美，堪称纯绿色健康美食。蒙自过桥米线以汤料上乘、佐菜丰富、工艺复杂、制作考究、吃法独特、味道鲜美、营养丰富而著称，被郭沫若誉为“云南食品中一朵瑰丽的山茶”。

此时，偌大的餐厅内食客很多，有本地人也有外地游客，大家都慕名而来，冲着这碗过桥米线以饱口福。看着服务员端上桌的过桥米线，我睁大了眼睛，惊讶声声，连连称奇。比脸还大的海碗盛着热腾腾的鸡汤，小碗里装米线。大大小小、层层叠叠、生生熟熟、花花绿绿的几十碟菜品摆在面前，老汤透出多种食材熬制出来的香醇味道，这碗汤就是过桥米线的灵魂！我学着其他人的吃法，把米线放入汤中，然后依次把其他食材倒入海碗内。此时，一根根米线上附着油脂，入口特别爽滑筋道。夹起一块刚烫熟的里脊肉塞入口中，又鲜又嫩。吃一筷米线，再小心翼翼地咂两口汤，鲜美、醇厚的滋味满口留香，直吃得浑身发热，额头上也渗出了几滴汗珠，越吃越有味道。一套“蒙自过桥米线”堪称是“王的盛宴”，热闹而不失自我，丰富而不至于浪费，复杂而不欠规则，多样而可供选择，独特而无杂味，这完全就是一道独立的美食盛宴，也是我此生品尝到的最美味、最爽滑、最可口、感觉最特别的云南过桥米线。

享受了过桥米线的绝佳美味，我们整装出发，开始了红河州浪漫之旅，首站便是去元阳看哈尼族梯田。元阳哈尼梯田位于元阳县的哀牢山南部，距今已有1300多年历史，规模宏大，是哈尼族人世世代代留下的杰作，被誉为“中国最美的山岭雕刻”。看元阳哈尼梯田，一是看梯田壮美的日出日落，二是看哈尼族村寨的独特风情，哈尼梯田的日出、云海、日落以及村寨是这里的一大特色。梯田春夏秋冬四季景色迷人，犹如人间仙境。几个小时的车程，我们抵达元阳县城，吃过午餐稍事休息后，我们继续出发，约傍晚时分来到哈尼梯田坝达景区，此时正是观赏日落时哈尼梯田的最佳时机，金先生嘱咐我们抢占有利观赏位置，自己则从汽车后备车厢里取出“长枪短炮”等照相器材，寻找最佳拍摄取景地去了。原来，金先生是一位摄影发烧友，去下面县乡镇考察或出差外地，总要带上他的宝贝照相机，随时捕捉眼中的美景。傍晚的哈尼梯田，被暮色染成了浓墨重彩的美丽图画，别具一格，美不胜收，晚霞映照下的哈尼梯田，此刻充满了神秘的色彩。

吃过晚饭，金先生说，今晚我们就住山上，明天早晨观赏日出时的哈尼梯田，那才是最美的。我们驱车上山，行至观赏日出最佳景点多依树观景台附近酒店住下。第二天凌晨四点多钟起床后，即前往多依树观景台，此时来观赏日出的游人已陆续来到这里，我们马上找了一处最佳观赏地，等着看日出了。

清晨天刚蒙蒙亮，大雾从山间飘向梯田，犹如厚厚的棉花轻柔地罩盖在梯田上，随着初升的阳光越来越强而渐渐消散。等到金色的太阳慢慢升起来的时候，大雾倏然不见了，此刻，梯田中泛着金色的波光，一片又一片，越来越多，越来越亮，仿佛于山谷间镶嵌的万千宝石，波光粼粼，如梦似幻，美不胜收，好看极了。此刻，游客们屏住呼吸，全神贯注地欣赏着变幻中的梯田美景，朦胧晨曦中只听见无数照相机快门的“咔嚓”声和看客们不时发出的欢呼声。随着太阳的升高，天已完全放亮，哈尼梯田逐渐显露出它原有的色彩，层层叠叠，波光闪烁，场面蔚为壮观，此情此景，简直令人目不暇接，心灵受到的冲击与震撼让我如入七彩云间……

红河州之旅第三天，我们驱车来到了最南边的绿春县，这里是哈尼族人聚居最集中的地方，金先生安排我们到这里来，是要参加难得一遇的哈尼族长街宴。红河州绿春县哈尼族的长街宴有“世界最长的宴席”之美称，根据哈尼族历法，每年农历十月第一个属龙日是他们新年的开始，相当于汉族春节的大年初一，也就是哈尼族传统盛大节日“十月年”。“十月年”的第五天要“开年门”，表示辞旧迎新，家家户户都把自己家一年中的收获，做成各式各样的美味佳肴，用篾桌摆到寨子脚的“寨门”那里，依次摆成长长的宴席，供全村寨的人品尝，让远方来的客人们享用，这就是哈尼族长街古宴。据记载，红河州绿春长街宴2004年的总桌数达2041桌，摆桌长达2147米，参加长街宴的人数超过1万人，上海大世界吉尼斯总部宣布为世界上最长的宴席。

在绿春住下后，第二天上午我们来到位于县中心地段的绿春县国税局，准备参加和观赏哈尼族人的这一盛大节日。此时的绿春城区，大街小巷张灯结彩，一派喜庆祥和的气氛。哈尼族人从各村寨纷纷来到县城，参加他们一年一度的民族节日。尤其是年轻的哈尼族姑娘，身着华丽的服饰，虽不施粉黛，但精心装扮的美丽头饰格外引人注目，她们的脸上洋溢着幸福欢乐的笑容，一群群飘落在大街上，成为一道亮丽的风景。我和夫人信步漫游在绿春大街上，心情格外舒畅。此时，有两个哈尼族小姑娘迎面而来，我瞧着她们天使般美丽的面容，爱美之心促使我上前与她们打招呼，小姑娘们礼貌地停下了脚步，笑盈盈地望着我点头示意。我说：“小姑娘好，能和你们合个影吗？”小姑娘高兴地回答：“好啊。”随即大方地和我站在了一起，我夫人赶紧取出相机，“咔嚓”一声，这一珍贵的瞬间定格在照片中，留下了我与哈尼族小姑娘难忘的美好记忆。

当天下午4点钟左右，有“世界最长的宴席”美称的红河州绿春县哈尼族长街宴开宴，一张接一张连起来的篾篓桌沿县城主街长龙般摆开，每张桌子上用芭蕉叶当桌布，叶子上摆满了各家各户精心制作的各种菜肴，所有参加节日活动的人均可以享受丰盛的宴席，其景况极为壮观。我们夫妻俩和金先生等人在桌边坐下，我看了看我们这一桌的编号：1366。放眼望去，顺着大街摆放的宴席一桌紧挨着一桌，一直延伸到街的尽头……篾桌上摆满了哈尼族主人精心烹制的各种美味，用梯田稻米酿造的米酒清香扑鼻，主人热情好客，我们美滋滋地享受这人生难得一遇的哈尼族长街盛宴。

长街宴是哈尼族典型的室外进食方式，展示出哈尼族源于梯田耕耘，辅之采集和狩猎的丰盛饮食文化，又表现出勤劳朴实的哈尼族人民团结向上的良好风俗。绿春哈尼族长街古宴活动丰富多彩，各村寨哈尼族人身着节日的盛装，各自组成的方队一路载歌载舞，此时，鼓乐齐鸣，盛大的花车、歌舞游行表演别具民族风韵，场面宏大喜庆，蔚为壮观。哈尼族传统盛大的长街古宴活动，具有千余年的历史，是集哈尼族原生态的饮食、歌舞、服饰等厚重而古老的民俗文化为一体的民间盛会。原先我只知道咱们湘西土家族和贵州苗族在过年过节时，有摆放长桌宴的习俗，而哈尼族长街宴是第一次听说。今天，我和夫人有幸参加哈尼族人的长街古宴，亲身体验和欣赏哈尼族人的这一盛会，真是有缘千里来相会，怎不叫人心潮澎湃，热血沸腾，此情此景，此生难忘，真乃不虚此行矣！

三天的红河州之旅，所见所闻，留下的印象极为深刻，心情也格外舒朗。大美彩云之南，既饱眼福又饱口福，是我极不寻常的一次人生经历。返回昆明后的第二天，黄海风即安排专车司机，把我们送到了大理古城，在一处环境优雅的民宿住了下来。稍事休息，我和夫人迫不及待地来到古城内游览，漫步在古老的青石板街巷。古风古韵扑面而来，身着民族服饰的白族本地人以及外地游客悠闲地在大街上转悠，沿街商铺古色古香，生意兴隆，显得热闹非凡。

大理古城位于云南省西部，又名叶榆城、紫城。其历史可追溯至唐天宝年间，南诏王阁逻凤筑的羊苴咩城，为南诏国新都。现存的大理古城建于明洪武十五年即1382年，是在羊苴咩城的基础上恢复而成，古城呈方形，开四门，上建城楼，下有卫城，更有南北三条溪水作为天然屏障，成了“一水绕苍山，苍山抱古城”的城市格局。现城内依然保存有大量明清以及民国时期的建筑，皆为土木结构瓦顶民居，以及寺庙、书院、教堂等古建筑。古城内街道由青石板铺设而成，纵横交错，有“九街十八巷”之称。大理古城东临碧波荡漾的洱海，西倚青翠葱郁的苍山，素有“风花雪月”的美称，即下关风、上关花、苍山雪、洱海月。

我们信步来到久负盛名的大理崇圣寺“三塔”游览，它是大理古城的标志性建筑。崇圣寺三塔又称大理三塔，是中国著名的佛塔之一，位于大理以北1.5公里苍山应乐峰下。“三塔”的主塔名叫千寻塔，为方形16层密檐式塔，底宽9.9米，高69.13米，塔顶有铜制覆钵，上置塔刹，与西安大小雁塔同是唐代的典型建筑，也是中国南方最古老最雄伟的古建筑之一。

我们来到一泓清澈见底的湖水边，只见“三塔”倒影在水中，随波轻舞，引人入胜。仰望湖对面的“三塔”，阳光照射在塔身上金光闪烁，更显雄伟壮观。我们赶紧打开相机，站在湖边石头上，无须刻意选择拍照位置，按下快门就是一幅绝佳的美景照。绕过湖水，我们走到塔下观赏，崇圣寺三塔的基座为方形，四周有石栏，栏的四角柱头雕有石狮，其东面正中有块石照壁，上书“永镇山川”四个大字，颇有气魄。三塔旁边有几颗高大的银杏树，金黄色的树叶映衬着宝塔，相得益彰，更显得熠熠生辉。我们在三塔间漫步、拍照，心情格外舒坦愉悦，久久流连，怎么也舍不得离开。

第二天在民宿吃过早餐，我们驱车来到了洱海边的双廊古镇。双廊镇位于大理市东北端，洱海东北岸，是云南省省级历史文化名镇和“苍洱风光第一镇”。双廊北有萝莳曲，南有莲花曲，前有金梭、玉几二岛环抱于双曲间，因此而得名——双廊。境内水天一色、群山叠翠与湖光水色交相辉映，金梭织锦、“双岛双曲”与古色淡雅、风情浓郁的白族集镇相环抱，构成一幅人与自然和谐的美丽天然图画，是最适宜人居的小镇，素有“大理风光在苍洱，苍洱风光在双廊”之盛誉。

这里山美水秀、人杰地灵，曾是电影《五朵金花》的拍摄之地。随着旅游业的不断升温，一大批大大小小、风格各异、档次不同的客栈酒店一应俱全，可以满足不同层次游客的需要。晚上，随意入住一家客栈，伴着徐徐的海风，白天的喧嚣和心中的郁闷顿时烟消云散，倍感神清气爽。

我们下榻的一处民宿为两进小院落，环境幽静颇具民族特色。出门即为古镇青石板街，我们沿着古街一路前行，靠近洱海边不远的一家鱼餐馆飘出来的河鲜香味吸引了我，顿觉饥肠辘辘，此时已近傍晚时分，我们步入小店点了一份洱海小白鱼和本地时令蔬菜，坐在洱海边品尝鱼鲜，此种感觉简直是妙不可言。吃过晚餐我们信步来到了洱海边，一抹金色的斜阳映照在湖面上，落日余晖，烟波浩渺，色彩斑斓，如梦似幻。此时游人稀少，我们站在洱海边，微风徐徐，湖水轻轻拍打着湖堤，空气尤为清新，四周也显得格外宁静。我们高兴地在洱海边拍照留影，拍出的人像恰似剪影，别有一番韵味。在双廊古镇的第二天上午，我们舍不得早早离开，又沿古镇老街再次来到了洱海边，在湖边廊桥上饱览洱海美丽的景色，蓝天碧波，苍山环抱，我们陶醉其间，久久不忍离去……

结束了大理古城和双廊古镇及洱海的旅程，我们驱车返回到昆明，黄海风在酒店为我们接风洗尘。一个星期的彩云之南旅游，饱览了红河州和大理的旖旎风光、迷人的景色，领略和欣赏了哈尼族和白族悠久灿烂的民族文化，品尝了少数民族的传统美食，此行收获颇丰，印象深刻且感慨良多。第二天我们就要离开美丽的云南了，海风在酒店与我们依依话别，我们相约，有机会再次于长沙或昆明相聚。也许用不了多久，我们会再次踏上彩云之南这块神秘的土地。再见了，昆明；再见了，美丽的彩云之南！

黄鹤楼下“九头鸟”

俗话说：“天上九头鸟，地上湖北佬。”此话是褒是贬，每个人理解不同，因而给予的解释也就大相径庭。但湖北人聪明能干，脑袋瓜灵活，敢想、敢说、敢干，确是不争的事实。徐建国是原湖北省供销学校教材发行站站长，与我同岁，在教材站一帮兄弟朋友当中，他是老大哥。徐建国中等身材，圆脸大眼睛，别瞧着他一副不起眼的模样，憨厚中透显出一股特有的机灵劲。徐大哥从事教材发行工作比我们要晚几年，但他悟性极高，脑子灵活，善于思考，凭着自己的勤奋努力和吃苦耐劳，在较短时间内迅速追赶上其他教材站，教材发行业务干得风生水起，成效显著，在湖北省图书发行界颇有名气。他善于经营，人脉关系运用得当，组织编写教材联系面广，出书效率极高，为学校和教材站创造了较好的经济效益。在教材图书发行工作中，我和徐大哥多有合作，他们组织编写出版发行的教材由我推荐给湖南的部分商业学校和供销学校使用后，反映良好，效果不错。

1995年，全国书市在湖北武汉召开，徐建国十分热情地邀请教材站的朋友们入住省供销学校招待所。会议期间，车接车送，忙里忙外，服务细心周到，安排得井然有序，展现了他作为教材站老大哥的风采。会后，徐大哥安排我们一帮兄弟来到武汉郊外的金银湖游玩，品尝湖鲜美味，兄弟们玩得十分开心。此后，但凡有出版社或教材站朋友去武汉出差，徐大哥总是不厌其烦，热情接待。他乐于助人，尤其是对于刚从事教材发行工作不久的年青一辈，更是处处提携，给予大力扶持和帮助。他待人诚恳，为人处世堪称表率，在图书发行界有口皆碑。

有一年初冬，天气渐渐寒冷，教材发行站的“高队长”“康少爷”“死胖子”和黄海风、徐心言等几个兄弟到了武汉，徐大哥热情接待。徐建国是个热心肠的人，唯恐招待不周怠慢了几个小兄弟，他寻思，城里及周边的一些景点大家都已经去看过，安排兄弟们去哪儿呢？此时他想到了道教圣地武当山，但眼下是冬季，山上肯定很冷，不知大家是否愿意去。他征求兄弟们的意见说：“你们都还没有上过武当山吧，咱们明天去武当山怎么样？”众人异口同声地表示赞同。见大家都想去武当山，徐大哥马上联系调派了一辆中巴，并备好饮用水及面包和瓜果之类的食品，以备众人旅途中之需。第二天吃过午餐，大家兴高采烈地乘车向武当山进发了。武汉至武当山全程约五百公里，且大部分路段未通高速，大家开始还有说有笑，兴致颇高，几个小时车程下来，却是人困马乏，一个个也没了出发时的精气神，纷纷打起了瞌睡。此时，已近傍晚，天色阴沉，车行至武当山下，司机小心谨慎握紧方向盘，中巴在盘山路上慢慢驶向大山深处。晚上八点多钟，车行至山上一处宾馆外，徐建国见众人已饥肠辘辘十分疲惫，便准备在此处住下休息。他和海风、心言三人下车进入宾馆打探虚实，其余几个人则留在车上等候他们的消息。不一会儿，三人返回来告知，宾馆内因住宿的人少，没有提供暖气。“康少爷”、“高队长”和“死胖子”一听，嘟囔着说：“这么冷的天，没有暖气空调怎么住？”徐大哥说：“坐了七八个小时的车，还是将就一下住一晚，明天再找一家有暖气的宾馆，怎么样？”“康少爷”和“死胖子”说：“算了算了，不住了，打道回府吧。”徐建国叹了口气说：“你们这些大爷真难侍候，坐了大半天的车，就为了看一眼这个宾馆？”众人也不作声，车子掉头，直奔山下而去。

2005年8月，海风从湖北武汉打来电话告知，徐建国因病不幸与世长辞，听此噩耗，我深感震惊。出版发行界的一些好友，张新壮、黄海风、康少健、高永根、王佩等人专程赶往武汉吊唁，与徐大哥做最后的告别。我因在外地不能亲往吊唁，便委托他们代我向其家人表示慰问和哀悼。珞珈山上松柏相伴，汉江之水低吟悲歌。愿可亲可敬的徐建国大哥九泉之下安息，呜呼，哀哉！

兄弟情深，友谊长存

2001年春天，适逢我四十九岁生日，按照当地民间习俗，男人要做五十岁生日宴。河南的王佩嚷嚷着要来长沙庆贺我的五十岁生日，他通知了教材站的一帮好兄弟，一行九人，在我生日前一天相约来到了长沙。第二天的生日晚宴上，我长沙的好朋友曾赤华大哥主持生日宴致辞时说："远君的五十岁寿诞，全国九省一市的好朋友来到长沙为远君贺寿，足可见你们情深谊重，兄弟感情之深。"宴席上，九个兄弟排着队为我敬酒贺寿，此情此景，使我特别感动，至今难以忘怀！

生日过后，我安排兄弟们专程去武陵源张家界游览。上黄石寨眺望张家界群峰，走金鞭溪观山涧美景，"高队长"、"康少爷"和"死胖子"沿金鞭溪走了一半，便气喘吁吁说走不动了，原来，他们是瞧见了抬滑竿竹轿的山里村夫，想过把瘾。最后一人坐上一乘竹轿，优哉游哉地享受起坐滑竿竹轿的乐趣。在芙蓉镇王村游玩时，几个人还时不时与镇上的老乡插科打诨，一路欢声笑语，好不热闹。行至猛洞河边，我们上了一艘游船，蓝天碧水，两岸青山翠绿，风景美不胜收。但这几个兄弟从上得游船开始，便打起了扑克牌，吵吵嚷嚷，玩得不可开交。游船走了一个来回，直到靠岸他们才收手，结果什么风景也没看见。此次武陵源张家界之旅后，我们几兄弟还相约，每年去一个地方旅游，轮流做东，畅游祖国大江南北，饱览各地名山大川。

2002年5月，受陕西“鸡窝头”孔祥耀之邀，我们几个兄弟高永根、康少健、黄海风、徐建国、王佩、李岿和我又相约来到陕西西安，开始了大西北之旅。孔祥耀供职于陕西省财政厅下属的财经书店，任书店总经理，他也是孔子家族“祥”字辈嫡传后人。“鸡窝头”是圈内朋友对孔祥耀的戏称，只因他平常不刻意讲究，着装随意，不修边幅，一头黑发很少梳理，看似蓬头垢面。但他其实特别讲卫生，这从他脚下穿的一双乌黑锃亮的皮鞋上就能看出端倪。“鸡窝头”最早是河南的“死胖子”和哈尔滨的“康少爷”喊出名的，久而久之，大家也就习惯这样称呼他了，没有任何贬低或嘲讽的意思。

孔祥耀个头不高，中等身材，五官端正，戴一副眼镜颇有点学者的派头。他说话嗓音洪亮，底气十足，朋友们在一起时他也爱讲笑话，是个活跃爱热闹的人。小孔待人热情诚恳，在朋友圈有亲和力，颇得人缘。他干图书发行工作虽然晚一点，但凭着自己的聪明才干，在短时间内也把陕西省财经书店经营得红红火火、成果丰硕，在省内颇有名气。

几位兄弟先后飞抵西安入住宾馆后，小孔即安排我们去西安一家有名的百年老字号吃羊肉泡馍，这也是我第一次品尝闻名遐迩的西北美食，汤鲜味美，吃法独到，果然名不虚传。第二天吃过早餐，我们整装出发，开始了大西北探秘之旅。

两个多小时的车程，第一站我们来到了位于黄陵县的黄帝陵。黄帝陵，是中华民族始祖轩辕黄帝的陵寝，位于陕西省延安市黄陵县城北桥山，故古时称为“桥陵”。1942年，改称为黄帝陵。1944年，中部县易名为黄陵县，更凸显了黄帝陵的独尊地位。黄帝是五帝之首，中华民族的人文始祖，因而黄帝陵是当之无愧的“华夏第一陵”。黄帝陵所在的桥山，位于黄陵县城北约1千米处，是子午岭向东延伸的部分。子午岭南北而行，北为“子”，南为“午”，故称“子午岭”。桥山总面积566.7公顷，山体浑厚，气势雄伟，沮水三面环流。山上林木茂密，古柏覆盖面积为89.1公顷，计有古柏8万多株。其中千年以上古柏3万多株，是中国最古老、覆盖面积最大、保存最完整的古柏群。沮河由西向东呈U形绕桥山而过，站在山上朝下看，东边有河，西边亦有河，就像水从山底穿过，故此山名桥山，黄帝陵因山而得名桥陵。我们在山下一农家土菜馆吃过午餐，在小孔的引领下，怀着神秘而崇敬的心情开始登临桥山，拜谒黄帝陵。山虽然不是很高，但还是需要一些体力的，好在山路宽阔，台阶平缓，并设有多处休息平台及座椅，可以走走停停。桥山既不高也无险，但却给人以肃穆、庄严的感觉。山道两旁林木茂密，多为古柏，更令人惊叹的是，陵园内还有“黄帝手植柏”，传说是黄帝亲手种植的，树龄已有5000多年。人们常说，陕西是民族之根，延安是民族之魂，黄帝陵则是中华文明的精神标识，这个说法我是基本认同的。上得山来，在黄帝陵前鞠躬致意。站在桥山之巅极目远眺，大小群山尽收眼底，山色青翠，沮河环绕，气势非凡。

傍晚时分，我们乘车返回西安，准备明日的重要行程，即乘飞机飞往敦煌古城。小孔已经联系好一家旅行社，全程负责我们的丝绸之路探古寻幽之旅。第二天中午，我们乘飞机从西安飞抵敦煌，入住宾馆后，突然天色昏暗，狂风骤起，不一会儿，黄沙滚滚而来，霎时间，沙尘蔽日，犹如黑夜。此时，我们正在街上闲逛，平生从未遇见过如此景象，慌乱中赶紧跑回宾馆房间，躲避铺天盖地的沙尘暴。我心中只担忧着天公不作美，这漫天飞舞的沙尘暴，明天我们还怎么去游敦煌呀。正在焦虑与不安中，只见黑压压的天空渐渐亮了起来，呼呼作响的大风也逐渐停息，突如其来的沙尘暴来得迅猛，去得也快。不到一个小时，沙尘过境离去，天也慢慢放晴，此刻，我们几个人长长地舒了口气，惴惴不安的心总算放了下来。

第二天起床后，看窗外天气格外清新，蓝天白云，风轻云淡。天气如此地好，我们的心情也格外舒坦。吃过早餐，游览车把我们送到离敦煌不远的鸣沙山和月牙泉景区。此时，景区内游人不多，我们几个兄弟每人骑上了一乘骆驼，在沙漠中向着鸣沙山和月牙泉慢悠悠地进发了。骑着骆驼在沙漠中行走，驼铃声叮当叮当响，那种感觉特别惬意美妙。大家骑在骆驼上有说有笑，相互拍照，好不自在。约两公里的沙漠中骑骆驼行程，轻轻松松，似乎眨眼间就到了目的地——神秘的月牙泉。

月牙泉，古称“沙井”，俗名“药泉”，月牙泉南北长近100米，东西宽约25米，泉水东深西浅，最深处约5米，弯曲如一轮新月，有沙漠第一泉之称。月牙泉被誉为塞外风光之一绝，是敦煌的“三大奇迹”之一，成为中国乃至世界人民向往的旅游胜地。月牙泉早在汉代就是旅游胜地，唐代有船舸，泉边有庙宇。当时，这里有亭台楼阁，庙堂恢宏，宫厅柱廊，临水而设。林木葱郁，泉光与山色相映，古刹神庙，常年香火不断。月牙泉有四奇：月牙之形千古如旧；恶境之地清流成泉；沙山之中不掩于沙；古潭老鱼食之不老。伫立月牙泉边观赏月牙泉，此刻，我心中顿生无限感慨，身处塞外边关、沙漠之中欣赏这一湾碧水，神秘而不可思议，奇妙而不可言表。徜徉其间，绕泉细品，久久不忍离去。在兄弟们的催促下，我一步一回头离开了月牙泉，来到了紧靠月牙泉的鸣沙山。鸣沙山说是山，其实也就是百来米高的小沙丘，赤脚走在沙丘之上，沙白细腻，顺滑而舒适，感觉痒痒的、怪怪的。我沿着沙丘赤脚缓步移至鸣沙山顶，坐上当地人准备的木制滑板，径直从沙山之顶滑向沙山脚下，滑板冲下沙山的瞬间，人坐在小滑板上劈沙而下，细白的沙粒从滑板两侧嗞嗞分开，沙沙作响，此种感觉异常美妙而别有一番韵味。

关于月牙泉、鸣沙山的形成还有一个故事。从前，这里没有鸣沙山也没有月牙泉，只有一座雷音寺。有一年四月初八，寺里举行一年一度的浴佛节，善男信女们在寺庙里烧香拜佛。当佛事活动进行到洒圣水时，住持方丈端出一碗雷音寺祖传圣水，放在寺庙前。此时，忽听一位外道术士大声挑战，要与方丈斗法比高低。只见术士挥剑作法，口中念念有词，霎时间，天昏地暗，狂风大作，黄沙铺天盖地而来，把雷音寺埋在沙底。奇怪的是寺庙门前那碗圣水却安然无恙，还放在原地，术士又使出浑身法术往碗内填沙，但任凭法术多厉害，碗内始终不进一颗沙粒。直至碗周围形成一座沙山，圣水碗还是安然如故。术士无奈，只好悻悻离去。刚走了几步，忽听轰隆一声，那碗圣水半边倾斜，变成了一湾清泉，术士则变成一团黑色顽石。原来那碗圣水本是佛祖释迦牟尼赐予雷音寺住持，世代相传，专为人们消病除灾的，故称圣水。由于外道术士作孽残害生灵，佛祖便显灵惩罚，使碗倾泉涌，形成了月牙泉。

鸣沙山和月牙泉是大漠戈壁中一对孪生姐妹，“山以灵而故鸣，水以神而益秀。确有鸣沙山怡性，月牙泉洗心”之感。鸣沙山因沙动成响而得名。山为流沙积成，沙色分红、黄、绿、白、黑五色。汉代称沙角山，晋代始称鸣沙山。月牙泉处于鸣沙山环抱之中，其形酷似一弯新月而得名。水质甘洌，澄清如镜。流沙与泉水之间仅数十米，但虽遇烈风沙暴而泉不被流沙所掩埋，地处戈壁而泉水不浊不涸。这种沙泉共生，泉沙共存的独特地貌，确为“天下奇观”。

依依不舍地离开鸣沙山和月牙泉，在城里吃过午饭，我们迫不及待地乘车来到了敦煌莫高窟参观游览。敦煌莫高窟，俗称“千佛洞”，位于河西走廊西端。它始建于十六国的前秦时期，历经十六国、北朝、隋、唐、五代、西夏、元等历朝历代的修建，形成了巨大的规模，有洞窟735个，壁画4.6万平方米，泥质彩塑2415尊，是世界上现存规模最大、内容最丰富的佛教艺术之地。据历史记载，前秦建元二年（366年），僧人乐尊路经此山，忽见金光闪耀，万佛显现，于是便在岩壁上开凿了第一个洞窟。此后法良禅师又继续在此建洞修禅，称为“漠高窟”，意为“沙漠的高处”。因“漠”与“莫”通用，后世便改称为“莫高窟”。隋唐时期，随着丝绸之路的繁荣，莫高窟更显兴盛，在武则天时有洞窟千余个。安史之乱后，敦煌先后由吐蕃和归义军占领，但造像活动未受太大影响。北宋、西夏和元代，莫高窟渐趋衰落，仅以重修前朝洞窟为主，而新建极少。清光绪二十六年（1900年）发现了震惊世界的藏经洞。不幸的是，在晚清政府腐败无能和西方列强侵略中国的特定历史背景下，藏经洞文物发现后不久，英国人斯坦因、法国人伯希和、日本人橘瑞超、俄国人鄂登堡等西方探险家接连来到敦煌，以极不公正的手段，从当时管理洞窟的王圆箓道士手中骗取了大量藏经洞文物，致使藏经洞文物惨遭劫掠，绝大部分不幸流散，分藏于英、法、俄、日等国的众多公私收藏机构，仅有少部分保存于国内，造成中国文化史上的空前浩劫。

莫高窟开凿于敦煌城东南25公里的鸣沙山东麓的崖壁上，南北全长1680米，以后来重修并作为莫高窟标志的九层楼尤为壮观。九层楼原为四层，晚唐年间建成五层，宋代初重修，九层楼是1935年建造，窟内的大佛高35.5米，是莫高窟的第一大佛。莫高窟各窟均为洞窟建筑、彩塑、绘画三位一体的综合性艺术。洞窟最大的有200多平方米，最小的仅不足1平方米。

石窟壁画富丽多彩，内容博大精深，主要有各种各样的佛像、佛教故事、佛教史迹、经变、神怪、供养人、山川景物亭台楼阁等装饰图案七类题材。是十六国至清代1550多年的民俗风貌和历史变迁的艺术再现，体现了不同时期的艺术风格与特色，雄伟瑰丽，让人叹为观止。

我们跟随讲解员参观一个个大小不一、艺术风格不同的洞窟，站在洞窟内仰望窟顶与四壁的众多佛造像，在一幅幅精美绝伦的壁画前，我细细品味欣赏，内心受到极大震撼。我虔诚地屏住呼吸，静静地顶礼膜拜，口中喃喃自语：阿弥陀佛，阿弥陀佛。在最大的九层楼洞窟，仰望高大无比的佛像，顿觉心灵受到洗礼，此刻，我的内心特别地安然，似乎忘却了人世间的一切烦恼，精神境界也仿佛得以升华。造访甘肃河西走廊，参观瞻仰敦煌莫高窟，圆了我多年的梦，这是我此生最不寻常之旅，也是我此生最难忘、最美好的记忆。

两天震撼人心的敦煌之旅结束了，第三天我们整理行装，沿着古丝绸之路去往西北重要军事要塞嘉峪关。敦煌至嘉峪关有400多公里，当时没通高速只有国道和省际公路，路上需跑5个多小时。车上陪同的导游是敦煌旅行社一位肖姓女孩，她言语诙谐幽默，一路上除介绍沿途风景外，还不时讲些笑话段子借以活跃气氛。车行至中途，前不挨村，后不靠店，公路上也见不到几辆往来的车。5月的大西北，气温仍然很低，沿途还能见到尚未消融的积雪。5个多小时的车程之后，终于抵达塞外边关嘉峪关市。此时我们几个人已是饥肠辘辘疲惫不堪，入住酒店后饱餐了一顿西北美食，当晚便早早休息无话。

第二天上午，我们乘车来到了心之所向的嘉峪关游览。嘉峪关位于古丝绸之路河西走廊中段，是明代万里长城的西起点，它南靠祁连山，北倚马鬃山，古长城连接两山，使嘉峪关雄踞东西咽喉要道，成为天下第一雄关。嘉峪关关城规模挺大，分内城、外城和瓮城。我们信步登上了城楼，从内城穿过甬道，沿古城墙走向外城，嘉峪关左边是祁连山，右边是黑山，中间仅为一条狭长的带子，城关两侧的城墙横穿沙漠戈壁，地势极其险要，城楼建筑雄伟，有“连陲锁钥”之称。站在城楼上远望，祁连山头仍覆盖着层层白雪，阳光下泛出片片红光；而黑山则矮了许多，山体是通黑色的，那是黑山石块的颜色，山坡上几乎没有植被，见不到丁点儿绿色。此季节游人稀少，我伫立在最西边的城楼上极目远眺，大漠孤烟，戈壁荒野，寒风袭人，一种肃杀寂寥的感觉扑面而来，心中充满了无限惆怅与悲凉。

下午，我们收拾行装，乘坐火车去往甘肃省会城市兰州。在兰州我们沿着滨河大道欣赏沿途风景，跨上黄河大桥一直走到大桥对岸的白塔山下。铁桥建成之前，这里设有浮桥横渡黄河。浮桥始建于明洪武年间（1368—1398年），名叫“镇远桥”。今尚存建桥所用铁柱一根，高达3米，重约数吨，上有“洪武九年”字样。清光绪三十三年（1907年），改浮桥为铁桥，是黄河上游第一座铁桥。初名“兰州黄河铁桥”，后改称“中山桥”。全部建桥材料从德国走海运到天津，再由甘肃洋务总局从天津转运至兰州，历时三年建成，有“天下黄河第一桥”之称。 登上白塔山山顶远望，山下的黄河宛如玉带，蜿蜒盘曲，浩浩荡荡，此刻，我才真正领悟到“黄河之水天上来”的意境与恢宏气势。

在古城兰州游览停留一天后，我们即将接下来的西北青海之旅。第二天吃过早餐，正准备出发之际，我接到家人打来的长途电话，告知我夫人昨晚突感身体不适，要我马上赶回长沙。得此消息，我已是六神无主心急如焚，只得中断接下来的旅程，匆匆买好机票准备飞回长沙。几个兄弟也不无遗憾，纷纷安慰我并与我就此别过。幸运的是，我飞回长沙回到家中，夫人并无大碍，使我悬着的心总算放了下来。兄弟们在青海湖游玩，还不时打来电话，关切地询问我夫人的情况，得知她平安的讯息，也就放心地在青海继续他们的旅程了。

2020年底，适逢中国商业出版社成立四十周年，受社领导盛情相邀，我们几个兄弟时隔多年后又相聚在北京友谊宾馆，参加座谈会。中国商业出版社还授予我和黄海风、高永根、康少健、王佩等人“杰出贡献奖”。

虽说是迟来的荣誉，但也是对我们几十年从事教材站工作的肯定与褒奖，是我们人生舞台上的精彩华章。现在，我们大都已经退休或不再从事教材发行工作，但回望过去的蹉跎岁月，创业的艰辛与收获的喜悦，仍时时在胸中涌动。几十年间，原教材站兄弟们在一起的一个个精彩瞬间和一桩桩趣闻逸事，也时常在我脑海中浮现。此时此刻，兄弟般的友情已然化作道道彩虹，彼此心心相印，让我今生今世难以忘怀！

江苏无锡李燕生书画篆刻艺术展

书画艺术家李燕生

李燕生东瀛书法集

李燕生赠送的作品集

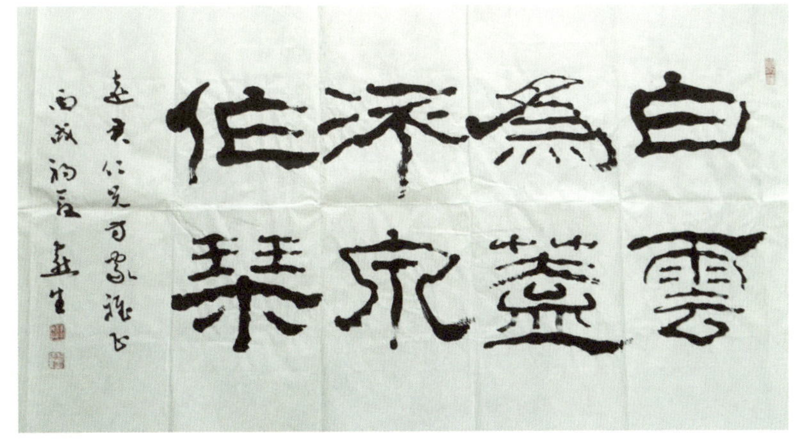

李燕生赠送作者的书法作品

岳麓书院留影

作者陪同李燕生在长沙参观

湖南朋友与李燕生合影

李燕生赋诗创作的张家界山水画

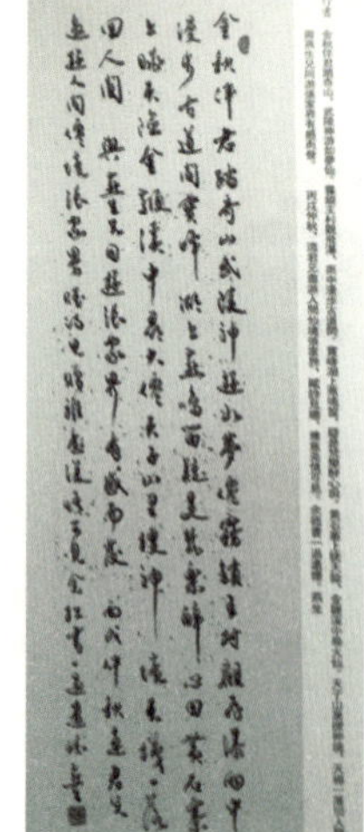

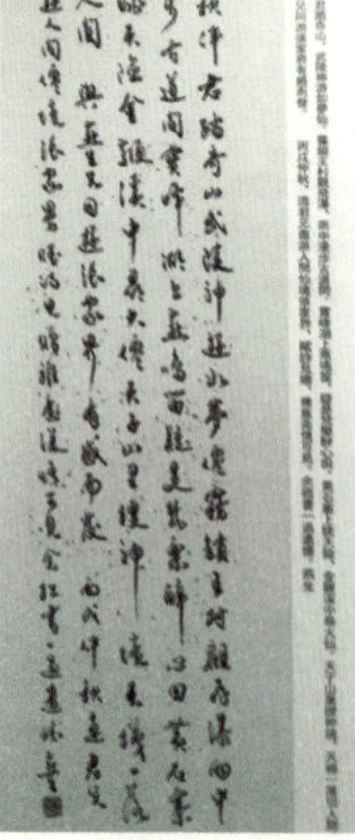

李燕生书写的作者即兴诗句

李燕生为作者治印刻章

好兄长钟月先生

创作中的钟月先生

钟月指挥大型文艺晚会

心清闻妙香

生活中的钟月先生

作者与罗成英书记

王世清水墨小品画

王世清宜兴画作《紫绶同春图》

与王世清在顾景舟工作室原址

再上卢沟桥

卢沟桥上远眺

闫惠中老师书法对联

芙蓉镇吊脚楼上小憩

樊景辉总编辑与作者亲切交谈

作者与张新壮总编辑

作者与谭兴无书记

作者与刘毕林（左）、安志英（右）

参加“中国商业出版社成立 40 周年座谈会”并发言

全国各地部分教材站的老朋友在座谈会上相聚

作者与王佩在开封

滇池海鸥飞舞，景色宜人

漂亮的哈尼族小姑娘

绿春哈尼族长桌古宴

长桌宴热情的哈尼族人

美丽的大理“三塔”

大理“三塔”前的银杏树

洱海边晚霞之美

美丽的彩云之南

兄弟们来长沙贺寿

在武陵源张家界风景区

拜谒陕西黄帝陵

骑骆驼游敦煌鸣沙山

敦煌鸣沙山与月牙泉

作者受托为中国商业出版社赠送书法作品

中国商业联合会会长姜明为作者颁发中国商业出版社“杰出贡献奖”

下篇

阳羡拾珠话紫砂

紫砂收藏的点滴故事

紫砂结缘，梦圆紫砂

我与紫砂结缘是在1985年。这年9月中旬，中国商业出版社在无锡召开“全国商业供销粮食系统教材发行工作会议”，其间，东道主无锡市商业学校组织与会人员去宜兴参观游览。我们乘坐大巴来到宜兴丁山，先后游览了善卷洞、张公洞、宜兴竹海风景区等著名景点，并参观了宜兴陶瓷博物馆，这也是我第一次观赏到宜兴的紫砂作品，算是对紫砂壶有了初步的了解和认知。从博物馆出来，主人又带我们来到陶瓷公司参观，更直观地了解和观赏紫砂作品，有兴趣的还可以选购自己喜欢的紫砂壶。看到这么多琳琅满目、各式各样的紫砂壶，我心想：紫砂壶是宜兴的特产，千里迢迢来一趟不容易，应该带两把壶回去。主意拿定，我叫来公司营业员，对他说：“请你给我拿一套好点的紫砂壶，另外拿一把小一点的壶，我自己一个人品茶用的。”营业员朝我看了看，随即从柜子里拿出来装有一套紫砂壶的盒子，边打开盒子边对我说：“这是我们紫砂厂的老师傅做的壶，挺不错的。”这是一套一壶两杯两碟的五件套壶，颜色漂亮，看着舒服，大小也合适，我说：“行，就买这一套吧。”他又从柜子里拿出来一把小紫砂壶给我看，反正我也不懂，看这把小壶简洁美观，放在桌面上也很平稳，握在手上品茶刚好合适，就对他说：“可以，都买了，两件多少钱？”男营业员说：“这件五件套的160元，这把小壶88元，一共是248元。”我说：“行，开张发票给我。”之后，付款开票结账，我满意地提着两个装有紫砂壶的盒子，高兴地离开了陶瓷公司。回到老家，买来的紫砂壶却一直没有拿出来用，随手放在顶层的柜子里，一放就是好多年。

十多年后，紫砂壶热开始升温，一些名人紫砂壶受到追捧，价格也水涨船高。此时我已从老家津市迁至省城长沙多年，因整日忙于工作，十多年前在宜兴买壶的事早已忘于九霄云外。一天与朋友喝茶聊天，朋友是爱茶之人，也喜欢紫砂壶，聊到紫砂壶话题与当前的紫砂壶行情，我才突然想起来这件事。回家后连忙从杂物间找出来装有紫砂壶的两个盒子，急不可耐地打开盒盖，取出两把紫砂壶观看。其中，那五件套的壶底款为“王石耕”三字，杯、碟底款为“石耕”二字；另一把小壶的底款为“倪顺生制”。两位制壶人是何许人也？我也搞不清楚，于是马上打开买的紫砂壶书籍查询。书上资料对上述两人的介绍，让我兴奋不已。王石耕是紫砂七老王寅春的长子，从小跟随父亲学艺，是“王派壶艺”的嫡传，也是江苏省紫砂工艺美术名人。另一位倪顺生是清晚期制壶大家俞国良的后人，江苏省工艺美术大师，是紫砂壶一代宗师朱可心的得意弟子。按当时的紫砂壶行情，160元买的王石耕的五件套壶，价值已经过万，涨幅近百倍；88元买的倪顺生小圆壶，价格也到了三四千元，涨幅也有几十倍。还真应了那句老话“无心插柳柳成荫”，使我更相信紫砂壶是有灵性的，千里结缘紫砂，真可谓“有缘千里来相会”！

报国寺里的紫砂拍卖

时间来到了1998年。因工作关系，我每年都要跑一两趟北京，主要是到中国商业出版社办理业务。中国商业出版社位于北京宣武区广安门内报国寺一号，中国商报社、中国收藏杂志社、中国烹饪杂志社和中国商业出版社等机构均在该处办公。

北京报国寺始建于辽代，世称小报国寺，明初塌毁，成化二年重修，改名慈仁寺，俗称报国寺。康熙十八年，京师大地震，寺院大部分建筑坍塌。清乾隆十九年重修，改名“大报国慈仁寺”。明末清初，报国寺就曾经是京师最著名的书市，比琉璃厂书市还要早，殿前廊下书摊相连，寺周街巷书铺林立，游人如织，是文人墨客雅游之地。20世纪90年代，报国寺延续了过去的老传统，寺内寺外摆摊设点，售卖书刊文玩，每到周五至周日，各地的书刊字画古玩经销商会聚于此，前来挑选、捡漏的人络绎不绝，吆喝声、讨价还价声此起彼伏，好不热闹。报国寺前、中、后几个大殿及周边厢房，则成为上述几大文化机构的办公及业务场所。

这一年，新成立了“北京东西方国际拍卖有限公司”，不定期地在报国寺主大殿内举槌拍卖。此次来社里办事，碰巧赶上了他们的一场拍卖会。我去大殿内观看预展拍品，发现有十来把紫砂壶，都是无底价起拍。我来了兴趣，仔细观赏这些紫砂壶，发现都是清代、民国时期的老壶，这也是我初次接触老紫砂壶。据拍卖公司副总经理安志英讲，目前关注现代紫砂壶的人较多，尤其是名家做的壶，行情也是水涨船高。但关注老壶的人不多，价格也不高，如有兴趣，可以入几把玩玩。听了他的介绍，使我对当下紫砂壶行情有了进一步的了解，也开始有了购买和收藏紫砂壶的想法。

第二天的拍卖会上，我领了号牌，平生第一次准备在北京举办的拍卖会上举牌购买拍品。在这场拍卖会上，我最终将预展时看好的两把壶拍下，一把底款写有“造境池绿真常得清　吟古观今唯乐唯道　制为俞鸣先生一笑　继长”的清代老壶，落槌价是600元。我后来查阅资料得知，这把落款为“继长”的人即是静远斋主允礼的名号。爱新觉罗·胤礼，别名允礼（1697—1738年），是清代康熙皇帝第十七子，雍正元年被封为果亲王。乾隆即位后，允礼任总理刑部事务，他秉性忠烈，深得乾隆帝赏识。允礼工书法，善诗词，著有《春和堂集》《静远斋集》，尤喜研紫砂，常于宜兴定制紫砂壶，这把壶就是允礼为一个名叫俞鸣的友人订制的壶（“制为俞鸣先生一笑”）。另一把为民国“豫丰”堂号款的提梁壶，壶身颈部有制壶工匠“金廷”两字。该壶无底价起拍，我叫的第二口即成交，200元收入囊中。回想起这第一次举牌、第一次于拍卖会上竞拍紫砂壶的经历，仍使我记忆犹新，回味无穷。

至此之后，一直到2006年，只要我出差北京时遇上报国寺有拍卖会，我都会参加，碰上心仪的紫砂壶，便举牌竞购。该拍卖公司的安总也在每次拍卖会前，把拍卖图录邮寄给我，有几次就是从寄来的图录中，我发现有中意的紫砂壶，才专程到北京参加拍卖的。几年中我参加了十多次报国寺举办的拍卖会，也购买了几十件紫砂作品。其中比较满意的有：（清）少峰款泥绘山水壶、（清）邵友兰制诗文壶、（清）邵景南制、二泉铭诗文壶、（清）杨彭年制泥绘山水笔筒、（民国）陈光明制紫砂笔筒等。另外，还有几件近现代名人制作的紫砂作品也相当不错，如“凯长”款内施釉紫砂小水盂等。

最让我难以忘怀的是2001年的一次拍卖会。预展时我看见有三件紫砂文房用器十分抢眼，一件是紫砂砚台，一件是紫砂印泥盒，还有一件是紫砂水盂。三件作品均为姜黄色段泥，彩色泥绘山水人物，构思巧妙，做工精细，应该是出自大家之手。我仔细观赏了这几件紫砂器，发现其底部有“大清乾隆年制”六字篆书小方章印款，紫砂砚台和印泥盒有些小的瑕疵，边角口有磕碰，紫砂水盂则完好无损。三件紫砂文房用器，小巧精致，看后使人爱不释手。安总见我非常关注这几件文房紫砂器，便走过来对我说：“这三件东西是北京一位老太太送来的，老太太有七十多岁了，一看就是有来头的。”我心想：能够用上如此精巧紫砂文房器的，肯定是文人墨客，或以前的大户人家。在第二天的拍卖会上，我拍下了这件紫砂水盂，另两件被一位不认识的男士拍走。

时隔16年后的2017年，在香港即将举行的一场秋季拍卖会上，一件紫砂印泥盒特别吸引住我的眼球，也引起了我极大的关注。这件媒体上重点宣传刊载的印泥盒照片，使我眼前一亮，感觉好像在哪儿见到过。我突然想起了十多年前报国寺拍卖会上的那一幕，难道是那次拍卖会上我见过的那个紫砂印泥盒吗？不会有那么巧吧？但仔细欣赏照片，又确实很像。为解疑释惑，证实我的猜想，便决定亲赴香港拍卖会现场，一探究竟。几天过后，拍卖会预展开始。我便简单收拾行装，乘车过罗湖口岸边检站，急匆匆来到位于香港弥敦道的香格里拉大酒店，放下行李直奔设在酒店三楼的拍卖会预展大厅。在展览大厅最醒目的位置，中金国际（香港）拍卖公司2017年秋季拍卖会的大幅彩绘广告格外招人眼球，“宫廷紫砂器”的宣传画上七件紫砂器的彩色照片十分醒目，摆放在最中间位置的即是此件“紫砂印泥盒”。既然中金国际（香港）拍卖公司把此件紫砂印泥盒定性为清代宫廷紫砂器，应该是做足了功课的，据该公司人员介绍，他们在征集到此件作品后，查阅了大量资料，走访了国内外知名紫砂器鉴定专家，请他们进行鉴定，综合方方面面的研究成果，最终认定此件“紫砂印泥盒”为乾隆时期宫廷用品。

走进预展厅，我迫不及待地来到此件作品的展柜前，戴上眼镜仔细观赏，然后请工作人员把印泥盒从展柜内取出来放至我手上观看。我屏住呼吸，小心翼翼地捧起这件印泥盒，入手端详的瞬间，我热血沸腾，心情激动，这不就是我16年前捧起过的那件“紫砂印泥盒”吗？再审视底款，熟悉的“大清乾隆年制”六字篆书款映入眼帘，还有盒子边沿上缺了一点点的磕碰瑕疵，我认定：没错，就是它！我的心怦怦直跳，太不可思议了，时隔16年，在香港我又见到了这件“紫砂印泥盒”。我细细品味，爱不释手，捧着这件宫廷紫砂器，心绪久久难以平静。

第二天上午的拍卖会人气旺盛，拍卖大厅座无虚席，热闹非凡。七件宫廷紫砂器是本场拍卖的压轴戏。“紫砂印泥盒”从130万元起拍，经过场内举牌人和场外电话委托竞买方多次叫价，该件印泥盒瞬间便叫价至450万元。之后，场内与场外两位竞买人轮番叫价，互不相让，场面胶着。最后，此件“紫砂印泥盒”以700万元的高价落槌，被一位神秘的场外嘉宾竞得。另一把“大清乾隆年制”宫廷紫砂壶，经过激烈竞争，最终以本场最高价900万元落槌。顿时，全场报以长时间的热烈掌声。望着这激动人心的场面，我简直不敢相信自己的眼睛，如此高的成交价让我有些云里雾里、难以置信，如果不是自己在现场亲眼所见，我是无论如何也不敢相信这是真的。

有幸亲身经历香港的这场秋拍会，让我受益匪浅，感慨良多。一件好的紫砂作品能给人带来美的享受，也能给拥有者带来较大的增值空间。收藏除了靠眼力、财力，更重要的是与藏品之间的缘分，否则，东西再好，也会与之擦肩而过，失之交臂。回想起16年前在北京报国寺拍卖会上竞拍的紫砂水盂，不就是与我的一种缘分吗？好的艺术藏品在把玩中享受个中乐趣，岂不美哉。这件宫廷紫砂文房用器带给我无限乐趣与美的享受，亦将伴随我传承下去，直到永远……

难忘姑苏之旅，重游宜兴丁山

2000年仲夏，适逢夫人工作的湖南税务长沙培训中心暑期放假，借此机会，我们夫妻俩开始了江浙之旅。第一站我们先到了杭州，登六和塔饱览钱塘江景色，观钱塘江大潮。徜徉在柳浪闻莺的西子湖畔，过断桥、步苏堤、停花港观鱼、望雷峰夕照、闻曲院风荷、听南屏晚钟。登楼外楼品尝西湖醋鱼、龙井虾仁。沿古道行至虎跑泉边，于疏风竹影中小憩，品尝明前西湖龙井茶。第二站到了水乡古城绍兴，坐乌篷船游览古鉴湖，漫步郊外凭吊古兰亭曲水流觞。瞻仰周恩来故里、鲁迅故居，走进著名的咸亨酒店品尝绍兴黄酒与当地美食。第三站来到了山水秀美的湖州，观赏湖笔非物质文化遗产传承人制作湖笔的精湛工艺。游览江南第一古镇南浔，清代至民国年间，江南最大的嘉业藏书楼规模宏大，令人叹为观止。南浔四象八牛七十二墩狗的财富故事引人入胜。最后，湖州的朋友用专车把我们送进江南水乡周庄，结束了在浙江的游览行程。连日的舟车劳顿、匆匆游览的脚步在周庄停了下来，入夜的水乡古镇，游人已渐渐离去，大街小巷、河湖港湾已经没有了白天的喧嚣，水乡还原了它古韵悠长的本来面貌，显得格外宁静。

我和夫人漫步于古镇小巷，河湖港汊流水潺潺，一座座古石桥镶嵌其中，水乡特色浓郁，别有一番滋味。小河两边商铺食肆陆续打烊，铺面外悬挂的灯笼灯光点点，随轻风摇曳，颇感些许神秘。此时，天空中飘落下毛毛细雨，把街巷青石板路渐渐淋湿，白天游人踩踏的灰尘被细雨洗刷，微风吹拂，古镇空气顿觉格外清新。细雨中的周庄又是另一番韵味，感觉异样，心情也特别舒坦。拐过小巷，又过了一座石桥，忽听见远处隐约传来音乐弹奏的声音，我们循声前行，发现在一处靠水边的茶楼里，正在演唱着苏州评弹。我们停下脚步，隔栏临望，茶楼里五六个茶客在悠闲地品茶，饶有兴致地欣赏当地的评弹表演。两个人持小三弦和琵琶伴奏，一男一女正在津津有味地演唱着，仔细倾听，好像是说唱《白蛇传》中的片段。苏州评弹是苏州评话和苏州弹词的合称，一般由两人表演，自弹自唱。其中一人持三弦，一人持琵琶，吴侬软语般的道白娓娓动听，吴音演唱轻清柔缓，弦琶琮琤，十分悦耳。我们倚栏聆听欣赏，优雅动听的吴语道白，舒缓轻扬的弹腔吟唱在夜空中悠悠回荡，更衬托出古镇周庄的原始韵味。此情此景已让夫人和我陶醉其间，不忍离去……

第二天，无锡市地税局好友王先生安排私家车来周庄，接我们夫妻俩去无锡，这也是我们此次外出的主要行程目的地。王先生两年前曾在长沙参加税务总局举办的处干班培训，我夫人是长沙税务培训中心副主任，也是这个处干班的班主任，培训期间，我也有幸与王先生等人结交，建立了良好的朋友关系。培训班结束后，王先生曾多次邀请夫人和我去无锡看看，因而也就有了此次无锡之旅。从周庄到无锡，一个半小时的车程，司机径直把我们送到太湖湖畔，王先生在此地迎候。老朋友相见，格外高兴，时隔两年，我们又相聚在太湖湖畔。随后，我们乘车沿太湖继续前行，在湖中心岛上一处环境不错的渔庄停了下来。进入渔庄，原来这是由一艘游船改建的水上餐厅，装修一流，各项餐饮设施一应俱全，干净卫生，特别是四面太湖环绕，用餐环境优美，非常安静。也许是我们来得稍早一些，餐厅内几乎不见有客人用餐。司机小武说："来这里用餐，必须要提前预约才行的。"我们在临窗的餐桌前落座，放眼望去，微风吹过湖面，波光粼粼，几只小船在湖上撒网捕鱼，白帆点点，好似一幅灵动的水墨画。我们边聊天边品尝着碧螺春香茶，不一会儿，菜端上桌，一条清蒸白鱼，一盘水煮白虾、一盘银鱼炒鸡蛋和一小碗银鱼羹，这几样湖鲜就是有名的"太湖三白"。尤其是清蒸白鱼，刚从太湖里捕捞上来，活蹦乱跳，上笼清蒸，肉质细腻，白嫩爽滑，味美至极！过了一会儿，服务员又端上来一条清蒸鱼，比白鱼大，嘴巴尖尖的，鱼身乌黑有斑纹。夫人问道："王先生，这是什么鱼啊？"王先生笑而不答，只是说："你们先尝尝，看味道如何。"带着满脑子狐疑，我夹起鱼肉送入口中，细细品味：此鱼肉质特别鲜嫩，通身没有细小的鱼刺，鱼骨脆爽可口，入口鱼肉的清香沁人心脾。我连连点头称道："这条鱼味道特别，没有见过，也从来没有吃过，味道太美了。"夫人接着说："又嫩又鲜，太好吃了，是什么鱼呀？"司机小武这才答道："这是太湖里比较稀有的一种鱼，数量很少，平时一般难以捕捉到，我们也搞不清叫什么鱼名？"夫人说："哎呀，这太珍贵了，谢谢王先生盛情！"王先生连忙说："你们是难得来的贵客，这条鱼是店里老板想办法弄来的，你们多吃点。"我心想，这条鱼太难得，能够品尝到，真是太有口福了。在太湖湖心岛上品尝太湖三白，品尝如此美味佳肴，是我迄今为止吃到的最味美的河湖鱼鲜，也是最难忘的一次味觉体验。吃完饭，我们乘车返回市区，入住无锡国际大酒店。

第二天上午，我们乘车来到华西村参观访问。2000年是华西村蓬勃发展的鼎盛时期，在村支书吴仁宝的带领下，集体经济突飞猛进，村办企业红红火火，各项经济指标名列前茅。村民收入也节节攀升，其生活水平在全国首屈一指，被誉为"天下第一村"。在华西村，我们看到村民住的深红色别墅排列整齐，别具一格、豪华气派，好似一道独特亮丽的风景线。

别墅由村里统一规划修建，每栋别墅前面是一大块绿地，养花种草，后面一块地则用来栽种蔬菜瓜果，自给自足。村里建有卫生所、养老院、食堂、影剧院等福利设施。我们参观了村里的养老院，院内干净整洁，各种养老设施比较完善，凡是上了年纪的老人在养老院吃、住、看病、疗养全部免费，老人们在这里没有后顾之忧，闲适自在，安度晚年。

在主人的引领下，我们来到了村办企业毛纺厂参观。进入车间，机器轰鸣，工人们正熟练操控各种现代化设备，生产出来的各种毛料品质上乘、物美价廉，在国内外市场十分畅销。据王先生讲，全国税务系统有一部分省市税务干部所穿的税服，就是由该厂生产的毛料制作的。离开工厂时，该厂负责人还给我们每人赠送了一块藏青色毛料，质量上乘，做一身毛料西装绰绰有余。我们还饶有兴致地登上了华西村的标志性建筑——华西金塔，美丽的华西村尽收眼底，蔚为壮观。

到访华西村，给我的总体印象就是：这里已不是传统意义上的农村，村民也不是仅靠种田耕地的农民，他们已然华丽转身，蝶变成村集体农庄的新社员、村办企业的新职工，每月都拿绩效工资，年终还有丰厚的分红。他们和“城里人”已经没有什么区别，甚至比“城里人”过得更舒坦、生活水准更优越。华西村是中国新农村改革开放的缩影，是全国农村走共同富裕的典型，也是中国新农村建设的希望所在。

吃过午餐，我们乘车直奔灵山大佛瞻仰。灵山大佛位于无锡市滨湖区马山国家风景名胜区的山水之间，距离市区有二十多公里，它高高矗立在太湖之滨的小灵山上，故此得名。

我们的车进入灵山风景区，下车后步入山脚下的广场，从山下向山顶上望去，高高矗立的金色大佛仿佛置身在云端，佛光闪烁，巍峨庄严，顿觉心灵无比震撼！

灵山大佛是无锡的城市标志之一，1997年落成开光，通高88米，佛体

79米，莲花瓣9米，大佛由1560块6～8毫米的铜壁板组成，焊缝长达30余公里。灵山大佛铸铜约725吨，铜板面积达9000多平方米，约一个半足球场大小。因运用高科技技术，大佛能抵御14级台风和8级地震的侵袭。佛经有云：凡新佛落成，必得经过开光，其神圣意义方始具备。据讲解员介绍，灵山大佛开光仪式有数万人参加，盛况空前。仪典由当今世界三大教派高僧大德共同主持，现场摆放万盆鲜花，千米黄绢装点。500米朝圣之路遍插佛旗，218级登云道满植金菊，千棵乔木黄布包裹，万羽信鸽绕佛飞翔，梵音袅袅，鼓乐交鸣，再现佛陀住世之景。据讲解员描述，仪式当日，瑞霭低垂，轻风在大佛周围缓缓吹拂，随着大法师曼妙的诵经声，祥云飘升，雾霭尽散，佛祖慈颜显现：双眉半弯，似笑未才智；慈目微闭，欲语先闻。现场数万信众虔诚礼拜，默许心愿，法音盈会，尽显吉祥。

我们沿登山云道拾级而上，逐渐来到了大佛跟前，仰望大佛，慈颜微笑，广视众生。右手“施无畏印”，代表除却痛苦；左手“施与愿印”，代表给予快乐，均为祝福之相。灵山大佛的建成，在全国形成了东有江苏无锡灵山大佛，南有香港天坛大佛，西有四川乐山大佛，北有山西云冈大佛，中有河南洛阳龙门大佛的五方五佛特立耸峙而相互呼应的格局。此生有缘，能先后造访五方五佛之福地，瞻仰拜谒大佛，真乃人生一大幸事。

第三天上午，我们又来到宜兴参观游览。时隔15年，这是我第二次踏上宜兴这块风水宝地。在宜兴市小严的陪同下，我们驱车来到了丁山，丁山也称丁蜀，是宜兴下辖的一个乡镇，它位于宜兴市东南部，东濒太湖，南与浙江长兴接壤。丁山境内有黄龙山和青龙山，山水相依，风景秀丽，是著名阳羡风景区的重要组成部分，为江南旅游胜地，也是宜兴陶都紫砂的发源地。我们来到宜兴紫砂工艺厂参观。该厂坐落于蠡河北岸，是宜兴最早专门生产制作紫砂用品的国有企业，20世纪80年代经过改制，如今属集体所有制股份公司。50年代紫砂七老——任淦庭、朱可心、王寅春、裴石民、吴云根、顾景舟和蒋蓉即是该厂著名紫砂艺人。宜兴紫砂工艺厂还诞生了多位中国工艺美术大师，如顾景舟、蒋蓉、汪寅仙、徐汉棠、徐秀棠、吕尧臣、谭泉海、顾绍培等，并培养了一大批中青年紫砂壶制作名家，是紫砂艺人成长的摇篮，被誉为紫砂界的“黄埔军校”。

小严把我们带到紫砂工艺厂紫砂销售部参观，该销售部由潘霞萍和鲁永君夫妻俩承包经营。从整个经营场地的设计和橱窗展柜的布局来看，主人的审美意识和经营理念是超前的。展示柜里陈列的紫砂壶琳琅满目、错落有致，令人目不暇接。各品类紫砂壶也相当齐全，既有大师、高级工艺师的壶，也有青年艺人制作的壶，但价格有天壤之别。得知我们来自湖南长沙，而且是首次到访紫砂工艺厂，销售部鲁总热情地带领我们到楼上紫砂工艺厂陈列室参观。陈列室展示的作品都是清代晚期至民国时期一些著名艺人制作的紫砂壶，做工精细、手艺精湛，且流传有序、十分珍贵，观赏后让人印象深刻、眼界大开。

参观了陈列室，我们回到楼下销售部品茶聊天，鲁总取出上好的宜兴红茶招待客人，这也是我第一次喝宜兴红茶，细细品味后感觉与滇红、祁门红大不一样，汤色红亮，味道醇厚浓郁，有一股特别的香味。我们慢慢品着红茶，欣赏着鲁总泡茶养壶的动作。说话间，一位高个子男士走了进来，鲁总连忙与他打招呼，并对我介绍说：“这是朱新洪，朱可心的长孙；这是长沙来的徐总。”我赶紧站起来与朱新洪握手问候。朱新洪个子高，脸型偏瘦长，下巴圆圆，与他爷爷长得很像。

朱新洪的爷爷朱可心，原名朱凯长，后改名可心，为紫砂壶一代宗师，花货巨匠。其代表作品“圆竹松梅壶”“松鼠葡萄壶”“一节竹段壶”“报春壶”等扬名海内外。1958年参加第一届全国工艺美术展览，其作品“松鼠葡萄壶”受到中外嘉宾一致赞赏；创制的“可心梨式壶”被国务院选定为国礼，分别赠送给外国首脑及重要宾客；制作的“大报春壶”

被中南海永久收藏。朱可心高徒云集，培养了一批紫砂壶制作名家，其中汪寅仙是中国工艺美术大师，潘春芳、许成权、范洪泉、谢曼伦、曹婉芬、王小龙、倪顺生等人则为江苏省工艺美术大师。

我们谈兴正浓，此时又有一位男士走了过来，鲁总打过招呼后分别给我们双方作了介绍。来人叫顾跃明，是专做紫砂陶刻的助理工艺师。陶刻，就是在已经做好的壶坯上刻字或刻山水花鸟。宜兴陶刻名家当数紫砂七老之一的任淦庭，是当之无愧的宜兴紫砂陶刻第一人。顾跃明当时名气不大，但是他的陶刻别出心裁、匠心独运、极富特色。经过数年刻苦钻研，不断进取，刻铭技艺日臻完善，现已晋升为国家级高级工艺美术师职称，跻身当今紫砂界一流行列。在2020年举办的一场拍卖会上，他创作的一对紫砂对瓶还拍出了天价，当然这已是后话。我们围绕紫砂壶这一话题，聊得十分投机，气氛也越来越融洽。造访紫砂工艺厂销售部，观赏到了众多紫砂艺人制作的各种紫砂壶，开拓了紫砂视野，同时，也结识了朱新洪、顾跃明以及潘总和鲁总夫妻俩，心里感到十分欣慰。离开之前，我还特意选购了两把紫砂壶，意在祝福店里招财进宝、财源广进。鲁总也特意给我赠送了一把助理工艺师邵美华制作的半月壶，顾跃明在这把壶的正面刻“逸寿”二字，另一面刻山石人物，寥寥数刀，老叟拜寿跃然壶上，韵味十足。

与鲁总道别后，我对小严说：“咱们去丁山市场上转转吧。”司机驾车在丁山大街小巷中缓慢行驶，我发现大街上几乎所有的灯箱广告牌都是与紫砂壶有关的广告语，街道两边也有不少经营紫砂壶的商铺。我们的车来到一处规模较大的紫砂壶市场，我感觉似乎有点眼熟，原来这里就是我十多年前购买过紫砂壶的陶瓷公司所在地。陶瓷公司的楼房仍在，但其四周已被大大小小几十家经营紫砂壶的小店铺包围。来此市场开店的都是个体经营户，有相当一部分就是紫砂艺人开的店，手艺人就在店内专心致志地做着紫砂壶，如有客人光顾就停下手中的活上前打招呼。也有一些面积稍大的，则是前店后厂，自己做壶自家人营销。整个市场热闹非凡，看壶买壶的外地人不少，各家店铺都有自己的基本客户，生意红红火火。我由衷地感叹，十多年前国营商店独家经营的景象已然改变，个体经营户如雨后春笋般在丁山遍地开花，紫砂市场呈现出一派欣欣向荣之象。

丁山，我为你祝福，紫砂壶的春天来到了！

探幽寻古再访丁山

2005年9月，秋高气爽，气候宜人，我乘坐火车辗转上海、无锡，时隔4年多，再次踏上了宜兴丁山这块让我魂牵梦萦的紫砂福地。

入住丁山上海饭店，顾不上旅途劳累，稍事休息后，鲁总即把我接到紫砂工艺厂。熟悉的场景，热情的问候，品尝着浓郁的宜兴红茶，心情格外舒坦。我对鲁总说："几次来丁山了，还没有去老街走走，咱们一起去看看。"走出工艺厂大门，拐过一座老石桥，我们来到了著名的丁蜀古南街。

古南街，即蜀山古南街，是明清时期宜兴紫砂陶制作与贸易的主要集散商埠，也是紫砂文化的发祥地。它位于蜀山脚下，紧靠蠡河，枕山临水，具有典型的江南水乡特色。旧时这里非常繁忙，山上有龙窑烧造紫砂器，山下商贾云集，过半住户从事紫砂生产和经营，烧制的紫砂产品从蠡河码头装船启运，进入太湖后再运往全国各地。古南街保存完好的老街长约千米，宽三至四米，青石板铺就，沿街店铺林立，古色古香。古南街曾经是著名紫砂艺人任淦庭、朱可心、顾景舟、吴云根、徐汉棠、顾绍培等人居住和从事紫砂器制作的场所，因而这里也是紫砂艺术大师的摇篮。

此时古南街上游人很少，因之前下了点小雨，被淋湿过的青石板路雨水点点。我漫步在古老街巷思绪万千，仿佛看见旧时的古南街上炊烟袅袅，沿街两旁经营紫砂的店铺热闹非凡，店铺内外有看壶买壶的，有品茶聊天的，匆匆过往的路人穿梭其间，好一派欣欣向荣的场景……古南街曲折弯绕，在临街一处老屋前我停了下来，只见标牌上写有“顾景舟故居”几个字。啊！我心头一震，原来这栋小屋就是已故中国工艺美术大师顾景舟曾经的老屋。我默默地凝视着这间小屋，心想，就在这极其简陋的屋子里，经顾大师手制作的紫砂壶不知有多少还留存于世？没有人知道，也没有人可以弄清，但可以欣慰的是，从乡间泥土里走出来的大师，早已名震江湖，万人景仰。他的紫砂作品也已经被视为国宝，一壶难求，蜚声海内外。我还沿古街瞻仰了著名紫砂艺人任淦庭、朱可心的故居，以及徐汉棠、徐秀棠的祖屋，心中顿觉生发出一种久违了的亲切感。在古南街上探幽寻古，站在老街斑驳低矮的屋檐下，我的心情五味杂陈，也有些许惆怅：昔日供春造壶的金沙古寺只剩下残垣断壁，蜀山上的古龙窑也踪迹难寻。眼前的古南街上已经没有了往日的繁华，甚至还略显冷清……但欣慰的是，有它的存在，就是连接和延续紫砂之路与紫砂艺术发展重要驿站的最好见证，也是当今紫砂手艺人和热爱紫砂艺术人的朝圣之地。

晚餐我约请了鲁总在丁山上海饭店小聚，不曾想，鲁总带来的一位重要客人使我惊喜不已！他就是中国陶瓷艺术大师何道洪先生。何大师师从紫砂七老之中的王寅春和裴石民两位名老艺人，他制作的方器、圆器和筋纹器功底扎实，制作的花器与仿生器细腻优雅。他的作品有着独特的个人风格，器型稳重大气，工精艺谨，韵味深厚，动感十足。他是当今紫砂界的翘楚，首屈一指的紫砂大师。何大师个头不高，长得敦实可爱，如与他不相识，说不定会误认他为一名典型的乡间农夫。他不善言辞，话语不多，是一个老实厚道之人。

我与何大师热情握手问候，三人落座。席间得知，何大师非常朴素节俭，也很少外出应酬，如无特殊情况，一般不参加别人的宴请，专心致志做壶，一心扑在工作上。我对何大师说：“您的壶我想收藏一把。”鲁总说："何老师一年只做三五把壶，想要大师壶的人太多了。"我说："今年不行，明年给我也行。"何道洪说："尽量争取吧。"话说到这儿，又是初次见面，我也不便强求，以免有失礼节。之后第二年去宜兴，见到何大师又向他提起过壶的事，怎奈何大师的壶确实太少，一年就做几把壶，有些老板早早就付了款，专门住在丁山等着，只要何大师的壶做出来，马上就提走。我虽然有此心，却下不了狠手，也就一直未能如愿。2010年前后，何道洪的壶价格直线飙升，当初我提出收藏他壶的时候，一把壶也就五六万元，但五年后一把壶的价格已经是五十万元以上，价格翻了十倍还多，让人叹为观止，我也只能望壶兴叹了！

第二天，我在鲁总的销售部品茶聊天、看壶选壶，买了几把中青年助工制作的壶。其中一把是王铭东用黑紫泥制作的扁圆小壶，造型简洁，做工精细，我特别喜欢。下午，鲁总说："我约了几位做紫砂壶的老师，你和他们认识认识？"我高兴地说："好哇，都有谁呀？""先不说，去了你就知道了。"驱车来到竹海一处环境十分幽静的农家山庄，进入包房已经有几人在屋内喝茶，鲁总介绍说："这位是王辉老师，这一位是张正中老师。"我忙与他们握手打招呼。王辉是清华大学美术学院副教授，张正中也是清华美院硕士研究生，他们俩是宜兴学院派紫砂的领军人物。说话间，又进来两个人，鲁总、王辉和张正中都起身打招呼，鲁总给我介绍说："这两位是宜兴紫砂界的名人，施小马、陈国良。"接着又向众人介绍："这位新朋友是湖南长沙的徐远君。"施小马师承名老艺人陈福渊，擅制方器，被誉为一代方器大家。陈国良师从国大师何道洪，他制作的壶极富创意，颇具个性，且造型新颖，工精细巧。两人与江建翔、季益顺被业界并称为宜兴紫砂"四小龙"。大家围绕着紫砂这一话题，品茶聊天，拍照合影，气氛融洽，好不热闹。聊到当前的紫砂行情，我饶有兴致地向他们描述了1986年第一次来宜兴丁山买壶的经历，他们听得津津有味，不时插话打趣逗乐。陈国良说："你当时如果对营业员说，'给我拿一把最好的壶'，他可能就给你拿顾景舟的壶了。"张正中接着说："因为你说的是'给我拿一套好点的壶'，所以营业员就给你拿了一套王石耕的壶。"众人也都随声附和。这"一把壶"和"一套壶"，仅一字之差，也许就与顾大师的壶擦肩而过了！当年顾景舟的壶也就一两千元，二十年后，顾大师的壶已轻轻松松过了千万元的天价。这就是紫砂收藏的无比乐趣，也是紫砂艺术品收藏的魅力所在。

此次宜兴丁山之旅，结识了多位紫砂界的名人与大师，实地踏访了丁蜀古南街，更加深入地了解了紫砂文化的源流，也加深了我对紫砂文化的认知，同时，也激发了我对紫砂艺术品收藏的浓厚兴趣。手捧自己心仪的紫砂壶，摩挲间享受养壶品壶带来的乐趣，一份悠闲自在令人陶醉其间，心情格外舒坦与安然。晚上回到房间，仍意犹未尽，难以入眠，望夜空繁星点点，闻窗外桂花飘香，一股浓浓紫砂幽情在脑海中萦绕，一首小诗也随心而出，跃然纸上：

金沙古寺何处寻，
残垣落叶泪沾襟。
霜降竹海空落落，
雨湿老街巷深深。
千年龙窑造神品，
东坡烹茶醉山林。
手中红颜话知己，
壶里春秋有此君。

造访“范家壶庄”

2008年7月，正值初夏，我又踏上了宜兴丁山这块人杰地灵的有福之地。入住酒店后，顾不上旅途劳累，迎接我的市地税局严先生知道我喜欢收藏紫砂壶，便提议去“范家壶庄”看看，我欣然应允。在他的陪同下，我们驱车来到了“范家壶庄”参观访问。“范家壶庄”由清末民初著名紫砂艺人范大生第四代传人范伟群创立，是范家壶正宗的生产营销场所。自清代以来，范家壶名家辈出，先后涌现了一批壶艺大家，如范章恩、范鼎甫、范广善、范承甫、范锦甫等，他们在漫长的紫砂历史长河中留下了浓墨重彩的一笔，由他们创制的紫砂壶享誉海内外。清朝末年，范广善创立“大生号”，成为范家壶史上里程碑式的开端，此后，“大生”品牌代代相传。

严先生与“范家壶庄”庄主范伟群很熟，进得壶庄，范庄主热情相迎，严先生分别给我们俩做了介绍。范伟群40多岁，中等身材，五官端正，相貌堂堂。他招呼我们坐下，沏上一壶宜兴红茶。我们边品茶边聊天，得知我专程从长沙来，范庄主拿出四饼由“范家壶庄”定制的普洱茶，分别赠送给我和严先生。随后，范庄主领我们参观庄内陈列的紫砂壶，都是范氏一脉从清代至民国制作的老壶，也有不少范伟群的代表作品，可谓传承有序，弥足珍贵。来到前面展示厅，展柜里都是以范伟群为代表的范氏后起之秀制作的各式紫砂壶，观看这些紫砂作品，不由得令人感叹，范家壶后继有人矣。我心想：来到颇负盛名的“范家壶庄”参观，应该收藏一把范家壶传人范伟群的壶。我仔细观赏他的作品，总体上感觉很好，看着舒服，且用料考究、做工精细、庄重大气，颇具大家风范。在一把取名“思恩”的大壶前，我停下了浏览的脚步，细细观察。此壶用铁砂紫泥制作，设计精巧、做工细腻，容量为600毫升，不失为一把沉稳大气的好壶。严先生见我久久地凝视着这把壶，便对我说：“这把壶你是不是很喜欢？”我告诉他说：“是的，我想收藏一把范伟群的壶，这把不错。”严先生说：“那我和伟群谈谈价格。”我回答：“好的。”严先生捧起这把壶走过去与范伟群说了一会儿，过来告诉我：“伟群说了，你是第一次来的客人，这把壶给你两万元。”按当时范伟群壶的价格，基本上是打了个对折。我说：“可以，要了。”谈毕，范庄主开好证书，这把壶也就成了我收藏范伟群的第一把壶。范伟群捧着壶和我在“范家壶庄”的影壁前合影留念，一段在“范家壶庄”参观、赏壶、买壶的佳话定格在了照片之中。

近些年来，范伟群的壶在传承范家壶艺基础上屡有创新，壶越做越好，良工精品，一壶难求。在拍卖场上，喜欢收藏范伟群壶的藏家不乏其人，拍卖价格也屡创新高。范伟群的高徒范泽锋，青出于蓝胜于蓝，虽说其貌不扬、光头圆脸，但两只眼睛炯炯有神，一看就是个爱动脑筋之人。范泽锋现已是江苏省紫砂艺术名人、省陶瓷艺术大师。他头脑灵活，善于思考，敢于创新，十分注重对各种紫砂泥料特性的研究，为达到制壶时所需要的效果，在泥与火的试验中不断完善，在失败中总结经验，千锤百炼，迎难而上，直到烧制出自己满意的作品方肯罢休。范泽锋在紫砂领域不断创新、开拓进取的励志故事还被搬上了电视，获得广大紫砂壶爱好者的一致好评。我与范泽锋有过一次面对面的交流。时逢中金国际（香港）拍卖公司紫砂专场拍卖会在香港举行，在晚宴上，我们俩同桌，就紫砂壶有关事宜，我向他提了一些问题，范泽锋不厌其烦，耐心给我解答，使我受益匪浅。近些年我还陆续收藏了他夫人汤宣武的几把壶，都是她个人的代表作品，她设计的壶极富创意、用料考究、精美雅致，一看就出自女人的巧手。其中一把“萱竹”壶我尤为喜欢。壶取本山绿泥制作，泥色温润细腻，鼓腹饱满，沉稳大气；壶把壶嘴为竹节状，壶身一片竹叶点缀；壶钮为一破土而出的竹笋，设计巧妙，灵动自然，极具观赏性，捧在手上把玩摩挲犹如婴儿皮肤，非常舒服养眼，令人爱不释手。汤宣武也已是国家级高级工艺美术师，其发展前景不可限量。

“范家壶庄”培养了一批年轻有为的紫砂壶艺人，在庄主范伟群的指导下，他们制作的紫砂壶形态各异，各有特色，其中也有不少精品之作，这些年轻艺人恪守老一辈紫砂人的工匠精神，虚心求教、敢于创新，他们制作的精品美壶，同样受到市场广泛关注和热捧，发展前景喜人。衷心祝愿“范家壶庄”人才辈出，让蜚声海内外的范家紫砂壶艺薪火相传，永远红红火火。

做客吕尧臣大师家

2011年仲夏，天清气爽，气候宜人，我又一次踏上了宜兴这块风水宝地。每年的春秋两次宜兴丁山之旅，已经是我生活中不可或缺的一大乐事，拜望老友人，结识新朋友，赏壶品茶谈紫砂，感受浓浓的紫砂氛围。在宜兴丁山，我特别喜欢在宜兴紫砂工艺厂鲁永君与潘霞萍夫妻俩的紫砂经营部里赏壶品茶，一是鲁总、潘总与我是多年的老朋友，夫妻俩特别好，待人诚恳，热情好客，店铺宽敞明亮，坐着非常舒服；二是这里紫砂氛围浓厚，店铺的楼上即是众多紫砂艺人的工作室，有紫砂壶国大师何道洪、省大师华健与吴奇敏夫妻俩、高工朱新洪等人。他们也时不时来店里坐坐，我曾多次碰见他们，与他们在一起品茶聊天，增长了不少紫砂壶知识，获益匪浅。这天下午，在和鲁总品茶时他告知我，明天一起去吕尧臣大师家，我听后十分高兴，能够结识和拜访吕尧臣大师，也是我多年来就有的想法。

第二天上午，我和鲁总潘总夫妻俩、华健吴奇敏夫妻俩乘车来到了位于太湖边上的吕尧臣大师别墅。这里是太湖的最高处，别墅面朝太湖，青山绿水，景色宜人。吕大师的儿子、省大师吕俊杰在大门外迎候我们一行人，上得二楼，吕大师热情相迎，宾主互致问候。吕俊杰向他父亲介绍我说："这是长沙的徐大哥，专程来看望你的。"吕大师边与我握手边说："哦，俊杰多次给我说起过长沙的徐总，欢迎欢迎。"

其实，我与吕大师儿子吕俊杰早些年在宜兴就已经相识。2009年，吕俊杰来长沙出差时，我们俩就有过愉快的相聚，还请他演唱了不久前他录制的第一部以紫砂为题材的音乐MV歌曲《东方紫玉》。悠扬的旋律，充满激情的演唱，陶醉了在场的朋友们，赢得众人阵阵喝彩。吕俊杰此次长沙之行，更加深了我们两人之间的友情，于是他盛情邀请我如再到宜兴，一定要去他父亲家做客。

此次来到吕大师家做客，让我如愿以偿。吕大师把我们一行人让进客厅，众人围坐在茶台边品茶闲聊。吕大师高兴地说："我去给徐总写一幅字，你们大家先喝茶聊天。"说完步入书房，准备给我写字。我连忙起身随大师来到书房。吕大师铺开宣纸，取出笔墨纸砚，握笔的手稍做停顿，随即书写下"东方紫玉"四个大字，而后在边款上书写"远君先生雅属"一行小字。我激动地连声说："好书法，好书法。"吕俊杰此时也进了书房，见他父亲字已写好，便说："来，徐大哥和父亲合个影，我给你们拍照。"我和吕大师高兴地共同展示这幅书法作品，一张极富纪念意义的合影定格在太湖边大师的寓所，成为我永久的收藏。

写完字，我们回到客厅继续品茶聊天。华健和夫人吴奇敏此次来拜望吕尧臣大师，他们有一个重要心愿，就是吴奇敏欲拜吕尧臣为师。他们夫妻俩诚恳地向吕大师提出这一拜师愿望，吕大师说："奇敏天资聪慧，心灵手巧，你这个徒弟，我收了。"华健和吴奇敏夫妻俩见吕尧臣欣然应允，非常高兴。华健说："感谢大师愿意收奇敏为徒，改日再行拜师大礼。"鲁总与潘总也十分高兴地向华健夫妻俩表示祝贺。家宴上，大家频频举杯向吕大师敬酒，共同祝福他身体健康，平安吉祥。吕大师也非常高兴，他说："感谢你们大家来看我，今天我特别交代厨房做的这几个菜，咱们在家里吃比在外面吃安静，气氛也好。"

吃过午饭，大家又继续在客厅品茶。吕大师喝了酒话也多了起来，众人兴致也高，陪着大师天南海北神侃。乘他们在客厅聊天之际，我起身欣赏吕大师客厅玻璃柜中陈列的各式紫砂壶。吕尧臣是中国工艺美术大师，由他首创的绞泥紫砂壶被誉为开山鼻祖、一代宗师。其代表性作品被中南海、故宫博物院以及国内多家博物馆收藏。欣赏着一件件构思巧妙，制作精美的紫砂壶作品，使我眼界大开，心灵受到极大震撼，这些精美绝伦的紫砂壶不愧为大师杰作，让我陶醉其间，久久伫立，不忍离开。

为了不打扰吕大师休息，众人起身告辞。吕大师和俊杰父子俩把我们送至楼下大门外，我和吕大师握手道别，大师拉着我的手说："欢迎你下次来宜兴再到家里来做客。"我回答他说："吕大师如有机会去湖南，我在长沙接待您。"大师说："有机会的，有机会的。"吕俊杰接过话说："如果去长沙，一定告知大哥。"并与我热情拥抱告别。我们上车离开吕家院子，车行至下坡拐弯处，我转过身回望，见吕氏父子俩仍站在别墅外挥着手，一直目送着我们的车远远离去……

拜访汪寅仙大师

2010年5月，我又一次来到了宜兴丁山。从2005年开始，每年两次的拜会已成我的一种习惯。每次来丁山，鲁总和宜兴的朋友总要给我送几盒宜红带回长沙，但在长沙家中品宜兴红茶，总觉得味道淡一些，也说不上什么原因。鲁总说："是我们丁山的水好，这里都是用山泉水冲泡。"我突然有所感悟，接着鲁总的话答道："你只说对了一半，水固然重要，但更重要的是心情，在丁山和老朋友们在一起品茶聊天，心情不一样，茶自然味道醇香。"大家也都连连点头，竖起大拇指表示赞同。

每次来鲁总的经营部，观赏玻璃展柜里的紫砂壶是必需的流程，一是了解紫砂壶价格的变化及行情；二是看有没有中意的壶，以便入手收藏。我浏览着陈列柜里的壶，慢慢踱步到精品高端壶展柜前，突然，一件国大师汪寅仙的壶吸引住了我的眼球，隔着玻璃窗细细观赏。这把小壶用料为黑紫泥，容量大约160毫升，牛盖、薄胎、椭圆形壶身。整体造型简洁流畅，看着十分养眼。我让鲁总打开玻璃柜取出来给我欣赏。这把薄胎小壶捧在手里轻盈舒适，抚摸壶身犹如婴儿皮肤，爽滑温润，感觉非常舒服。用料也特别讲究，做工极其精致，不失为大师的光货杰作。我对鲁总说："汪大师的壶我还没有，这把小壶我很喜欢，给我收藏如何？"鲁总说："可以呀。"我问他："什么价格给我？"鲁总答道："我和潘总商量一下。"说完即上楼找夫人去了。不一会儿鲁总下楼来对我说："潘总说了，徐总和我们是老朋友了，这把壶三万元给你啦。”我连忙说：“谢谢潘总，谢谢鲁总！”我心里清楚，汪大师的这把壶虽然是光货小壶，不是她最擅长的花货，但三万元也是不可能买到的，夫妻俩给的价很实在，没有把我当外人。付款之后，我对鲁总说：“很难得收藏了这把汪寅仙的壶，能否借此机会拜访一下汪大师，请她看看这把壶，给鉴定一下。”鲁总回答：“可以，明天我带你去她家里。”

汪寅仙是中国工艺美术大师，中国陶瓷艺术大师，第一批国家级非物质文化遗产宜兴紫砂陶制作技艺代表性传承人，获全国劳动模范和全国“三八红旗手”称号。她师从紫砂七老之一的吴云根，后转师花货巨匠朱可心门下，并得到了蒋蓉、顾景舟的悉心指导。汪寅仙受益多位名师，使她在紫砂艺术上功底扎实，技艺精进，光货、筋瓤货均有相当造诣，尤以擅制花货最为出名。汪寅仙的作品多次荣获国际、国内比赛大奖，如1990年国际精品大奖赛一等奖、全国陶瓷艺术展评一等奖等。她的作品先后被美国大都会博物馆、大英博物馆、台湾历史博物馆、香港茶具文物馆、上海博物馆、南京博物馆、中国历史博物馆和中南海紫光阁收藏。她的作品“紫砂葡萄杯”作为国礼由邓小平赠送给日本首相，她创作的“九头冬梅茶具”被故宫博物院永久收藏，另有多件作品被选为国家领导人出访的礼品，受到国外政要的赞许，享誉海内外。汪寅仙大师曾先后出任宜兴紫砂工艺厂副总工艺师、宜兴紫砂研究所副所长，悉心培育了一大批卓有成绩的中青年紫砂艺人。

第二天上午，我和鲁总来到了汪寅仙的居所，这是一套独立的院落，紧靠蠡河，环境幽静。鲁总按响了门铃，不一会儿，一位高个单瘦且年长的男士出来为我们打开院门，鲁总与他打招呼，并告诉我说这是汪老师的先生。男主人把我们俩引进客厅，轻声说：“汪老师和客人在里屋说话，你们先坐会儿，喝杯茶。”过了大约十分钟，汪老师和客人从里屋间走出来。她把客人送至大门外后返回到客厅与我们打招呼。鲁总介绍说："这是长沙的徐总，专程来拜望汪老师。"我恭敬地向汪老师问候。汪大师朝我望了望，显得有些漫不经心地对我说道："哦，长沙来的，也喜欢紫砂壶？"听口气，似乎对我不屑一顾。我回答："是的，很喜欢，宜兴丁山人杰地灵，又是紫砂福地，我每年都要来这里看看的。"大师说："收藏了不少紫砂壶吧？"我答道："心仪的有几把，主要还是学习和了解紫砂文化。""对的，收藏紫砂壶，必须要先了解紫砂文化，要熟悉和掌握紫砂壶的相关知识。"我回答："汪老师说得对，我正在朝这方面努力。"接着我对汪大师谈了自己对紫砂文化的认知，并说："我最近读了几本与紫砂文化有关的书，很受启发。"大师也来了兴致，躬身向前问我："看了哪些书？"我回答："有西泠印社出版的《宋伯胤说紫砂》，有台湾唐人工艺出版社的《壶魂》，还有宜兴人韩其楼编著的《紫砂壶全书》……"汪大师没等我说完高兴地称赞道："不错，你一个外乡人，看了这么多有关紫砂方面的书，确实难得，比我们宜兴年轻人强！"此时汪大师面带笑容，连讲话的声调也提高了，显然是对我有了好感。此时气氛融洽，我不失时机地对汪大师说："汪老师，我带了一把您的壶，请您给看一下，掌掌眼。""是吗？快快快，拿出来我看看。"鲁总忙递过装有壶的盒子，我小心翼翼地打开盒子，取出壶放在茶几上。看见这把壶的刹那间，汪大师眼睛一亮说道："这把壶怎么在你这里？"然后她把壶捧在手里接着说："这是我1987年打样的一把壶……"看得出来，此时汪大师心情很激动，手里拿着壶仔细端详，舍不得放下来。大师们的作品，都是精心制作，就像自己的孩子一样，什么时候做的，已了然于心，尤其是一些特定时期的作品，就更不会忘记了。我连忙对鲁总说："来，给我和汪老师拍一张合影。"汪大师把壶放在茶几中间，非常高兴地和我拍照合影，留下了这一难忘、美好的瞬间！

2018年2月，汪寅仙大师因病不幸与世长辞，享年75岁。得此消息，震惊之余不免令我扼腕叹息，一代紫砂大师走了，但她勇于探索创新的紫砂人生和一件件留存于世的精美作品，将留芳中华大地，玉壶冰心，大师永恒！

漫话紫砂佳品之妙趣

2008年5月，我在北京出差时，正好遇上北京东西方拍卖公司在报国寺举行春季拍卖会预展。在办完事后，我走进拍卖会预展大厅，细细浏览各种拍卖品。东西方拍卖公司每年不定期举办的拍卖会，以小拍杂项为主，书画瓷器、玉雕翡翠、佛像唐卡、鼻烟紫砂，各种摆件应有尽有，非常适合普通老百姓参与拍卖或收藏。此次拍卖预展，近两百件拍品琳琅满目，让人目不暇接。翻看拍卖图录，几把紫砂壶吸引了我的目光，我走到摆放紫砂拍品的陈列柜前，仔细端详这几把紫砂壶，突然，一件不太起眼的紫砂器引起了我的注意，这是一件有盖的圆形紫砂盒，标签上写的是“紫砂小圆盒”。我从玻璃柜中取出这件紫砂圆盒细细观看，圆盒高5.8毫米，宽122毫米，采用上好段泥制作。但见此件紫砂器设计巧妙，做工精细。打开圆形盒盖，盖内里是分成七小格的调色板，圆盒筒内下半部分成两槅，其形状为阴阳八卦形，应该是储水之用。这是一件典型的文人书画家作画时的用品，盒盖用作调色，盒筒内乘水，分别清洗不同颜色之笔，因而，我把它称作为“调色笔洗盒”。圆盒外刻有诗句“苔痕上阶绿，草色入帘青”，这是唐代诗人刘禹锡《陋室铭》中的两句诗。诗句后落款为：阳羡瘦石醉后并题。盒盖上刻有一束牡丹花，落款亦为：瘦石并刻。这件紫砂圆盒包浆温润，拿在手上摩挲感觉非常细腻舒服。在下午的拍卖会上，当拍卖师叫到此件拍品时，我毫不犹豫地举牌，只经两次叫价，此件紫砂小圆盒600元落槌，被我拍下收入囊中，成为我紫砂收藏品中的一件佳作。这件紫砂器摆放在我书房中，丰富了我紫砂收藏的品类，每每上手把玩，欣赏壶上优美的诗句，赏心悦目，令我爱不释手。此件紫砂圆盒底部有落款，但我一直没有弄清底款篆书二字是何人，诗句刻铭者“瘦石”是何许人也。为弄清此件紫砂器的来龙去脉，2015年我去宜兴时，特意带上它请宜兴有关专家掌眼鉴别。

到宜兴的第二天，我带上这件紫砂水洗盒来到我朋友梁先生处请他掌眼。梁先生是宜兴一位颇有名望的紫砂鉴赏业内人士，我把这件紫砂圆盒拿出来给他看，他接过圆盒看到底款时马上告知我，这是朱可心的印章“凯长”二字。他对我说：“朱可心原名叫朱凯长，后改名朱可心，他早期制作的紫砂器，用的就是’凯长’印章款。”梁先生又告诉我：“盒子上刻诗文的人是尹瘦石，著名书画家，他也是我们宜兴人。”我听后茅塞顿开，喜出望外，心情也一下子兴奋起来：“哎呀，真想不到，原来这是朱可心大师和尹瘦石大师的作品，真是没想到，太意外了！”梁先生也说：“这件圆盒有点意思，好好收藏吧。”我激动地连声道谢。

朱可心（1904—1986年）原名朱凯长，艺名可心，寓意“虚心者，可心也”，“山中一杯水，可清天下心”之意。朱可心是宜兴著名的紫砂七老艺人之一，花货巨匠，一代宗师。尹瘦石（1919—1998年），江苏宜兴人，著名书画艺术家。他的艺术成就紧随时代节拍而歌，深得郭沫若、徐悲鸿等文化巨擘的赞赏。1945年在重庆为毛主席画像，与柳亚子举办“柳诗尹画联展”。他的人物画注重以形写神，尤擅画奔马，神态生动、气象万千，极具个人特色。他书法功底深厚，早年涉猎多家，工于小楷，行草书尤为擅长。书法结体深稳，气势宏伟，流畅温润，遒峻内蕴，自成一家。尹瘦石曾任中国美协内蒙古分会主席、北京画院副院长、中国文联副主席。

朱可心与尹瘦石为同一时期的宜兴人，一个是紫砂艺术大师，一个是书画艺术大家，朱可心年长尹瘦石15岁，同为宜兴的名人，两人应有交集。因而，这件由朱可心制、尹瘦石刻诗文的调色水洗盒，也就顺理成章，不难理解了。弄清了此件调色水洗盒的制作人与刻铭者，心中的疑虑得以解开，使我喜不自胜，心情愉悦舒朗。每每把玩欣赏，脑海中仿佛浮现出两位大师精诚合作的那一场景，如梦似幻……

时间回到20世纪50年代的某一天，年轻的书画家尹瘦石回到家乡宜兴，这天，他兴致极高，提着两瓶好酒出了门，约好要去拜访制壶大师朱可心先生。他急匆匆地来到丁山古南街朱可心的家，朱老正在自家的工作台上制作紫砂壶，看见尹瘦石来访，马上放下手中的活计，高兴地起身迎接。尹瘦石快步上前，握着朱老的手说："朱老师好，您又在家做壶啦。""小尹老师好，欢迎欢迎，谢谢你来看我。"尹瘦石说："又有几年没见面了，看见您身体一如往常，精神矍铄，容光焕发，我真高兴。"朱老回答："身体没毛病，就是闲不住，总有做不完的壶。""您老还是要保重身体，不能太过劳累。你看，我给您带了两瓶酒。""谢谢你，快坐快坐。"见到小尹老师来家里做客，朱可心特别高兴，不停地问这问那。尹瘦石则向朱老讲述了近几年来的一些情况，两人促膝而谈，情感交融，交谈甚欢。朱可心说："你昨天捎话来，说今天要来我家里，我琢磨着给你做了一件紫砂玩意儿，不知你喜欢不喜欢？"尹瘦石一听，高兴地连声说："朱老师有心了，您做的东西我肯定喜欢。"朱可心随即起身，揭开存放壶坯的大缸，从缸中取出一件紫砂器对尹瘦石说："这是用家藏的黄龙山段泥做的，你看看如何？"尹瘦石眼睛一亮，双手小心翼翼地接过此件紫砂器，屏声静气地细细观看。这是一件段泥紫砂圆盒，揭开圆盒盖，盖里面中间为圆形，周边为扇形六方格，一共七格，一看就是绘画用的调色板。圆盒内于盒的下半部施以八卦形隔断，是作为分别清洗不同颜色笔用的水洗，构思奇巧，制作精细。此时此刻，尹瘦石心怦怦直跳，兴奋之情溢于言表，他激动地对朱老说："太好了，太好了，谢谢朱老师，太感谢了！"朱可心在一旁说："你是大书画家，这件东西你能用得上。"又说："你看在这上面写点什么或是画点什么，然后我去请师傅刻好后入窑烧制。"尹瘦石接过朱老的话说："一定的一定的，让我好好想想。"此时，已经到了吃午饭的时间，朱可心的儿媳李芹仙从厨房里走出来说："爸爸，饭菜已经做好啦，先请客人吃饭吧。"朱老说："哦，好的好的，我让芹仙专门做了几个菜，咱们先去吃饭。"尹瘦石连忙说："哎呀，不好意思，太感谢了。"朱可心说："那有什么不好意思，你是难得来的贵客，咱们一定要喝点酒。""行，小尹陪老师喝几杯。"朱可心拿起桌子上的酒说："就喝你今天拿来的好酒，怎么样？"尹瘦石回答说："好的好的，今天老师要多喝几杯哟。"儿媳李芹仙已经把做好的菜摆放桌上，咸肉烧冬笋、清蒸白鱼、白灼小虾、榨菜肉丝、炒小白菜，外加一碟酱豆腐干，两人坐定，尹瘦石恭敬地给朱老师斟满一杯酒，自己也倒上一杯，然后端起酒杯站起来对朱可心说："感谢朱老师厚爱，精心为我设计制作的调色水洗盒，我非常喜欢。小尹敬老师一杯。"尹瘦石此刻特别兴奋，话也多，酒也喝了不少。酒足饭饱，两人又来到前室朱可心的工作台前，此刻，尹瘦石已是满脸通红，乘着酒兴，他捧起紫砂盒坯，接过朱可心递上的毛笔，稍做思索，即在圆盒外写下一行诗："苔痕上阶绿，草色入帘青"，这是唐代大诗人刘禹锡《陋室铭》中的两句，也是他非常喜欢的一首诗。在诗句尾端写下落款："阳羡瘦石醉后并题"。他又拿起圆盒盖，在盖面上唰唰唰几笔，一束牡丹花跃然盖面。朱可心站在旁边看着尹瘦石写字作画，连声说："有诗有画，蛮好的！"尹瘦石放下笔，摇摇晃晃站起身来对朱可心说："老师见笑了，酒喝多了，画得不好。""很好的，我让师傅刻好后，马上入窑烧制，过两天你就能见到啦。”此刻，两人的手又紧紧地握在了一起。

此情此景，虽然是我的想象及虚构的故事情节，但这件流传下来的紫砂佳器，见证了紫砂界一代宗师朱可心和书画艺术大家尹瘦石两人之间的深厚情谊，他们俩在紫砂艺术领域琴瑟和鸣的趣闻雅事亦将流传下去，永远铭记在紫砂爱好者的心中！

玉成窑，被遗忘的文人紫砂壶

2005年5月，我北京的朋友告诉我，一家拍卖公司春季拍卖会有一个紫砂壶专场，该公司已在港台及海外征集了一批清代及民国时期的老壶，准备在春拍中推出。我这位朋友与该拍卖公司老总熟悉，也知道我喜欢收藏紫砂壶，便提前给我发过来部分已征集老壶的图片。得此信息我十分高兴，认真仔细地观赏这些图片，其中有几件紫砂壶特别吸引了我的眼球，也激起了我购买的欲望。这是几把“浙宁玉成窑造”的老壶，由宜兴著名紫砂艺人何心舟和王东石制壶，海上书画名家任伯年、胡公寿、虚谷等在壶上书画刻铭，每把壶均精工细作、极富创意，不失为紫砂名工与文人雅士珠联璧合的精美之作。之前，我查阅过有关玉成窑的资料，对“浙宁玉成窑造”紫砂壶有了初步的了解，并逐渐喜欢上了这些被历史淡忘，也被紫砂爱好者遗忘的文人壶。我请北京的朋友与该拍卖公司协商，能否于拍卖前优先让我选购几把。几经周折，拍卖公司同意了我的请求。得到这一准确答复后，我马上订购了飞往北京的机票，迫不及待地飞到了北京。下了飞机我先来到报国寺北京东西方拍卖公司，约了好友小安子和老魏一同前往看壶，也请他们给参谋参谋。

2005年前后，紫砂壶拍卖方兴未艾，一些规模较大的拍卖公司也不失时机地推出了紫砂壶拍卖专场，如北京的保利、嘉德、匡时、中贸圣佳等。海外拍卖公司佳士得、苏富比虽然没有紫砂艺术品专场，但也有不少清代和民国的紫砂壶精品亮相。紫砂艺术品的不断上拍，带动了紫砂艺术品收藏群体的扩大，也激发了大众收藏紫砂艺术品的热情。从这些紫砂艺术品拍卖中，我观察到一个现象，在各大拍卖公司上拍的众多紫砂壶中，少有“浙宁玉成窑造”的壶上拍，人们似乎遗忘了玉成窑文人壶的存在，偶尔有一把玉成窑的壶上拍，拍卖公司也没有给予重点宣传，成交价格也偏低，这种极不正常的现象，不能不说是紫砂收藏界的遗憾。机会可遇不可求，当见到北京这家拍卖公司有玉成窑的壶上拍，便引起了我极大的关注，倘若有机遇收藏到两把玉成窑的文人紫砂壶，那就是一种缘分，也是我此次北京之行的主要目的。

我和小安子、老魏来到这家拍卖公司总部所在地，拍卖公司负责人热情地接待了我们，按照我在紫砂壶图片上勾画的重点，工作人员取出这些壶让我观看。这几把壶我一一上手仔细观赏，凭借我掌握的有关对玉成窑紫砂壶的认知，对其中三把壶较为中意。一把是何心舟制壶，壶上有海派名家任伯年所绘山水图；另两把是由王东石制壶，壶上有海派画家胡公寿绘梅花图和虚谷绘山石图。另有一把没有制壶工匠名称，但一看便知出于名工之手。这把壶面上落有清代翁同龢款的诗文壶格外引起我的关注，从泥料、造型、铭文到制作工艺都堪称完美，捧在手上欣赏十分养眼，抚摸壶身感觉非常温润。经反复斟酌，我选定了上述四把壶，小安子也称赞这几把壶不错，同意我的选择。但老魏发表意见，说任伯年山水壶有瑕疵，盖内口沿处有一小磕碰，建议我不买，我听从了他的意见，最后决定购买上述三把壶。谈到壶的价格，拍卖公司说每把壶需2万元。经过双方磋商，我最后给出每把壶1.5万元的价格。经公司负责人与委托方在电话中沟通，对方同意按我给出的价格，三把壶共4.5万元，另给拍卖公司每把壶1千元佣金，共计付款4.8万元。买卖成交，皆大欢喜。因家中公务繁忙，当晚我即购票乘坐飞机回到了长沙。

匆匆北京之行，收获了心仪的玉成窑紫砂壶，心情格外舒坦愉悦。每每在家中养壶把玩，心底里总会生发出无限遐想，与壶中的古人对话神交，此中乐趣无以言表。赏玩之余，心中也不免有些许纳闷和疑惑？“浙宁玉成窑造”文人壶，虽然存世时间短暂，其窑址也不在宜兴而在浙江宁波，但它所蕴含的历史文化信息却相当丰富，也是紫砂发展进程中非常重要的一环，不应被历史所遗忘。后来我写过一篇文章，题目是《对玉成窑紫砂文人壶的思考》，有多家媒体予以刊载。文章内容如下：

对玉成窑紫砂文人壶的思考

清同治、光绪年间，在浙江宁波慈溪，出现了一座烧造紫砂器的新窑——玉成窑。玉成窖由晚清宁波籍书画大家、大诗人梅调鼎与江苏宜兴紫砂名艺人王东石、何心舟共同发起创办。在他们的积极倡导下，一批江浙沪上文人集合在一起，将文人参与紫砂壶的创造推向了又一个高峰。

梅调鼎（1839—1906年）字友竹，号赧翁。书法二王，惟妙惟肖，诣臻神妙。梅氏嗜茶爱壶，尤喜在紫砂壶上题铭作画。为赏壶、刻壶之便利，他邀请宜兴制壶名手王东石、何心舟在宁波慈溪创建了专为烧制紫砂器皿的玉成窑。王东石（1831—1908年），号苦窳生，别号韵石，“石窗山房”为其制壶堂号。何心舟（生卒年待考），字石林。“玉成窑造”的玉成并非地名，而系敬辞，意为成全，是一个蕴含文人品位的吉祥名字。据初步考证，大约在清同治1869年前后，梅调鼎在上海、宁波名门好友的资助下，在宁波慈溪老家借用林家花园一隅创办玉成窑，并以该窑为基地兼作梅氏与王东石、何心舟等一批文人共同研制创作紫砂器皿的制陶作坊。王东石、何心舟于阳羡老家寻上等黄龙山甲泥，或就地取材选用慈溪当地所产之黄泥，或按梅氏所绘图纸，在老家先做好壶坯，如此往返于阳羡与慈溪间。梅调鼎亦常邀请海上书画名家胡远、任颐，金石篆刻名家徐三庚，陈榕这些文人好友来玉成窑紫砂作坊，与两位宜兴制壶名手王东石、何心舟一起品茶论壶，挥毫泼墨，赏画书法，捉刀刻壶。胡远（1840—1896年）字公寿，号瘦鹤，又号横云山民，华亭（今上海松江）人。任颐（1823—1890年）字伯年，号小楼，山阴（今浙江绍兴）人。徐三庚（1826—1890年）字辛谷，号井垒，又号褎海，浙江上虞人。陈榕（生卒年待考）字岳年、香畦，号山农，宁波慈溪洪塘人，相传为梅调鼎亲家，为玉成窑主刻人员之一。

共同的兴趣爱好，促进了名士与名工的紧密合作，诞生了一大批设计精美，制作精良，富含文人气息的名品佳作，备受文人雅士和上流社会贤达的推崇和喜爱。因此，玉成窑也就成了当时引领文人紫砂器制作的名窑而名声大噪。玉成窑也不仅仅是一个文人窑口，它更是一处由书画名家、文化名人领衔，制壶名工、刻陶高手共同参与的极负盛名的紫砂制陶工坊。遗憾的是，至今尚未找到玉成窑的确切位置，这也给后人研究探索玉成窑的创立与繁盛带来了一定的难度和窑址实证的缺失。但随着时间的推移和考古发掘工作的进一步深入，有着悠久历史和灿烂文化的古玉成窑定将重见天日。

玉成窑所制紫砂茗壶风雅度极高，从已知的传世作品看，所造之壶文人气息浓厚，壶的铭文俊骨逸气，灵动遒劲。每款壶用极简练的文句，紧紧围绕两个内涵，既点造型也说茶事，切壶切茶，浑融一体。最典型的壶例是大书法家梅调鼎与制壶名工王东石合作的一把“秦权”壶上的题铭。“秦权”是指秦始皇灭六国后，为加强秦帝国中央集权而统一度量衡，秤权以秦制为准。其壶铭：“载船春茗桃园卖，自有人家带秤来。”小船、老翁、春姑、春茶与乡村美景，勾勒出一幅世外桃源般的诗画图卷。品味壶铭，让人生发出对美好大自然的无限遐想：阳春三月，春意盎然，桃源卖茶，买家自带了一把秤砣形制的茶壶，既买茶又赏壶赏景，真是何等的雅趣与潇洒！（款识：赧翁、林园、韵石）梅调鼎与王东石合作的另一件紫砂佳品是"高柱础"壶，其壶铭："久晴何日雨，问我我不语。请君一杯茶，柱础看君家。""月晕而风，础润而雨"，这是古人用支撑房屋之石柱础来预测天是否要下雨的生活常识。天将有雨，空气中湿度增大，柱础上就会有水点凝聚，柱础湿润冒汗，表明天气将由晴转雨。赧翁巧妙地用注茶壶润来比喻础润而雨，堪称经典。同时，柱础壶铭从另一面也诠释出虽久晴不雨，心烦郁闷，但切不可心绪浮躁，心静则心安，泡上一壶茶慢慢品茗，则"心静自然凉"。赧翁把对日常生活的细微观察切入壶中，给人以生活的智慧与启迪。（款识：赧翁、韵石）这些壶铭短精隽永，书法超妙入神，文字书艺皆臻绝诣，把玩手中赏心悦目，使人浮想联翩。每款壶面绘画也切壶切画，意境幽远。远山近水，茂林修竹，山野村舍，瓜果豆菰……无不用笔精妙，美不胜收。

由于以梅调鼎、胡公寿、任伯年等为代表的一批文人喜品茗爱紫砂，他们从参与玉成窑的墨宝紫砂创作中陶冶情操、感悟人生，增进了彼此之间的友谊与情感。一把小壶成为连接友谊与情感的纽带，一把文人壶的诞生成为他们表达心底诉求、寄情山水、寄托美好愿景的心爱之物。为此，他们也时常雅集，与制壶艺人一道切磋壶艺，交流造壶心得，于品茗赏壶中怡然自乐，情感深化，其乐融融。此时此刻，我似乎已经感觉到在浙江宁波林家大院，一群文人雅士正在玉成窑雅集，这如梦似幻的场景时常在脑海中浮现……

丁丑仲秋，天清气爽，风和日丽秋色佳。赧翁梅公邀请的几位书画、金石篆刻大家公寿、伯年、辛谷、山农等人齐聚宁波慈溪林家花园，在玉成窑旁紫砂工坊的葡萄架下，悠闲地散坐在一起谈古论今，品茶论道。两张石桌上摆满了蔬果甜点，仆童端茶沏水，茶香四溢。这时，阳羡制壶名手王东石、何心舟小心翼翼地捧上几把新做成的砂壶壶坯，客人们眼前一亮，对二位高手巧夺天工的砂壶发出一片啧啧的赞叹。梅公开口道："今日请诸位仁兄雅集，特嘱咐韵石、石林二兄精心制作了这几把砂壶，请公寿、辛谷、伯年、山农诸兄于壶坯上捉刀题铭书画，几位仁兄意下如何？"公寿答曰："观这几把新壶泥色俱佳，粗而不糙，制作精美，太妙了！我等唯梅公之命是也。"伯年道："与二位制壶大师已多有合作，今日兴致颇高，正想在砂壶上画几笔了。"辛谷、山农也随声附和，表示赞同。公寿顺手抓起一把姜黄色平底圆壶，略加思索，随即取出刻刀于壶面上刻绘出一树古拙遒劲的老梅树干，几枝盛开的梅花跃然壶上，生机勃勃。接着，又在壶把与壶面空白处刻上一句"素影不分明月照"。公寿稍息片刻，品上一口香茶，又吸气运刀，壶的另一面"铁骨生春"四个大字刚劲有力，字字生风，一气呵成。韵石忍不住击掌叫绝，众人也连声叫好！这边厢，伯年在一把用棕红色泥制成的瓜梨式壶上，刻绘出一幅婴戏图，憨态可掬的小顽童已跃然壶上，右署"任伯年写"四字。辛谷在一把造型奇巧，壶盖上有互通三孔的瓢瓜壶上，于壶身正中铭刻阴文隶书"饮瓢"两个大字，旁署"褒海书"三字。山农则早早地相中了一把三叉式提梁壶，壶以本山绿泥为胎，另添揉砂料，色泽古雅，造型丰腴盈满，温润如玉。只见他聚精会神于壶面上刻绘出两位文人雅士品茶图，题铭："世间绝品人难识，闲刻茶经忆古人。"此句引自北宋林逋（967—1029年）《茶诗》名句，末署"于长"二字。梅公手捧茶壶却忘了品茶，屏声静气地观赏着众人于壶上刻铭书画，喜悦之情溢于言表。韵石、石林二人高兴地欣赏着已经刻完的几把壶，点头称赞，连声叫好！韵石道："诸位大人的书画杰作，给这几把砂壶增色添彩，文人气息凝结于壶上，我与石林兄当尽快入窑烧制，请诸位大人静候佳音。”梅公道：“今日林园雅集，是我等爱壶之人又一次名工与名士的成功合作，大师砂壶养眼，诸位铁笔生花，相信经过窑火的淬炼，这几把砂壶必将成为流芳千古的旷世佳作。”众人亦齐声附和，期待玉成窑烧造出更多的文人砂壶精品、妙品、绝品！

（雅集情节，纯属虚构。唯有故事情节中描述的几件紫砂壶为传世佳品）

（1）胡公寿款梅花图圆壶：壶宽16厘米，高8.5厘米，款识为胡公寿、浙宁玉成窑造、东石。壶式圆形平底，黄泥为胎，掺揉段砂，色泽古雅，莹润斑斓。壶面刻：素影不分明月照、胡公寿。底钤：浙宁玉成窑造六字方印。把下钤：东石篆文小章。

此壶现藏长沙泓远壶艺馆。

（2）任伯年款婴戏图圆壶：壶宽16厘米，高12.2厘米，款识为任伯年、玉成窑造。壶作瓜梨式，泥色棕红，右署“任伯年写”，把下钤“玉成窑造阴文无边楷字”。

（3）褒海款瓢瓜壶：壶宽19厘米，高15.5厘米，款识为褒海、心舟、石林何氏。壶式以瓢瓜为本，壶盖顶部有互通的三孔，便于提携，孔沿模拟瓜蔓截面，斑驳生动，设气孔。壶把作三叉式，曲度微妙，全器造型奇巧。

（4）石窗山房款提梁壶：壶宽14厘米，高15厘米，款识为石窗山房、于长、陈山农。壶作三叉提梁式，壶把前一分为二，习称“东坡提梁壶”。壶以本山绿泥为胎，另揉砂料，色泽古雅，造型丰腴饱满美观，极具观赏性。此壶为1989年台湾邮政总局发行的茶壶邮票首日封封面。

第（2）（3）（4）款壶现藏台北紫砂壶收藏家黄正雄紫砂壶艺术馆。

除前文所述文人外，参与玉成窑紫砂壶制作的文人还有：虚谷（1821—1896年）僧，籍本新安（今江苏扬州）人；翁同龢（1830—1904年），字叔平，又号松禅居士等，江苏常州人；吴大澂（1835—1902

年），字清卿，号恒轩，吴县（今江苏苏州）人；胡锡珪（1839—1883年），字三桥，江苏苏州人；蒲华（1830—1911年），字竹英，秀水（今浙江嘉兴）人；吴俊卿（1844—1927年），字昌硕，别号缶庐，浙江安吉人等。据有关文献记载和实物佐证，这些文人均有与玉成窑合作的紫砂壶佳品存世，本文不一一列举。

笔者认为，文人紫砂的发展历程，经历了明晚期以时大彬为代表的文人紫砂开创期，清早期以陈鸣远为代表的文人紫砂发展期，清中期以陈曼生为代表的文人紫砂高峰期，清晚期以梅调鼎为代表的玉成窑造文人紫砂遗忘期，以及近现代文人紫砂繁荣期五个阶段。由于历史的原因，玉成窑造紫砂壶远没有曼生壶的名气大，究其原因主要有二：一是玉成窑远离紫砂原矿产地宜兴数百公里之遥，交通闭塞、信息不通，一般民众对该窑缺乏了解；二是玉成窑烧造时间较短，人们对玉成窑造紫砂壶知之甚少，市面上也很难见到玉成窑造紫砂器，加之宣传力度欠缺，造成后人研究玉成窑造文人紫砂史料的缺失。因而，宜兴窑出品的文人紫砂器自然成为人们关注的重点，所以，曼生壶的风头也就盖过了玉成窑造文人紫砂壶。

前有陈曼生，后有梅调鼎。浙宁玉成窑造文人紫砂是以梅调鼎为代表的一批海上书画、金石篆刻文人的审美情趣在紫砂器具上的一种艺术张扬，玉成窑所出品的紫砂壶，从史料记载和已出版的图录显示，款款有新意，件件皆精品。玉成窑文人紫砂是中国近代紫砂艺术品发展进程中的一朵艺术奇葩，其浓厚的文化底蕴，玉成了玉成窑文人紫砂成为继曼生壶后又一紫砂壶的杰出代表。

上述一文是我对玉成窑紫砂文人壶的一点思考。值得欣慰的是，从2012年开始，玉成窑紫砂器关注度逐渐提升，众多有识之士和紫砂壶收藏爱好者对玉成窑紫砂器开始追捧，国内一些著名的拍卖公司也不失时机地推出紫砂壶专场，共同助推了玉成窑紫砂壶在业界的知名度。

目前，我国玉成窑紫砂器收藏大家当数宁波收藏家张生先生。因“浙宁玉成窑造”紫砂器古窑址就在宁波，得天时地利人和，张生先生很早就开始关注和研究玉成窑紫砂，他遍访当地与紫砂有关的古遗迹，查阅大量历史资料，并发表了多篇论文。他还在宁波建立了张生记玉成窑紫砂博物馆，向紫砂壶爱好者展示其收藏的玉成窑紫砂器。几年前，我专程赴宁波，一是观赏玉成窑博物馆收藏的紫砂壶；二是拜访张生先生。遗憾的是，张先生出差在外，未能晤面。如有机会，我将再赴宁波，与张生先生见面，聆听他对玉成窑紫砂器的见解，更进一步学习和探讨浙宁玉成窑造紫砂器的相关知识。

时光荏苒，壶里乾坤。今天，越来越多的人关注和收藏玉成窑紫砂，相信随着时间的推移，玉成窑造紫砂器众多迷雾终将拨云见日，这颗璀璨的文人紫砂之星亦将大放异彩，光耀九州！

后记

《远去君归集》这部书稿得以面世 ，对我来说，意义非同寻常。在我的职业生涯中，曾有过一段相当长时间的书刊出版发行工作经历。 那些年，由于工作性质和内容的关系，我为不少不同类型的人出过书，但唯独自己没有出过书。那一时期，长年累月地忙于公司的各种事务，根本无暇他顾，心里虽时有闪念，但苦于时间实在有限，只得无奈地将此事搁置下来。随着时间的推移，赋闲在家后，有了时间，精力也充沛，当年朦胧臆想的写书念头开始萌生了。特别是最近几年，写书的意识变得越来越明确清晰起来。在平时的闲暇之余里，我经常会独自揣摩着， 写什么？ 怎么写？但总是处于一种犹豫徘徊的状态，迟迟未能动笔。我心里清楚，完成一本书的写作，并非一蹴而就的事，这关乎文章的整体构思，布局谋篇，以及语言文字的运用等，而这些对我来说，相对是比较生疏的，因此，关于写书的事，便一直未能进入到具体的操作程序中。

平心而论，让我下定决心，一门心思地完成这部书稿的真正动力，应来自我的好兄长钟月先生。这话还得从头说起，一年前的五一节休假期，我回到老家津市。第二天上午，我便去钟月兄家拜望。最近几年，每次回津必要拜望兄长，已成为我的一定之规。 在钟月兄家里，我俩交谈甚欢，话题宽泛，无话不说，比如过去荆河剧团里各色人物的梨园足迹和趣闻逸事，以及我离开家乡调往省城后与出版发行界和书画艺术界诸多朋友的交往故事，等等。此次来看望兄长时，我特地给兄长带了一幅《心清闻妙香》 的书法作品。我精心挑选这幅作品，主要是表达我对兄长几十年来清雅高洁、人淡如菊品格的由衷钦佩，亦有祈愿祝福之意。钟月兄当即手抚字幅，面带喜色，端详赏玩，尤对题句中蕴含之禅意极为欣赏，连声夸赞。欣喜之余，兄长便饶有兴趣地问起书法作品作者的来历。于是，我便将旅日著名书画家李燕生先生的艺术成就，以及我与他如何相识相知、两情交融的故事讲了出来。钟月兄听我绘声绘色地讲述后，表现出极大的兴趣，对我说：“远君啊，你讲的这些实在太有味道了，这样有情趣，有价值的交往经历，应该好好地记录下来，多有意思的素材呀。”我说：“是的，早有这个想法，但不知该如何动笔，从何下手啊。”钟月兄说：“你刚才讲的这些，我看就蛮好啊 ，真实，自然，有温度，接地气， 把这些经历故事写出来，就是好的文章。”略微停了一下，他接着说：“这样吧，你不妨先试着写一两篇 ，看看感觉怎么样，至于修改润色吧，那是以后的事。远君，放手写吧，会成功的。” 钟月兄的这一席话，让我茅塞顿开，顿时增添了我的信心和勇气，我不无感激地说：“谢谢兄长的鼓励，我回去后就准备动笔， 到时候还请兄长多多指教。”钟月兄热情而爽朗地回应道：“哈，谈不上指教，但我一定会为你的书稿好好效力的。”于是，我们互道珍重，欢言握别——这次的晤面，实际上成了本书写作的真正开端。

回到长沙后，我便开始琢磨着如何动笔了。这天，我在书房里随意浏览摆放在博古架上的玩意儿，不经意间，一方印章映入我的眼帘。这方寿山石印章是2007年，我与李燕生兄于上海同游豫园古玩城时所购，当晚在下榻的宾馆他即用此方印章为我治印。细细品味印文，十多年前的那一幕，随即浮现在我的脑海中，使我心绪久久难以平静，于是，我便心情激动地记叙这段上海往事， 随着灵动的笔触迸发出的灵感 ，一篇题为《李燕生为我治印刻章——回忆在上海的一段往事》的记叙散文，几乎一气呵成了。文章写好后，我便分别发给津市的钟月兄和上海鸿运斋的黄栋华兄（黄兄是此篇文章中涉及的重要人物，也是文章中部分情节内容的亲身参与者与见证人）。黄兄收到我发给他的文章后，马上打来电话说："你写的文章我连续看了两遍，写得非常好，内容真实生动，很感人，文笔也十分流畅。 这篇文章，我准备推荐给《新民晚报》。"钟月兄看了文章后回复我说："文章读过，不错。主要是述说清晰，笔意顺畅，描人状物真挚细腻，感觉很好。就这样写下去，一定会成功的。"这篇文章得到了上海黄兄和钟月兄的认可评价， 我感到非常高兴，可谓信心倍增。就这样，在日后的几个月时间里，我便按照自己的写作思路和拟就的写作计划 ，即从梨园之情、挚友之情和对紫砂痴迷之情三个方面着笔，就这样一篇一篇地写下来，构成"梨园旧事话沧桑""竹兰之谊话友情""阳羡拾珠话紫砂"三个篇章，最后合集为一部完整的书稿。

2021年以来，我的家乡湖南省常德市津市文旅广体局，为了推介本土的戏剧艺术和相关的代表人物，特地在其公众号"文旅津城"上，先后刊载了我的几篇文章，包括《身怀绝技，梨园怪杰——记我的师傅王化金》《湘楚名角，荆河老生——记我的大师兄金星明》《湘楚名旦，梨园英姿——记我的大师姐著名青衣演员张淑容》《难忘十年风雨情——记我心目中的老领导罗成英》等。在此，特向“文旅津城”公众号表示深深的谢意！

这本书稿能在较短时间内付梓，我要感谢在成书过程中付出过辛劳的各位前辈、老师、同人和朋友们。在这里，我要特别感谢李燕生先生为本书稿题写书名；感谢钟月兄为书稿润色并为本书作序；感谢中国商业出版社张新壮总编辑、刘毕林副总编辑、史兰菊副总编等对本书出版的关注与大力支持；感谢所有为本书出版付出辛劳的朋友们！

今天写这篇后记，恰逢我夫人生日，谨以此书作为献给夫人的生日礼物。

谨以此书献给我人生旅程中相遇、相识、相知的朋友们。

由于本人水平有限，书中错讹之处在所难免，还望读者见谅。如果本书能得到朋友和广大读者的基本首肯，则是作者的最大荣幸，谢谢！

作者

2021年8月8月

写于长沙泓远山房

王石耕制五件套紫砂壶

倪顺生制小圆扁壶

〔清〕继长款紫砂壶

〔民国〕“豫丰”款提梁壶

〔清〕少峰款泥绘山水壶

〔清〕邵友兰制诗文壶

〔清〕杨彭年制泥绘山水笔筒

〔民国〕陈光明制紫砂笔筒

〔清〕紫砂印泥盒

中金国际（香港）紫砂拍卖会

作者与朱新洪

顾跃明刻紫砂壶（正面）

顾跃明刻紫砂壶（背面）

探寻丁蜀古南街

古南街顾景舟故居

古南街任淦庭故居

作者与何道洪大师

作者与陈国良、施小马

作者与华健、吴奇敏夫妇

作者与范伟群

范伟群制思恩壶（正面）

范伟群制思恩壶（背面）

作者与吕俊杰

作者与汪寅仙大师

作者与吕尧臣大师

吕尧臣大师书法“东方紫玉”

紫砂调色笔洗盒

瘦石刻诗句

瘦石刻诗句款识

瘦石刻笔洗盒盖面牡丹图

〔清〕胡公寿刻紫砂壶（正面）

〔清〕胡公寿刻紫砂壶（背面）

作者收藏的部分紫砂壶

蒋蓉制荷莲蛙鸣壶

顾绍培制福泉三足壶

倪顺生制龙头如意壶

谢曼伦制印袍壶

杨勤芳制大井栏壶

吴培林制孕育壶

陈豪制漫山壶

武超制禅灯壶

王辉制石玩提梁壶

朱新洪制可心竹壶

〔清〕邵友廷制龙头提梁壶

〔民国〕蒋燕亭制壶、任淦庭铭提梁壶